GÜNTER HUTH
Zerbrochene Seelen

GÜNTER HUTH

Zerbrochene Seelen

Ein Simon Kerner Thriller

echter

Mainfranken Krimi

Günter Huth wurde 1949 in Würzburg geboren und lebt seitdem in seiner Geburtsstadt. Er kann sich nicht vorstellen, in einer anderen Stadt zu leben.

Er ist Rechtspfleger (Fachjurist), verheiratet, drei Kinder.

Seit 1975 schreibt er in erster Linie Kinder- und Jugendbücher sowie Sachbücher aus dem Hunde- und Jagdbereich (ca. 65 Bücher). Außerdem hat er bisher Hunderte Kurzerzählungen veröffentlicht.

In den letzten Jahren hat er sich vermehrt dem Genre Krimi zugewandt und in diesem Zusammenhang bereits einige Kriminalerzählungen veröffentlicht. 2003 kam ihm die Idee für einen Würzburger Regionalkrimi. »Der Schoppenfetzer« war geboren. Diese Reihe hat sich mittlerweile als erfolgreiche Serie in Mainfranken und zwischenzeitlich auch im außerbayerischen »Ausland« etabliert.

2013 ist der erste Band der Simon-Kerner-Reihe mit dem Titel *Blutiger Spessart* erschienen. Es folgte *Das letzte Schwurgericht*, anschließend *Todwald – Der Spessart tötet leise* und zuletzt *Die Spur des Wolfes – Im Spessart lauert der Tod*.

Der Autor ist Mitglied der Kriminalschriftstellervereinigung »Das Syndikat«.

Seit 2013 widmet er sich beruflich ausschließlich dem Schreiben.

Prolog

Der Spielplatz lag am Rande der Neubausiedlung, in der unmittelbaren Nähe eines Wäldchens. Eigentlich verdienten die wenigen, ziemlich heruntergekommenen Klettergeräte kaum die Bezeichnung Spielplatz. Es gab in der Siedlung nur eine geringe Anzahl Kinder, die diesen Platz gelegentlich in Begleitung ihrer Eltern aufsuchten. Hin und wieder trafen sich hier zu später Stunde Teenager oder Liebespaare und genossen die Ungestörtheit im Schutz der Bäume.

Mit reichlich verbiesterter Miene schob Mathilda den Kinderwagen mit Fritz, ihrem vierzehn Monate alten Bruder, über den Schotterweg, der zum Spielplatz führte. Trotz ihrer massiven Proteste bestand ihre Mutter darauf, mit diesem nervigen Schreihals eine größere Runde um die Häuser zu drehen. Der Kleine bekam gerade Zähne und hielt die ganze Familie mit seinem Geschrei auf Trab. Mal ganz abgesehen davon, dass Mathilda grundsätzlich auf diesen Nachkömmling gut hätte verzichten können, war sie heute richtig sauer, denn ihre Mutter verdarb ihr mit diesem aufgenötigten Babysitting den ganzen Abend. Zunächst hatte Mathilda etwas gezögert, dann aber alle Skrupel beiseitegeschoben und dem kleinen Schreihals kurz vor dem Weggehen eine Dosis des Beruhigungsmittels verabreicht, das der Kinderarzt wegen der Zahnschmerzen für alle Fälle verschrieben hatte. Tatsächlich beruhigte sich der Junge schnell und das Schaukeln des Kinderwagens beim Schieben tat sein Übriges: Fritz schlief tief und fest.

Sie hoffte darauf, dass Lutz, der Junge, mit dem sie verabredet war, Verständnis dafür hatte, dass sie Fritz mitbringen musste. Wenn der Kleine weiterhin so ruhig war und schlief, würde sie ihn etwas abseits parken. So konnte er sie nicht stören.

Lutz war an der Schule ein begehrter Junge. Er ging in die Klasse über ihr und sollte, wie sie von ihren Freundinnen gehört hatte, ziemlich erfahren sein. Sie war vor Stolz fast geplatzt, als er sie vor zwei Tagen auf dem Schulhof gefragt hatte, ob sie sich heute mit ihm treffen würde. Als sie sich dem Spielplatz näherte, war keine Menschenseele zu sehen. Sie warf einen Blick auf das Dispiay ihres Smartphones. Sie war zehn Minuten zu früh. Am Waldrand stand eine grob behauene Bank aus Holzbohlen. Von dieser Stelle aus verlief ein schmaler Trampelpfad durch die Büsche und Hecken und verlor sich im Wald. Ein beliebter Weg für Spaziergänger mit Hund.

Mathilda stellte den Kinderwagen neben der Bank ab und ließ sich darauf nieder. Ihr Smartphone zeigte an, dass keine neue Nachricht eingegangen war. Fritz bewegte sich im Schlaf und gab einige leise Töne von sich. Besorgt hielt sie den Atem an, aber gleich lag er wieder ganz ruhig.

Plötzlich hörte sie auf dem Schotterweg, der zum Spielplatz führte, das Knirschen von Fahrradreifen. Da kam Lutz auch schon auf einem Mountainbike herangerauscht. Kurz vor Mathilda hieb er die Bremsen rein und schlitterte mit ausbrechendem Hinterrad über den Weg. Das Herz des Mädchens schlug bis zum Hals. Mit einem schnellen Seitenblick vergewisserte sie sich, dass ihr Bruder durch den Krach nicht aufgewacht war.

»Hi!«, rief Lutz und sprang vom Rad. Dabei warf er einen kritischen Blick auf den Kinderwagen. »Was ist denn das?«

»Hi, Lutz«, erwiderte sie und ärgerte sich über ihre Stimme, die plötzlich so piepsig klang. »Ich musste leider meinen kleinen Bruder mitnehmen, sonst wäre ich nicht von zuhause weggekommen … aber der schläft tief und fest.«

»Nicht so schlimm. Ich habe auch Geschwister. Können manchmal ganz schön nervig sein. Kannst du ein bisschen bleiben?«

»Ja, klar. Wenn ich in einer Stunde zurück bin, sagt keiner was.«

»Wollen wir ein bisschen herumlaufen?«, fragte Lutz und klappte den Fahrradständer aus.

»Gerne«, erwiderte Mathilda aufgeregt. »Wir können den Kinderwagen hier stehen lassen. Wir sind ja in der Nähe und hören es, falls er aufwacht und schreit.«

Sie entfernten sich schlendernd von der Bank. Nachdem sie einige Schritte wortlos gegangen waren, legte Lutz plötzlich wie selbstverständlich seinen rechten Arm um ihre Schulter. Ein wohliger Schauer lief durch ihren ganzen Körper und sie schmiegte sich näher an ihn. Sie fühlte, wie seine Hand an ihrer Schulter ein Stückchen tiefer rutschte und sein Daumen sanft ihren Oberarm streichelte.

Obwohl Mathilda sich wie im siebten Himmel fühlte, bohrte sich immer wieder ein störender Gedanke in ihre Gefühlswelt. Sie wollte Lutz sicher nicht verprellen, aber da war etwas, was geklärt werden musste, bevor sie sich ohne Vorbehalte auf ihn einlassen konnte.

»Du, kann ich dich mal was fragen?«, begann sie vorsichtig.

»Klar«, erwiderte er.

»Ich habe dich in der letzten Zeit häufiger mit Svenja aus der Parallelklasse gesehen …«

Lutz blieb stehen und wandte sich ihr zu. »Stimmt, wir haben uns ein paarmal getroffen. Aber das ist vorbei. Sie ist eine ziemliche Zicke. Ganz anders als du«, fügte er hinzu.

Mathilda fiel ein Stein vom Herzen. »Wie bin ich denn?«, wollte sie wissen.

»Ziemlich cool, denke ich. Wie du kürzlich den Lars auf dem Schulhof fertiggemacht hast, weil er dich blöd angemacht hat, wirklich cool.«

»Der Blödmann hat über WhatsApp verbreitet, ich hätte ein Tattoo am Hintern. Womit er alle glauben machen wollte, er hätte schon mal meinen nackten Po gesehen. Dieser Typ ist doch zum Kotzen!« Sie musste sich zusammenreißen, dass sie nicht wütend wurde.

Sie liefen ein Stück weiter und erreichten schließlich die gegenüberliegende Seite des Spielplatzes. Durch die fortschreitende Dämmerung war der Kinderwagen, der von ein paar verstreut stehenden Büschen leicht verdeckt war, nur noch schemenhaft zu erkennen. Plötzlich blieb Lutz stehen und drehte sich zu ihr. Er legte seine Hände hinter ihrem Hals zusammen und zog sie näher zu sich. Ohne weitere Worte beugte er sich vor und gab ihr einen leichten Kuss auf den Mund.

»Ich finde es echt geil hier mit dir«, flüsterte er anschließend leise.

Durch Mathildas Körper lief ein Schauer und in ihrem Bauch führten Schmetterlinge einen wilden Reigen auf. Ein Gefühl, das ihr fast die Sinne raubte. Sie vergaß die Zeit und alles um sich herum, spürte nur noch die Wärme des Jungen, der erneut ihren Mund suchte. Irgendwann lösten sie sich voneinander und schlenderten langsam den Weg zurück.

»Sind wir jetzt fest zusammen?«, wollte Mathilda schließlich leise wissen.

»Klaro«, gab Lutz zurück und gab ihr einen Kuss auf die Wange.

Sie näherten sich wieder dem Kinderwagen. Fritz schien noch immer tief und fest zu schlafen. Während Lutz sein

Fahrrad ergriff, warf Mathilda einen flüchtigen Blick in den Kinderwagen. Sie erstarrte! Hastig trat sie einen Schritt näher.

»Lutz! Mein Gott! Fritz ist weg!« Ihr Aufschrei war so entsetzt, dass der Junge sein Rad fallen ließ und schnell neben sie trat. Tatsächlich, der Kinderwagen war leer! Darin befand sich nur noch die überzogene Matratze.

Mit irrem Blick suchte Mathilda die nächste Umgebung des Kinderwagens ab. Vielleicht war Fritz irgendwie herausgefallen. Weit und breit war von dem kleinen Jungen aber nichts zu sehen. In völliger Verzweiflung rannte das Mädchen um den Wagen herum und suchte die nächste Umgebung ab.

»Das gibt es doch nicht!«, schrie sie mit sich überschlagender Stimme. »Gerade war er doch noch da!« Tränen schossen ihr in die Augen. »Wo kann er denn sein?« Sie versuchte, die mittlerweile eingetretene Dunkelheit mit den Augen zu durchdringen.

»Wir müssen deine Eltern verständigen!« Lutz wusste ihr im Augenblick auch nicht anders zu helfen, er hatte das dumpfe Gefühl, dass hier etwas sehr Schlimmes geschehen war. Mathilda wischte sich die Tränen aus dem Gesicht, dann griff sie zum Handy. Plötzlich kam ihr eine Idee und schlagartig erschien ein zorniger Gesichtsausdruck auf ihrer Miene. Lutz sah sie verwundert an. Sie machte ihm ein abwartendes Zeichen mit der Hand und wählte. Einen Moment später ging offenbar ihre Mutter ans Telefon.

»Hallo Mama, das finde ich überhaupt nicht lustig!« Offenbar kam eine erstaunte Gegenreaktion, denn sie fuhr fort: »Ich war nur ein paar Meter von Fritz entfernt und er hat tief und fest geschlafen. Du kannst ihn doch nicht so einfach mitnehmen, nur um mich zu erschrecken!«

Die jetzige Gegenrede dauerte etwas länger und war so laut, dass Lutz einige Worte verstehen konnte. Mathildas Mutter sprach sehr erregt und machte deutlich klar, dass sie gar nicht wusste, wovon ihre Tochter sprach.

»Mama«, erwiderte das Mädchen wieder völlig betroffen, »Fritz ist nicht mehr da. Der Kinderwagen ist leer.« Schluchzend fuhr sie fort: »Ich kann doch nichts dafür. Ich weiß nicht, was ich machen soll!«

Die Antwort war kurz und knapp, dann war das Gespräch unterbrochen. Lutz nahm das weinende Mädchen in den Arm. Er war mit dieser Situation völlig überfordert.

»Was wird jetzt?«, fragte er schließlich leise.

»Mama und Papa sind schon auf dem Weg hierher«, gab sie mit zitternder Stimme zurück. »Bleibst du bitte bei mir?«

Lutz war klar, dass es gleich gewaltigen Ärger geben würde. Aber er war kein Feigling. Selbstverständlich würde er Mathilda zur Seite stehen.

Das Auto von Agnes und Willi Hallhuber raste mit Hochgeschwindigkeit die Straße entlang, die zum Kinderspielplatz führte. Als die beiden Scheinwerfer Mathilda aus dem Dunkel schälten, bremste der Wagen ab. Mit laufendem Motor blieb das Auto stehen und die beiden Eheleute stürzten heraus. Mit einer Mischung aus Zorn und Sorge eilten sie auf Mathilda und Lutz zu.

»Mama, Papa, ich kann wirklich nichts dazu!«, rief ihnen ihre Tochter beschwörend entgegen. »Lutz, mein Freund hier, kann das bestätigen.«

Der Junge nickte zustimmend.

Die Eheleute starrten in den leeren Kinderwagen.

»Mathilda, wie konntest du so unzuverlässig sein und den Kleinen alleine lassen!«, schrie ihre Mutter völlig entnervt.

»… und du hast auch nichts Besseres zu tun, als sie von ihren Pflichten abzulenken!«, fauchte sie in Lutz' Richtung.

Lutz schnappte nach Luft und wollte eine Erklärung abgeben, aber da trat Herr Hallhuber nach vorne, nahm seine Frau in den Arm und bat, sichtlich um Beherrschung bemüht: »Junge, bitte in Kurzform, was ist passiert?«

Sich gegenseitig ergänzend, schilderten Mathilda und Lutz den Ablauf des Abends, wobei sie allerdings in stillem Einverständnis einige intime Details ausließen. Als die beiden verstummten, machte Mathildas Vater eine resignierende Handbewegung. Ohne den Bericht in irgendeiner Form zu kommentieren, erklärte er mit rauer Stimme: »Dann werden wir wohl die Polizei verständigen müssen. Wie es aussieht, wurde unser Fritzchen entführt.« Er griff zum Mobiltelefon.

Während er wählte, kam ein lautes schmerzhaftes Aufheulen von Frau Hallhuber. Zunächst sah es so aus, als würde sie zusammenbrechen, doch dann stürzte sich die Frau schreiend und mit erhobenen Fäusten auf ihre Tochter und trommelte verzweifelt auf sie ein. Mathilda hob schützend ihre Arme über den Kopf, dann flüchtete sie sich in Lutz' Arme. Der Junge hatte alle Mühe, das Mädchen vor der Attacke ihrer Mutter zu schützen.

Eine Viertelstunde später näherte sich ein Streifenwagen mit Blaulicht und Sirene. Die beiden Streifenbeamten kamen mit Taschenlampen in den Händen auf die Wartenden zu. Kurz darauf ging ein Funkspruch an die Einsatzzentrale, mit dem die Streifenbeamten die Spezialisten von der Kriminalpolizei anforderten.

Die Entführung von Baby Fritz ging wie ein Lauffeuer durch alle Medien der Bundesrepublik. Die verzweifelten Eltern starteten Aufrufe im Fernsehen und appellierten an die Ent-

führer, sie mögen ihnen doch ihre Forderungen nennen, sie
wären bereit alles zu tun, um ihr Kind gesund zurückzube-
kommen.

Tagelang wurde das Waldstück, wo die Entführung statt-
gefunden hatte, mit Hunden und Suchketten der Bereit-
schaftspolizei durchkämmt. Die Telefonleitung der Hallhubers überwachte man mit einer Fangschaltung, falls sich die
Entführer meldeten. Parallel wurden das Umfeld von Lutz
und auch das Familienleben der Hallhubers durchleuchtet,
da man ja nie ausschließen konnte, dass die Eltern in die Sache verstrickt waren. Die eingerichtete Sonderkommission
»Baby Fritz« sondierte alle eingehenden Hinweise aus der Bevölkerung, die aber zu keinem Ergebnis führten.

Nach zwei Wochen ließ die Hoffnung, das Kind gesund
wiederzufinden, merklich nach. Von den Entführern meldete
sich niemand. Mit jedem Tag, der erfolglos verging, wurde
den Polizisten immer klarer, dass die Aussicht, das Kind lebend wiederzufinden, immer mehr gegen null tendierte. Alle
anderen Ermittlungsansätze verliefen ebenfalls im Sand. Die
Sonderkommission wurde zwar noch aufrechterhalten, personell aber stark heruntergefahren. Das Verschwinden von
Fritz wurde in die Reihe der Entführungsfälle eingeordnet,
die ein Rätsel blieben. Auch die Presse wandte sich aktuelle-
ren Themen zu.

1

Es war fast fünf Uhr morgens. Jetzt im Frühling würde es noch gut zwei Stunden dauern, bis die Sonne aufging. Der Mann parkte den dunkelgrauen Mercedes auf der Stellfläche vor seiner Garage, da er um diese Uhrzeit keinen unnötigen Lärm veranstalten wollte. Die Tür drückte er mit einer energischen Bewegung des Knies zu. Fast lautlos rastete das Schloss des Oberklassenfahrzeugs ein. Die Begrenzungsleuchten des Wagens blinkten mehrmals hektisch auf, als er mit der Fernbedienung abschloss.

Den dunkelfarbenen Renault Kangoo auf einem Stellplatz zwischen zwei frisch gepflanzten Kastanienbäumen am Rande der neu gebauten Straße, ein Stück von seinem Haus entfernt, bemerkte er nicht. Diese Straße durchlief das Würzburger Neubaugebiet Am Hubland, ehemals Gelände der US-Armee, und sollte nach den Vorstellungen der Städteplaner zukünftig beiderseits von Einfamilien- und Reihenhäusern gesäumt werden. Im Augenblick gab es noch zahlreiche verwilderte Baulücken, die, aber schon mit farbigen Vermessungspflöcken versehen, die geplanten Parzellierungen erkennen ließen.

Der Mann, eine Sporttasche schlenkernd, näherte sich lockeren Schrittes dem Einfamilienhaus, das zu beiden Seiten durch jeweils drei leerstehende Bauplätze von den nächstliegenden fertiggestellten und bewohnten Häusern getrennt war. Er verzog verärgert das Gesicht, als eine der Steinplatten des Weges unter seinen Füßen leicht wackelte. Gleich morgen früh würde er die Firma anrufen und den Mangel reklamieren.

Das Haus lag in völliger Dunkelheit, da eine tiefhängende Wolkendecke das Mondlicht verfinsterte und eine flächendeckende Straßenbeleuchtung hier erst im Entstehen war. Seine Frau Eleonore und seine beiden Kinder, Silva, ein Mädchen von zehn Jahren, und der zwölfjährige Max, schliefen sicher tief und fest im oberen Stockwerk, wo sich die Schlafräume befanden. Sie wähnten den Ehemann und Vater im Klinikum bei der Arbeit als Oberarzt. Um seine Familie nicht zu stören, würde er sich jetzt in seinem Arbeitszimmer im unteren Stockwerk auf einer Couch zur Ruhe legen. Dies war wegen seiner unregelmäßigen Dienste eine durchaus gängige Praxis, mit der sich seine Frau schon lange abgefunden hatte.

Gerade als er den Schlüssel ins Schloss stecken wollte, überkam ihn unvermutet das bedrohliche Gefühl körperlicher Nähe. Ehe er reagieren konnte, fühlte er an seinem Hals eine kalte Berührung, dann fuhr ein heftiger Stromschlag durch seinen Körper, der alle seine Muskeln verkrampfen ließ und ihm die Sinne raubte. Wie ein gefällter Baum kippte er um. Ehe er den Boden berührte, wurde er von zwei starken Armen aufgefangen. Der hochgewachsene Mann, der sich ihm völlig unbemerkt genähert hatte, ließ sein Opfer langsam auf die Betonplatten sinken. Er holte eine aufgezogene Spritze aus der Brusttasche seines schwarzen Jogginganzugs, dann schob er den Hemdärmel seines Opfers in die Höhe und stach die Nadel routiniert in die Muskulatur. Zügig injizierte er das schnell wirkende Betäubungsmittel. Anschließend schob er die Nadel wieder in ihre schützende Hülle und steckte die Spritze ein. Noch immer über den liegenden Mann gebeugt, prüften seine Augen zum wiederholten Male die Umgebung. Weit und breit war keine Menschenseele zu sehen. Vorsichtig hob er den erschlafften Körper des

Mannes in die Höhe. Obwohl er ausgesprochen kräftig war und sein Opfer kaum Übergewicht hatte, kündete ein leises Ächzen von der körperlichen Anstrengung, als er sich den Mann mit Schwung über die Schulter wuchtete. Mit der freien Hand schnappte er sich seine Sporttasche und eilte mit kurzen, schnellen Schritten zum Kastenwagen. Dort verfrachtete er sein betäubtes Opfer auf die Ladefläche, die mit einer Plastikplane ausgekleidet war. Mit wenigen Handgriffen warf er einige Decken über den Körper, dann schloss er leise die Türe. Nach seiner Berechnung genügte die verabreichte Dosis für eine ausreichend lange Betäubung. Während er sich hinter das Steuer schob, bewegte er seine Schultern und den Kopf in kleinen kreisenden Bewegungen, um die vom Tragen angestrengte Muskulatur zu lockern. Einen Moment später lenkte er den Renault aus der Parklücke. Erst gute hundert Meter von dem Haus entfernt schaltete er das Fahrlicht ein.

Das Erwachen war wie das Auftauchen aus einem tiefen, schweren Traum. Beim Versuch, die Augen zu öffnen, stach ihm gleißendes Licht wie Dolchspitzen in die Augen. Blitzschnell schloss er sie wieder, bis er es einen Moment später erneut versuchte. Die Helligkeit kam von mehreren Leuchtstoffröhren, die über ihm an der Decke befestigt waren. Er lag flach auf einem glatten, kalten Untergrund. Als Nächstes registrierte er seine vollständige Nacktheit. Beim Versuch, sich aufzurichten, bemerkte er mehrere breite Kunststoffriemen, die über seinem Oberkörper verliefen und ihn an Ort und Stelle fixierten. Die ebenfalls festgeschnallten Arme lagen seitlich ausgestreckt auf einer Liege. Er hob seinen Kopf, soweit es ging. Sein Blick huschte irritiert durch einen völlig weiß gefliesten Raum. Mit Entsetzen registrierte er seine gespreizten Beine, die an die Beinhalterungen eines gynäkologischen Stuhls geschnallt waren. Jetzt erst nahm er auch die Kühle seiner Umgebung war. Ein eiskalter Schauer fuhr durch seinen Körper und vertrieb den letzten Rest des Betäubungsmittels aus seinem Kopf. Stattdessen wurde er von Furcht ergriffen. Noch nie in seinem Leben hatte er sich derart ausgeliefert gefühlt. In seiner Welt war er es, der über das Schicksal anderer Menschen entschied. Seine Augen erfassten jedes Detail dieses Raumes, der ihn in seiner sterilen Ausstrahlung in frappierender Weise an einen der Operationssäle erinnerte, in denen er tagtäglich arbeitete. Erstaunlicherweise beruhigte ihn dies aber nicht, eher im Gegenteil. Bevor er sich so weit gefasst hatte, dass er seine gegenwärtige Lage halbwegs rational analysieren konnte, öffnete sich zu seinen Füßen an der Schmalseite des Raumes eine Tür. Ein hochgewachsener Mann trat ein, der vollständig mit einem weißen Schutzoverall bekleidet war, der die Konturen seines Körpers verwischte. Sein Kopf verschwand unter einer gleichfarbigen Haube, die nur zwei Öffnungen für die Augen besaß. Seine Hände steckten in Gummihandschuhen, seine Schuhe in Überziehern, die er ebenfalls aus dem OP-Saal kannte. Langsam kam der Mann näher und musterte wortlos seinen Gefangenen mit dem abschätzenden Blick eines Henkers, der den Delinquenten daraufhin begutachtete, was er ihm zumuten konnte.

Der Mann auf dem Stuhl hielt es nicht länger aus. Mit einer rauen Stimme, die er selbst kaum wiedererkannte, stieß er hervor: »Wer sind Sie? Was wollen Sie von mir? Was soll das alles?« Er zerrte heftig an den Bändern.

Wortlos umkreiste der Vermummte den Stuhl. Verkrampft folgte ihm der Gefangene mit den Augen.

»Sie sind Privatdozent Dr. Philipp Lohneis?«, kam die kräftige Stimme des Mannes etwas gedämpft unter der Maske hervor.

Der Gefangene war von dieser sachlichen, emotionslosen Frage so überrascht, dass er nur zustimmend nicken konnte.

»Wenn Sie meine Fragen bitte laut beantworten. Unser Gespräch wird aufgezeichnet und ich möchte nicht, dass es irgendwann zu Irritationen kommt. – Also, noch einmal: Sie sind Privatdozent Dr. Philipp Lohneis? Oberarzt der kinderchirurgischen Abteilung der Uni-Klinik Würzburg?«

»Das ist richtig«, gab Lohneis nunmehr vernehmlich zurück. »Aber warum wollen Sie das wissen? Und weswegen liege ich hier nackt festgeschnallt auf diesem Stuhl?« Zur Unterstreichung seiner Worte riss er wieder heftig an den Fesseln. Zorn begann seine Furcht zu überdecken.

»Sie sind hier wegen Anni Neugebauer. Neun Jahre alt, blond, mit blauen Augen. Sie kennen Anni Neugebauer!«

»Eine Patientin mit diesem Namen ist mir unbekannt!«, kam es unerwartet heftig von Lohneis.

»Anni Neugebauer war nie Ihre Patientin.« Er äußerte dies mit der gleichen Ruhe und Gelassenheit wie seine Sätze davor. »Sagen Sie mir, wo Sie mit ihr zusammengekommen sind.«

»Ich habe keine Ahnung, wovon Sie sprechen! Binden Sie mich endlich los!« Wieder riss er an seinen Fesseln.

Der Maskierte reagierte nicht darauf, vielmehr drehte er sich herum und verließ den Raum. Der Gefangene erstarrte und blickte ihm wie paralysiert hinterher. Eine schreckliche Furcht lähmte plötzlich seinen Verstand. Nach einer Weile kam der Mann zurück. Er trug einen länglichen Gegenstand in seiner Hand, den der Mediziner nicht gleich identifizieren konnte. Plötzlich drang ein schwer beschreibbarer Geruch an seine Nase, der ihm aber irgendwie bekannt vorkam. Schlagartig kam ihm die Erkenntnis! Es war der Geruch, der im OP entstand, wenn ein Kauter, ein elektrisch erhitzbares Operationsinstrument zum Einsatz kam, mit dem man beispielsweise Blutungen stillen konnte.

Mit schreckensweit geöffneten Augen fühlte er auf seiner Haut die starke Hitze, die von dem Gegenstand ausging, als sein Peiniger sich zwischen seine gespreizten Beine stellte.

»Sagen Sie mir, wo Sie das Kind getroffen haben, dann werde ich Sie vorher betäuben.«

Als Lohneis das Brandeisen erkannte, begann er unartikuliert zu schreien. »Ich weiß nicht, wovon Sie sprechen«, würgte er hervor. »Sie sind ja völlig wahnsinnig!«

»Wie Sie wollen«, erwiderte der Mann mit großer Ruhe, dann zielte er mit dem glühenden Eisen, das er mit beiden Händen an einem Holzgriff hielt, auf den Bauch dicht unterhalb des Bauchnabels. Lohneis kämpfte wie ein Rasender gegen seine Fesseln, die ihn unbarmherzig fixierten. Mit einer entschlossenen Bewegung drückte der Mann das heiße Metall fest auf den Unterbauch des Gefangenen. Es zischte und beißender, stinkender Qualm stieg auf. Nach drei Sekunden nahm er das Eisen wieder weg. Das nicht mehr enden wollende, unmenschliche Gebrüll des gemarterten Mannes schallte schaurig von den gefliesten Wänden wider. Nach einem letzten Aufbäumen sackte Lohneis in sich zusammen. Eine gnädige Ohnmacht nahm ihm für den Augenblick den Schmerz.

Der Vermummte legte das Brandeisen in ein Handwaschbecken mit Wasser. Zischend und dampfend kühlte es ab. Dann trat er an sein Opfer heran und musterte ohne Gefühlsregung das Ergebnis seiner Tat. Die Brandwunden hoben sich wulstartig von der Haut ab. Deutlich war das aufgeplatzte, blanke Fleisch sichtbar. Sie würden später gut sichtbare Narben abgeben, wodurch die Botschaft für immer gut lesbar sein würde. Er trat neben den Gefesselten und schlug ihm auf die Wangen. Es war noch nicht zu Ende. Auch den zweiten Akt sollte der Mann bei vollem Bewusstsein mitbekommen. Wenig später flatterten Lohneis' Augenlider und er kam zu sich. Sofort schoss der überwältigende Schmerz durch seinen Körper und ein gequältes Stöhnen kam aus seinem Mund.

Sein Peiniger wartete noch einen kurzen Moment, bis er sicher sein konnte, dass sein Gefangener seine weiteren Handlungen voll zur Kenntnis nahm, dann ging er zu dem Tisch mit den aufgereihten Instrumenten. Gezielt wählte er ein bestimmtes aus, dann trat er erneut zwischen die Beine seines Opfers und machte sich ans Werk. Wieder wurden die kalten Wände Zeugen der Grausamkeit des Täters.

Kurz vor Ende der Nachtschicht wurde die diensthabende Krankenschwester durch heftiges Klingeln am Eingang der Notfallambulanz des Missionsärztlichen Klinikums in Würzburg aufgeschreckt. Sie eilte zur Gegensprechanlage und meldete sich, erhielt aber keine Antwort. Etwas verärgert, weil sie wieder einmal auf die geistlose Aktion eines Betrunkenen tippte, eilte sie zum Eingang und öffnete per Knopfdruck die Doppeltür. Kaum waren die Türflügel aufgeschwungen, erkannte sie draußen einen am Boden liegenden nackten Mann. Sie eilte zu ihm und war sich nach einem kurzen Blick sofort darüber im Klaren, dass sich der Ärmste in einem lebensgefährlichen Zustand befand. Hektisch alarmierte sie eine Kollegin und den diensthabenden Arzt.

Das Überwinden der Schwerkraft seiner Augenlider kostete ihn enorme Kraft. Er hatte das Gefühl, dass Tonnengewichte an ihnen hängen würden. Obwohl im Raum nur ein schwaches Dämmerlicht herrschte, erschien es ihm, als würde durch die dünnen Schlitze seiner fast geschlossenen Lider gleißendes Scheinwerferlicht dringen. Nur träge setzte sein Verstand wieder ein und ließ ihn einige Gegenstände in seiner Umgebung schemenhaft erfassen.

Nachdem sich seine Augen halbwegs an das Licht gewöhnt hatten, öffnete er sie ganz. Seinen Empfindungen und seinem Wahrnehmungsvermögen nach befand er sich in einem Zustand wie nach dem Erwachen aus einem tiefen Schlaf. Im Zeitlupentempo bewegte er seinen Kopf und versuchte den gesamten Raum zu erfassen. Er erkannte, dass er von medizinischen Geräten umgeben war. Sein Blickfeld ermöglichte ihm die Wahrnehmung einer Glaswand, hinter der ebenfalls Licht, helleres Licht, brannte. Jetzt hörte er auch Geräusche. Es war das fast schon melodisch zu nennende Zusammenspiel verschiedener Tonquellen. Von einem Augenblick auf den anderen wusste er, dass es sich um Maschinengeräusche von Computern handelte, die seine vitalen Funktionen überwachten.

Nur mühsam lichtete sich der Nebel um seinen Verstand, ohne jedoch vollständig zu weichen. Einen Augenblick später überraschte ihn die Erkenntnis. Plötzlich erkannte er, diese Umgebung war fester Bestandteil seines Lebens. Sein Beruf war es, zu wissen, wie diese Geräte funktionierten und einzusetzen waren. Aber irgendetwas schien an der gegenwärtigen Situation total falsch! Es war für ihn nicht normal, diese Dinge passiv zu erleben, gewissermaßen als Konsument, denn er war Arzt!

Als er seine Hand heben wollte, um sich über das Gesicht zu fahren, stellte er fest, dass dies nicht möglich war. Der dadurch ausgelöste Impuls riss die letzten Nebelfetzen zur Seite. Wie eine riesige Tsunamiwoge fegte die grausame Erkenntnis über ihn hinweg und hinterließ blankes Entsetzen. Der Schock war so stark, dass er sekundenlang glaubte, sein Herz würde explodieren. Er zerrte heftig an den Fixierungen, wodurch einige der Apparate Alarm auslösten. Gleichzeitig schickte sein malträtierter Körper Schmerzen in sein Gehirn, was ihn zu einem verzweifelten Schrei veranlasste.

Ein fremdes Gesicht trat in sein Blickfeld, dessen Mund Worte formte, die ihn jedoch nicht erreichten. Sekunden später bemächtigte sich wieder der Nebel seines Verstandes und mit ihm kam gnädige Ohnmacht, die jede Art von Selbsterkenntnis auslöschte.

Der Leiter der Intensivstation nahm die Hand von dem Knopf, mit dem er gerade am Tropf die Dosis des Medikaments, mit dem er den schwer traumatisierten Patienten sedierte, deutlich heraufgesetzt hatte. Mit Sorge blickte er auf den Mann herab, dem man Verletzungen von einer Grausamkeit zugefügt hatte, wie er sie in seiner gesamten beruflichen Laufbahn als Chefarzt noch nie gesehen hatte. Sicher würde der Patient bei entsprechender Behandlung gute Chancen haben, körperlich zu genesen. Eine ganz andere Frage war die Psyche. Deshalb und wegen der massiven Schmerzen, die bei diesen Verletzungen auftraten, hatte die Ärztekonferenz des Klinikums beschlossen, den Patienten einige Zeit in ein künstliches Koma zu versetzen. Eigentlich hätte er, wie gerade geschehen, noch gar nicht erwachen dürfen. Wahrscheinlich war die Dosis des Betäubungsmittels zu schwach gewählt worden. Der Arzt wartete einen Moment, bis er sicher sein konnte, dass der Patient diesmal tief und fest schlief, dann verließ er das Zimmer. Auf ihn wartete ein Gespräch mit einem Beamten der Mordkommission. Die Verwaltung des Klinikums hatte wegen der Art der Verletzungen und der Umstände, die das Eintreffen des Patienten in der Notaufnahme begleiteten, sofort die Polizei verständigt. Er würde den Beamten enttäuschen müssen, denn an eine Vernehmung des Verletzten war in der nächsten Zeit nicht zu denken. Die Polizei musste versuchen, die Identität des unbekannten Mannes ohne dessen Mithilfe zu ermitteln.

Nach weiteren zehn Tagen veranlassten die Ärzte ein erneutes kontrolliertes Aufwachen. Mühsam, als müsse er eine Tonne bewegen, hob er seinen Kopf ein wenig an und musterte seine nächste Umgebung. Schnell erkannte er, dass er sich in einem Bett auf einer Intensivstation befand. Erneut kam die schreckliche Erinnerung. Diesmal war seine Reaktion weniger heftig. Der Arzt erklärte ihm, dass sich sein Zustand stabilisiert und seine Wunden zu heilen begonnen hätten. Fragen zu seiner Identität beantwortete er nicht. Auf sein Drängen hin klärte ihn der Chefarzt schließlich über seinen Gesamtzustand auf. Der Schock war so schlimm, dass man ihn nochmals für einige Tage sedieren musste.

Als man ihn wieder aufwachen ließ, eröffnete ihm der Arzt, dass er die Polizei darüber informieren musste, dass er nun vernehmungsfähig war. Obwohl alle Mitarbeiter darüber rätselten, welche schrecklichen Hintergründe seine Verletzungen hatten, sprach ihn keiner darauf an. Eine Woche später wurde er in ein Einzelzimmer auf die Normalstation verlegt.

Die Nachtschwester versorgte den Mann ohne Namen mit einer gewissen Scheu. Was nicht zuletzt daran lag, dass er kaum sprach. Auch gegenüber dem Kriminalbeamten, der ihn schließlich aufsuchte, äußerte er sich nicht. Schweigend lag er Tag für Tag in seinem Bett und starrte zum Fenster hinaus. Er verweigerte jegliche Nahrungsaufnahme und trank nur wenig. Schließlich versorgte man ihn über einen Zugang mit einer Nährlösung.

Um ein Uhr machte die Nachtschwester eine ihrer Runden. Sie sah auch nach dem unbekannten Patienten, fragte ihn, ob er Wünsche habe, ob er ein zusätzliches Schmerzmittel wolle oder eine medikamentöse Einschlafhilfe benötige. Auf alle ihre Fragen erntete sie nur Schweigen. Schließlich resignierte sie, machte ihn, wie jede Nacht, darauf aufmerksam, dass sie jederzeit in Rufbereitschaft sei und verließ das Krankenzimmer. Bis zur nächsten Runde würde nun einige Zeit vergehen. Sie eilte in das Schwesternzimmer und tätigte verschiedene Eintragungen in die Patientenakten. Dieser spezielle Patient mit seinen eine eindeutige Sprache sprechenden Verletzungen nötigte dem gesamten Pflegepersonal viel ab, was sie und ihre Kollegen nur dank großer Professionalität meistern konnten.

Der Patient ließ einige Zeit verstreichen, dann warf er die Bettdecke zur Seite und schob langsam seine Beine über den Bettrand, bis er zum Sitzen kam. Mit zwei Handgriffen schaltete er das Gerät ab, das ihn noch immer überwachte. Der Monitor verdunkelte sich. Mit kundigen Bewegungen befreite er seinen linken Handrücken von der Infusionsnadel. Sofort verstärkten sich die Schmerzen, die im Liegen durch die Medikamente nur gedämpft zu spüren waren. Besonders die Brandwunde am Bauch ließ ihn aufstöhnen.

Der Schmerz erinnerte ihn an die Tortur, der ihn der Unbekannte unterzogen hatte. Zu Recht, wie er sich in den vielen Stunden des Leidens letztlich eingestanden hatte. Ihm war klar, der Mann hatte mit seinen Handlungen seine gesamte bürgerliche Existenz zerstört. Seine Familie würde ihn hassen, wenn die Wahrheit ans Licht kam. Er musste verhindern, was noch zu verhindern war. Mit zusammengebissenen Zähnen rutschte er mit dem Gesäß so weit vor, bis er mit seinen nackten Sohlen den Boden berührte. Sich an der Matratze abstützend, richtete er sich langsam auf. Da seine Bauchgegend verbunden war, trug er kein Krankenhaushemd. Man hatte ihm eine jener Netzeinwegunterhosen angezogen, die es ermöglichten, darunter einen Verband zu tragen.

Er blieb eine Minute stehen, bis sich sein Kreislauf an die aufrechte Haltung angepasst hatte. Schon seit drei Tagen hatte er Nacht für Nacht das Aufstehen trainiert und war mit zusammengebissenen Zähnen einige Schritte im Zimmer herumgelaufen. Länger durfte er nicht mehr warten. Heute Nacht fühlte er sich stark genug, sein Vorhaben in die Tat umzusetzen. Mit kleinen Schritten näherte er sich der Tür, die neben dem großen Fenster auf einen das Gebäude umlaufenden Balkon hinausführte. Entschlossen öffnete er den Riegel und zog die Tür auf. Der Rahmen gab ihm Halt. Kühle Nachtluft schlug ihm entgegen. Zaghaft berührten seine nackten Sohlen die Fliesen des Balkons. Er wusste, dass er sich im obersten Stockwerk dieses Gebäudes befand. Unter ihm in der Dunkelheit verbarg sich eine kleine Grünanlage, an die sich ein Parkplatz anschloss. Ursprünglich hatte er daran gedacht, sein Vorhaben durch eine massive Überdosierung des Betäubungsmittels durchzuführen, das man ihm gegen die Schmerzen verabreichte. Dieser Plan wurde jedoch durch die Apparate durchkreuzt, da sie sofort Alarm geschlagen hätten, wenn er von der einprogrammierten Dosis abgewichen wäre.

Mit drei zögernden Schritten war er am Geländer. Krampfhaft hielt er sich fest, um den aufkommenden Schwindel zu beherrschen, der ihm kurzfristig den Blick vernebelte. Als er den Anfall überwunden hatte, blickte er nach links und rechts. Der Balkon war menschenleer. Aus wenigen entfernteren Zimmern drang schwacher Lichtschein. Vermutlich Patienten, die keinen Schlaf fanden.

Er starrte in den Abgrund. Einige Lampen erleuchteten den Parkplatz, der Grüngürtel unter ihm lag in Dunkelheit. Er zögerte kurz, sein Entschluss geriet für eine Gedankenlänge ins Wanken. Tränen liefen ihm über die unrasierten Wangen. Er fühlte sie nicht. Der Teufel in ihm hatte ihn zu diesen schlimmen Taten verführt. Es waren nur wenige Kinder, die er seiner Neigung geopfert hatte. Vor seinem geistigen Auge erschienen die furchtsam aufgerissenen Augen der kleinen Mädchen, denen er nicht hatte widerstehen können. Für jedes einzelne hatte er diese Strafe verdient. Er stand jetzt im wahrsten Sinne des Wortes direkt am Abgrund. Ihm war klar, dass das Leben ihm keine Gelegenheit mehr bot, Wiedergutmachung zu leisten. Nun galt es, für seine Handlungen geradezustehen. Sein letzter Gedanke galt seiner Familie, die er durch seine nun offenkundig werdenden Verfehlungen dazu verurteilt hatte, mit dieser erdrückenden Schmach weiterleben zu müssen. Er gab sich einen Ruck und zog sich über das Balkongeländer. Ohne einen Laut stürzte er mit dem Kopf voraus in die Finsternis. Von dem Aufprall bekam er nichts mehr mit.

2

ein!« Sein heiserer Schrei gellte durch das dunkle Schlafzimmer und riss ihn aus dem schrecklichen Traum. Schwer atmend richtete er sich im Bett auf. Quälend langsam fand er den Weg aus den bedrückenden Bildern in die Realität. Zögernd wischte er sich über die schweißnasse Stirn. Das Oberteil seines Schlafanzugs klebte feucht und unangenehm kalt an seinem Körper. Es dauerte noch einige Sekunden, bis er in die Gegenwart fand.

Simon Kerner setzte die Füße auf den Boden, dabei fiel sein Blick auf die grünlich schimmernde Leuchtanzeige seines Weckers. Kurz nach vier Uhr. Eigentlich hätte er auch ohne diese Information die Uhrzeit bestimmen können. Seit er vor einer Woche von seinem langen Marsch auf dem Jakobsweg zurückgekehrt war, riss ihn der immer gleiche, schwere Alptraum zu dieser nächtlichen Stunde aus dem Schlaf. Ein Phänomen, das erst aufgetreten war, seitdem er wieder in seinem Haus wohnte. Auf der langen, erschöpfenden Pilgerreise hatte er meist tief und traumlos geschlafen. Es war, als hätten die Geister der Vergangenheit hier auf ihn gelauert, um ihn zu quälen.

Langsam erhob er sich und verließ, ohne das Licht anzumachen, barfuß das Schlafzimmer. Erst im Bad drückte er auf den Lichtschalter. Das grelle Licht der Deckenleuchte zwang ihn, die Augen zusammenzukneifen. Er zog den feuchten Schlafanzug aus und warf ihn auf einen Haufen Schmutzwäsche, der sich in der Ecke neben der Waschmaschine ansammelte, getragene Kleidung von seiner zurückliegenden Reise. Bisher hatte er noch nicht die Energie gefunden, sie in die Waschmaschine zu stecken. Kerner öffnete die Tür der Duschkabine, stellte das Wasser an und trat unter die heißen Wasserstrahlen. Mit geschlossenen Augen ertrug er die Hitze, die seinen Körper langsam von der klebrigen Kälte befreite. Als er es fast nicht mehr ertragen konnte, drehte er die Mischbatterie abrupt auf Kalt. Innerhalb von Sekunden prasselten die eisigen Strahlen wie Nadelstiche auf ihn herab und ließen ihn erschauern. Erst als seine Haut von der Kälte fast gefühllos war, drehte er das Wasser ab und trat aus der Dusche. Dankbar registrierte er, dass der Wasserdampf den Spiegel über dem Waschbecken total beschlagen hatte, so musste er den Anblick seines Gesichts nicht ertragen.

Seit seiner Rückkehr war es ihm noch nicht gelungen, auch nur annähernd in die Normalität seines früheren Lebens zurückzufinden. Als er sein Haus zum ersten Mal wieder betrat, richtete sich die Leere wie eine Mauer vor ihm auf. Alle Gegenstände, die ihm einst so vertraut gewesen waren, strahlten Fremdheit und Kälte aus und stießen ihn von sich. Steffis Aura, die sonst wie eine warme Umarmung in jedem Raum zu spüren gewesen war, fehlte schmerzhaft. An ihre Stelle war ein beängstigendes Vakuum getreten, das ihm fast die Luft zum Atmen nahm. Verzweifelt war er durch das Haus geirrt, um einen Platz zu finden, wo diese Empfindung etwas erträglicher wurde. Dabei fiel ihm auf, dass er in Gedanken »das« Haus sagte, nicht »sein« Haus. Kerner war seinem Freund Eberhard Brunner sehr dankbar, dass der sich in unregelmäßigen Abständen um das Haus gekümmert hatte. Objektiv betrachtet war alles in Ordnung. Subjektiv fühlte er sich hier wie ein Fremder.

Kerner verließ, eingewickelt in das Handtuch, das Bad, betrat das Schlafzimmer und öffnete seinen Kleiderschrank.

Heute war sein erster Arbeitstag. Ohne zu überlegen, griff er sich frische Unterwäsche, Socken, ein dunkelblaues Hemd, einen anthrazitfarbenen Anzug und eine passende Krawatte. Für einen Moment zögerte er, dann legte er die Kleidungsstücke auf das leere Bett neben seiner zerwühlten Zudecke. Steffis Bett. Eberhard hatte die Federdecke und ihr Kissen weggeräumt. Er hatte dies ohne Rücksprache mit ihm getan, um ihm den Schmerz der Berührung mit diesen intimen Dingen zu ersparen. Kerner schüttelte den Kopf, um die Gedanken aus seinem Kopf zu verjagen. Er musste seinen Vorsatz einhalten und loslassen. Während seiner Pilgerreise hatte er sich bei schmerzlichen inneren Kämpfen zu dieser Erkenntnis durchgerungen. Dort hatte ihm auch die räumliche Entfernung von zuhause geholfen. Hier im Haus, wo jeder Kubikzentimeter Raumluft Steffi mit sich trug, begann dieser harte Prozess unter erschwerten Bedingungen von neuem.

Er ließ das Handtuch fallen und zog sich an. Als er den Bund der Anzughose schloss, bemerkte er reichlich Spiel. Auch an seinen anderen Kleidungsstücken war ihm aufgefallen, dass er einige Pfunde abgenommen hatte. Seine Muskulatur war durch die täglichen Anstrengungen der Wanderschaft noch kräftiger geworden, seine Fettreserven aber praktisch aufgebraucht. Er schnallte den Gürtel zwei Loch enger. Vor dem Spiegel band er seine Krawatte, dann fuhr er sich mit den Fingern durch die Haare, die ein gutes Stück länger waren, als er sie früher getragen hatte. Letztmals hatte in Spanien ein Dorffrisör Hand an ihn gelegt. An den Schläfen drängten sich, gut sichtbar, die ersten grauen Haare in den Vordergrund. Den langen Bart, der ihm auf der Reise gewachsen war, hatte er schon kurz nach seiner Ankunft abgenommen. Die Stellen in seinem hager gewordenen Gesicht, die wegen Bart und Haaren nicht der Sonne ausgesetzt waren, wirkten gegenüber seiner ansonsten tiefen Bräune bleich und leicht maskenhaft.

Beim Läuten des Telefons im Wohnzimmer zuckte er leicht zusammen. Kerner war dieses Geräusch nicht mehr gewöhnt. Unterwegs hatte er auf jede Art von moderner Kommunikation verzichtet. Nur so konnte er den erforderlichen Abstand zu seinem alten Leben schaffen.

»Hallo Simon«, kam die Stimme von Eberhard Brunner aus dem Hörer, »ich möchte dir für deinen ersten Arbeitstag nochmals alles Gute wünschen. Du hast ja heute erst mal einen Termin beim Landgerichtspräsidenten hier in Würzburg. Wenn du fertig bist, ruf mich an. Wir können uns dann auf einen Kaffee treffen. Du solltest es erst einmal langsam angehen lassen. Sonst ist alles in Ordnung bei dir?«

Sein Freund Eberhard Brunner, der als Leiter der Mordkommission in Würzburg arbeitete, hatte ihn nach seiner Ankunft in Würzburg vom Bahnhof abgeholt und ihn hierher nach Partenstein gefahren. Seitdem hatte er ihn jeden zweiten Tag besucht. Auch gestern wollte er kommen, musste sich dann aber wegen eines dringenden Einsatzes entschuldigen.

»Danke. Schön, dass du anrufst. Ich mache mich gerade fertig. Ich bin etwas angespannt. Kann sein, dass mir der Präsident eine unangenehme Eröffnung macht. Immerhin bin ich ja nach …« Er stockte kurz, dann fuhr er fort: »… den Ereignissen ziemlich fluchtartig aufgebrochen. Im Nachhinein betrachtet, habe ich meine Behörde wohl ziemlich im Stich gelassen.« Kerner verstummte.

»Mach dir keine Vorwürfe! Ein anderer wäre bei diesem Schicksalsschlag, den du ertragen musstest, völlig zusammengebrochen.«

Kerner zuckte mit den Schultern, obwohl Brunner das natürlich nicht sehen konnte. »Vielleicht ist es in meiner Situa-

31

tion das Beste, sich einfach in die Arbeit zu stürzen. Das verdrängt so manchen Gedanken.« Er wechselte das Telefon an das andere Ohr und zwang sich dazu, das Thema zu ändern. »Was habt ihr gestern eigentlich für einen Fall reinbekommen? Einen Mord?« Ihm fiel im Augenblick nichts Besseres ein. Echtes Interesse hatte er, wenn er ehrlich war, im Moment nicht.

»Nein, kein Tötungsdelikt im eigentlichen Sinne. Sieht auf den ersten Blick nach einem Suizid aus. Die Begleitumstände sind aber ziemlich mysteriös. Wir können ja, wenn du willst, später drüber reden.« Auch er wechselte zu einem unverfänglichen Themengebiet.

»Wie bist du eigentlich mit dem Jeep Wrangler zufrieden, den ich für dich angemietet habe? Ich dachte, als Übergangslösung, bis du dir einen neuen fahrbaren Untersatz gekauft hast, ist er doch in Ordnung.«

»Ja, ja, dafür bin ich dir wirklich sehr dankbar. Ich denke aber, ich werde heute erst mal mit dem Motorrad nach Würzburg fahren. Das Wetter passt ja.«

Die beiden Freunde verabschiedeten sich voneinander.

Nach dem Gespräch betrachtete Erster Kriminalhauptkommissar Brunner nachdenklich den Telefonhörer. Er ahnte, warum Simon Kerner heute nicht mit dem Wagen fuhr. Der gemietete Jeep war zwar kein Defender, in dem Kerners Lebensgefährtin Steffi zu Tode gekommen war, aber auch ein Geländewagen und daher für den Freund wahrscheinlich ebenfalls irgendwie belastend.

Simon Kerner faltete sein Anzugjackett sorgfältig zusammen, dann packte er es in eine der beiden Motorradpacktaschen, die im Flur standen. In die andere Tasche verstaute er seine Straßenschuhe. Er schlüpfte in seine Motorradkombi, dann zog er die Stiefel an, der Helm lag neben der Garderobe auf dem Boden. Nachdem er fertig war, warf er sich die Packtaschen über den Arm und ging in die Garage. Einen Augenblick musterte er den dunkelgrünen Jeep, der an der Stelle parkte, wo vor Monaten noch sein schwarzer Defender stand. Nach dem schrecklichen Mordanschlag auf Steffi und ihn war das Fahrzeug nur noch ein Wrack gewesen und Eberhard Brunner hatte es mit seinem Einverständnis, nach Freigabe durch die Spurensicherung, verschrotten lassen. Da war er aber bereits auf dem langen Marsch. Er selbst hätte das sicher nicht fertiggebracht.

Blitzartig und für ihn nicht kontrollierbar, tauchte vor seinem geistigen Auge die schreckliche Szene auf, in der Steffi hinter dem Steuer des Defenders sitzend in seinen Armen gestorben war.

Kerner schlug keuchend mit der Faust gegen die Garagenwand. Der Schmerz vertrieb das Bild und zwang ihn in die Gegenwart zurück. Er schüttelte den Kopf, dann betätigte er die Fernbedienung und das Garagentor öffnete sich. Kerner schnallte die Packtaschen auf dem Motorrad fest, dann hob er es vom Ständer und rollte es auf die Straße hinaus. Das Tor schloss sich hinter ihm. Simon Kerner schwang sich in den Sattel und betätigte den Starter. Ohne Zögern sprang der Motor an. Ein dankbarer Gedanke galt seinem Freund Eberhard, der sich während seiner Abwesenheit auch um das Motorrad gekümmert hatte. Kerner klappte den Windschutz des Helms herunter, legte den Gang ein und gab Gas. Mit etwas gemischten Gefühlen fuhr er in Richtung Würzburg. Er wusste nicht, was ihn erwartete, und er war sich sicher, dass das, was er dem Präsidenten vortragen wollte, bei seinem Vorgesetzten sicher keine Begeisterungsstürme auslösen würde.

In der Tiefgarage des Justizzentrums parkte er sein Motorrad, entledigte sich an Ort und Stelle seiner Motorradkleidung und zog sich das Anzugjackett über. In der Toilette im Parterre des Justizgebäudes warf er einen kurzen Blick auf seine äußere Erscheinung. Nachdem er sich mit dem Kamm noch einmal kurz durch die Haare gefahren war, betrat er den Aufzug und fuhr in das oberste Stockwerk. Er war froh, unterwegs nicht auf irgendwelche Kollegen zu stoßen. Ihm stand im Augenblick der Sinn absolut nicht nach wohlmeinendem Smalltalk. Er war sich absolut sicher, dass jeder Justizmitarbeiter im Hause von seinem Schicksal wusste.

Kerner klopfte kurz an, dann betrat er das Vorzimmer des Präsidenten. Die Sekretärin begrüßte ihn freundlich, wobei ihm nicht entging, dass sie ihn verstohlen, aber gründlich von Kopf bis Fuß musterte.

»Herr Kerner, nehmen Sie doch bitte kurz Platz, der Herr Präsident führt gerade noch ein Telefonat.«

Kerner ließ sich auf einem der Besucherstühle nieder. Es dauerte keine fünf Minuten, dann öffnete sich die Verbindungstür und Präsident Kräuter kam herein. Mit ausgestreckter Hand kam er auf Kerner zu.

»Mein lieber Kerner, es freut mich sehr, Sie gesund und munter wiederzusehen. Seien Sie gegrüßt!« Er schüttelte Simon Kerner, der sich erhoben hatte, kräftig die Hand. »Sie entschuldigen bitte, dass Sie etwas warten mussten.«

»Grüß Gott, Herr Kräuter! Kein Problem.«

Präsident Kräuter ließ Kerner vorgehen und bot ihm einen Platz am Besprechungstisch an. Das Büro hatte eine wahrlich präsidiale Größe und die durchlaufende Fensterfront bot einen bemerkenswerten Ausblick auf die Dächer von Würzburg. Auf dem Tisch standen eine Thermoskanne und ein Tablett mit Kaffeegeschirr. Kerner registrierte sofort drei Gedecke. Offenbar wurde noch eine dritte Person erwartet.

Kräuter griff nach der Thermoskanne und warf Kerner einen fragenden Blick zu. »Sie trinken doch einen Kaffee mit?«

»Gerne«, gab er zurück.

Nachdem ihm der Präsident eingeschenkt hatte, wies er auf das dritte Gedeck. »Ihr Einverständnis vorausgesetzt, werde ich etwas später den Kollegen Rothemund hinzubitten. Aber zunächst einmal möchte ich mich mit Ihnen alleine unterhalten.« Er gab sich etwas Zucker in seine Tasse und rührte gründlich um.

Simon Kerner nickte wortlos. Er nahm einen kleinen Schluck von dem heißen Gebräu, dann wartete er schweigend darauf, dass sein Gegenüber das Gespräch begann. Nachdem er nun wusste, es würde Armin Rothemund, der Leitende Oberstaatsanwalt der Staatsanwaltschaft Würzburg, hinzugezogen werden, erhöhte sich seine innere Anspannung. Rothemund war all die Jahre sein Mentor und Förderer gewesen. Seit den Ereignissen rund um die Ermordung Steffis durch den Wilderer Wolfgang Hasenstamm hatte er mit Rothemund nicht mehr gesprochen.

Der Präsident lehnte sich in seinem Stuhl zurück und sah Kerner prüfend in die Augen.

»Herr Kerner, wie geht es Ihnen? … und ich möchte jetzt nicht irgendwelche Allgemeinplätze hören, sondern die Wahrheit.«

Kerner gab den Blick offen zurück. »Es geht mir ausgezeichnet. Die Auszeit und die Pilgerreise haben mir sehr gutgetan. Ich bin bereit, mein Richteramt wiederaufzunehmen.« Er verstummte.

Kräuter atmete tief durch. »Mein Lieber, Sie haben einen dramatischen Verlust erlitten und waren auch selbst in großer Gefahr. Das bleibt nicht so einfach in den Kleidern hängen. Sie haben die Antwort auf meine Frage auf Ihre körperliche Fitness bezogen. Was mich aber mehr interessiert: Wie steht es mit Ihrer seelischen Verfassung?«

Kerner zögerte einen Moment, dann entschloss er sich, mit offenen Karten zu spielen.

»Ich muss das differenziert beantworten. Was meine eigene Bedrohung betraf, habe ich die Erlebnisse ganz gut weggesteckt. In meiner Militärzeit, als Mitglied einer Sondereinheit, war ich häufiger in Lebensgefahr. Da hat man gelernt, damit umzugehen.« Er atmete einmal tief durch. »Was den Verlust meiner Lebensgefährtin betrifft, hatte ich während meiner Reise reichlich Zeit für Trauerarbeit. Auf dieser Wunde hat sich zwar Schorf gebildet, aber sie ist noch lange nicht geschlossen. Aber ich denke, ich sollte mich jetzt wieder in meine Arbeit stürzen. Das wäre für mich wohl die beste Therapie.«

Der Präsident nahm einen Schluck von seinem Kaffee. »Ich würde es natürlich sehr begrüßen, wenn die Behördenleitung in Gemünden wieder ordnungsgemäß besetzt wäre. Sie wurden zwar vom Kollegen Becker vertreten, aber Sie wissen ja wie das ist. Ein Vertreter trifft kaum wegweisende Entscheidungen. Und das tut einer Behörde und ihrem Personal nicht gut.«

Er erhob sich, trat an seinen Schreibtisch und nahm den Telefonhörer in die Hand.

»Wenn Sie damit einverstanden sind, würde ich jetzt gerne Kollegen Rothemund zu unserem Gespräch hinzuziehen. Er und ich haben uns einige Gedanken zu Ihrer Person und Ihrem weiteren Werdegang gemacht.«

Ohne eine Antwort von Simon Kerner abzuwarten, wählte er eine Nummer. Das Gespräch beinhaltete nur einen knappen Satz, dann legte er wieder auf.

»Einen kleinen Moment, er ist schon auf dem Weg.«

Einen Augenblick später klopfte es an der Tür.

»Der Herr Leitende Oberstaatsanwalt ist da«, erklärte Kräuters Sekretärin und trat zur Seite.

»Er soll bitte hereinkommen!«, bat der Präsident und ging auf die Tür zu, um dem Leitenden Oberstaatsanwalt entgegenzugehen. Kerner erhob sich.

Nachdem Rothemund dem Präsidenten kurz zugenickt hatte, ging er mit ausgestreckten Armen und freudiger Miene auf Kerner zu und nahm ihn kurzerhand in die Arme.

»Lieber Simon, ich freue mich wirklich sehr, dass du wieder zurück bist!« Dies war eine unter Kollegen schon bemerkenswerte Geste der Herzlichkeit. Hier spürte man, dass Rothemund und Kerner über das Berufliche hinaus freundschaftlich verbunden waren. Es tat Kerner gut, zu sehen, dass sich durch die belastenden Geschehnisse der vergangenen Monate an ihrem Verhältnis offenbar nichts geändert hatte. Rothemund war kein Mensch, der ihm etwas vorspielte.

»Wir haben uns ziemlich große Sorgen um dich gemacht!« Rothemund hielt Kerner an beiden Armen ein Stück von sich weg und sah ihm prüfend ins Gesicht. »Ich hoffe, deine Rückkehr ist nicht zu früh. Kollege Kräuter und ich hätten vollstes Verständnis dafür, wenn du noch Zeit benötigst, um in dein altes Leben zurückzukehren.«

Präsident Kräuter nickte zustimmend, dabei lud er die beiden mit einer entsprechenden Geste ein, wieder Platz zu nehmen. Kerner wunderte sich noch immer, dass auch Rothemund bei diesem Gespräch dabei war. Er war zwar mit dem Leitenden Oberstaatsanwalt befreundet, aber als Direktor des Amtsgerichts Gemünden war der Landgerichtspräsident sein Vorgesetzter und für seinen beruflichen Einsatz zuständig. Eigentlich hatte er Rothemund nach seinem Termin beim Landgerichtspräsidenten aufsuchen wollen. Plötzlich verspürte er eine gewisse innere Anspannung. Er hatte das unbestimmte Gefühl, die beiden wollten ihm »etwas beibringen«.

»Mein lieber Kerner«, ergriff da auch schon wieder der Präsident das Wort, während er Rothemund Kaffee einschenkte, »wir alle wissen, dass Sie in den vergangenen Monaten eine schwere Zeit durchgemacht haben. Der Verlust, den Sie erlitten haben, und die Umstände, die dieses schreckliche Ereignis begleiteten, sind für jeden Menschen nur schwer zu verkraften. Auch für einen Mann wie Sie, der, wie wir wissen, über eine stabile und belastbare Psyche verfügt.«

Rothemund nickte zustimmend. Kerner verhielt sich weiterhin abwartend. Kräuter ließ einige Sekunden verstreichen, dann fuhr er fort: »Es war gut und richtig, sich einige Zeit für die notwendige Trauerarbeit und die innere Auseinandersetzung mit den Geschehnissen zurückzuziehen. Sicher steht Ihrer Rückkehr zu Ihrer ursprünglichen Tätigkeit in Gemünden prinzipiell nichts entgegen.«

Er atmete einmal tief durch. Man konnte erkennen, dass er jetzt zu dem großen ABER ansetzte.

»Diese Problematik, lieber Kerner, hat aber auch eine faktische Seite, die durchaus von großem Gewicht ist und die ich als Präsident dieser Behörde nicht außer Betracht lassen darf. Der *Fall Hasenstamm* und die Zerschlagung der islamistischen Terrorzelle, in die Sie intensiv involviert waren, hat in der regionalen und selbstverständlich in der überregionalen Presse hohe Wellen geschlagen. Wogen, die wir zwar glätten konnten, nichtsdestoweniger gab es Pressevertreter, die bohrende Fragen stellten. Auch im Kollegenkreis gab es kritische Stimmen, um dies einmal zurückhaltend zu formulieren. Wie

Sie wissen, hat die in diesem Fall zuständige Staatsanwaltschaft Schweinfurt gegen sie ein Ermittlungsverfahren eingeleitet, in dem überprüft wurde, ob sie tatsächlich in Notwehr gehandelt haben.«

»Wie du weißt«, meldete sich Rothemund zu Wort, »ein in solchen Fällen übliches Routinevorgehen, da ich als Leiter der Würzburger Staatsanwaltschaft die Zuständigkeit nach Schweinfurt abgegeben habe, da man den Eindruck der Befangenheit vermeiden musste.«

Der Präsident nickte. »Nach Auswertung der gesamten Fakten wurde dieses Verfahren eingestellt. Sie haben nicht rechtswidrig gehandelt. Ein Disziplinarverfahren durch mich erübrigt sich damit auch. Sie haben also nach wie vor eine weiße Weste und könnten beruflich dort anknüpfen, wo Sie vor den schlimmen Ereignissen standen.«

Er lehnte sich zurück, griff die Kaffeetasse und nahm einen kräftigen Schluck. Kerner warf Rothemund einen Blick zu. Der Leitende Oberstaatsanwalt betrachtete angelegentlich seine Fingernägel.

»Lieber Kerner«, nahm der Präsident seinen Gesprächsfaden wieder auf, »Sie sind ein alter Hase und wissen, dass ein juristischer Freispruch nicht gleichbedeutend ist mit der Rehabilitation in der Öffentlichkeit. Meine berufliche Erfahrung sagt mir, dass ein dem Anschein nach angeschlagener Richter bei der Ausübung seines Amtes in der Bevölkerung Akzeptanzprobleme haben könnte. Es gibt hierfür Präzedenzfälle.« Der Präsident beugte sich nach vorne und legte beide Handflächen auf den Tisch. »Kollege Rothemund und ich haben uns daher darauf geeinigt, Sie noch einige Zeit aus der Schusslinie zu nehmen. Sie sind für uns menschlich und fachlich viel zu wertvoll, um Sie dort draußen möglicherweise beschädigen zu lassen.«

Der Leitende Oberstaatsanwalt hob den Blick und ergriff das Wort. Kerner war mittlerweile klar, dass er hier Mitwirkender einer abgesprochenen Inszenierung war. Wie er diese einordnen sollte, war ihm noch nicht ganz klar.

»Lieber Simon, bevor du als Behördenleiter nach Gemünden gegangen bist, haben wir ja über deine Karrieremöglichkeiten gesprochen. Damals wollte ich dich aus dem Fokus der Öffentlichkeit haben, weil deine erfolgreichen Ermittlungen gegen die Mafia hohe Wellen schlugen. Ich wollte dich als meinen Nachfolger aufbauen, wenn ich mich einmal auf eine andere Position bewerben würde. Leider ist die Umsetzung dieser Planungen durch die gegebenen Umstände nicht gerade leichter geworden. Du kennst das System. In der augenblicklichen Situation ist es für dich aus taktischen Gründen sicher besser, erneut eine Weile aus dem Blick der Öffentlichkeit zu verschwinden, bis die Medien Ruhe geben.«

Rothemund trank einen Schluck, dann fuhr er fort: »Simon, der Präsident und ich sind der Auffassung, dass es wohl klug wäre, wenn du für einige Zeit in die zweite Reihe zurücktreten würdest, bis ausreichend Gras über die Geschichte gewachsen ist. Wir möchten dir daher folgenden Vorschlag machen: Du ziehst dich so bald wie möglich aus Gemünden zurück. In meiner Behörde wird demnächst die Position eines Oberstaatsanwalts frei. Bewirb dich darauf. Herr Kräuter und ich werden alles dransetzen, dass du diese Stelle auch bekommst. Bei deinen Qualifikationen dürfte es nur wenige geben, die dir im Ranking vorausgehen. Du wärst damit zwar wieder in der gleichen Position wie vor deiner Versetzung nach Gemünden, aber meine Karrierepläne haben sich auch verschoben. Ich werde somit noch einige Zeit als Leitender Oberstaatsanwalt in Würzburg bleiben. Irgendwann steht dann wieder die Frage meiner Nachfolge an, dann kann man neu darüber nachdenken. Du verstehst, was ich meine?«

»Ich glaube schon.« Simon Kerner war natürlich klar, was ihm Rothemund mehr oder weniger deutlich klarmachen wollte. Bedeutungsvoll war dabei, dass dieses Gespräch von Kräuter und Rothemund gemeinsam geführt wurde. Kerner war sich absolut sicher, dass die Brücke, welche die beiden Herren ihm da bauten, mit Sicherheit mit den obersten Dienstbehörden abgesprochen war.

Präsident Kräuter interpretierte Kerners nachdenkliche Miene offenbar als mögliche Ablehnung, denn er ergänzte sehr eindringlich: »Herr Kerner, was wir Ihnen soeben vorgetragen haben, ist eine wohlmeinende Empfehlung. Sie sollten sie ernsthaft in Erwägung ziehen. Es liegt uns sehr daran, dass Sie nicht irreparabel beschädigt werden. Wir erwarten von Ihnen natürlich keine sofortige Entscheidung. Fahren Sie jetzt erst mal an das Amtsgericht Gemünden zurück und lassen Sie sich die Angelegenheit in Ruhe und ernsthaft durch den Kopf gehen. In vierzehn Tagen hätte ich aber gerne von Ihnen eine Antwort.« Er atmete tief durch, dann fuhr er, ehe Kerner etwas sagen konnte, fort: »Da gibt es noch etwas, was Sie wissen müssen. Wie Sie sich denken können, hat es in Gemünden durch Ihre Abwesenheit einen gewissen Erledigungsstau bei den Strafverfahren gegeben. Ich habe deshalb die Abordnung eines weiteren Richters nach Gemünden durchgesetzt. Es handelt sich um einen Kollegen namens Christian Hansen, der aus persönlichen Gründen von Niedersachsen nach Bayern wechselt. Er wird in drei Tagen seinen Dienst in Gemünden antreten. Es ist zwar seine erste Richterstelle in Bayern, aber nach seinen ganz ausgezeichneten Beurteilungen in seiner Personalakte hat er bereits Erfahrungen als Schöffenrichter. Ich schlage daher vor, dass er

Schritt für Schritt Ihr Richterreferat übernimmt. Selbstverständlich bleiben Sie der Chef dieser Behörde.«

Er verstummte. Die beiden Herren sahen Kerner mit ernsten Mienen an. Er wusste, dass er jetzt etwas sagen musste. Der ausgeklügelte Vorschlag hatte ihn natürlich völlig überrascht. Er war jedoch Realist genug, um zu wissen, dass die Argumente der beiden Männer durchaus fundiert waren. Auch die Mitteilung, dass ein weiterer Richter nach Gemünden abgeordnet worden war, um ihn zu entlasten, war schon ein weitreichender Schritt, der ihm eine Ablehnung des Vorschlags der beiden Männer fast unmöglich machte. Kerner atmete einmal tief durch.

»Herr Präsident, lieber Armin, von der Fürsorge, die Ihren Worten zu entnehmen ist, bin ich tief beeindruckt. Ich kann Ihre Sorge um das Ansehen der Justiz sehr gut verstehen und auch mir liegt viel daran, die Rechtsprechung beim Amtsgericht Gemünden aus der Sicht der Bürger nicht negativ zu belasten. Sie können mir glauben, auch ich habe mir in den letzten Wochen viele Gedanken darüber gemacht, wie mein privates und auch berufliches Leben weitergehen soll. Ich weiß nicht, wie lange es dauern wird, bis ich mit dem Tod meiner Lebensgefährtin einigermaßen umgehen kann. Ich denke aber, Arbeit als Therapie ist nicht die schlechteste Lösung. Ich danke Ihnen wirklich sehr für Ihr Verständnis. Es ist mir klar, dass ich mich zeitnah privat und dienstlich neu sortieren muss. Dabei werde ich Ihr Angebot ernsthaft in Erwägung ziehen.«

Der Präsident und der Leitende Oberstaatsanwalt nickten verständnisvoll.

»Herr Kerner, lassen Sie sich unseren Vorschlag in Ruhe durch den Kopf gehen. Wenn Sie uns in zwei Wochen Bescheid geben, ist das in Ordnung. Aber bitte nicht länger, da im Falle Ihrer Zusage die Justizverwaltung Ihre Nachfolge in Gemünden regeln muss. Das werden sie sicher verstehen.«

Der Präsident erhob sich, womit er klarstellte, dass dieses Gespräch für ihn damit beendet war. Auch Rothemund stand auf. Er und Kerner verabschiedeten sich von Kräuter. Draußen auf dem Flur standen die beiden noch einen Augenblick zusammen.

»Simon, bitte tu dir den Gefallen und folge unserem Vorschlag. Präsident Kräuter hat es nicht so deutlich ausgeführt, aber die Ereignisse um den Tod Hasenstamms haben ziemlich hohe Wellen geschlagen. Unser Angebot wäre für dich die Chance für einen wirklichen beruflichen und vielleicht auch privaten Neubeginn. Du weißt, in meiner Person findest du immer einen verständnisvollen Ansprechpartner.«

Kerner bedankte sich bei Rothemund und die beiden verabschiedeten sich voneinander. Simon Kerner verließ das Justizzentrum und schlenderte in Richtung Innenstadt. Sein Motorrad ließ er zunächst in der Tiefgarage zurück. Er musste das Gehörte jetzt erst einmal etwas verdauen.

Am Residenzplatz er blieb stehen und warf einen kurzen Blick auf sein Smartphone. Vor dem Gespräch hatte er es lautlos gestellt. Wie er feststellte, war von Eberhard Brunner eine WhatsApp-Nachricht eingegangen. Der Freund teilte ihm darin mit, dass er wegen eines dringenden dienstlichen Falles nicht zu einem Treffen in der Lage war. »Ich werde dich heute Abend mal anrufen«, schloss die Mitteilung.

Simon Kerner überlegte einen Augenblick, dann marschierte er in die Innenstadt und setzte sich ins Café Michel am Oberen Markt. Nachdenklich blickte er aus der oberen Etage auf die Menschen hinunter, ohne sie wirklich wahrzunehmen. Zu viel ging ihm im Kopf herum. Mittlerweile war ihm klar, dass das Vorgehen des Präsidenten in Abstimmung mit dem Leitenden Oberstaatsanwalt ein wohl überlegter Schachzug war, der einerseits die Interessen der Justiz berücksichtigte, andererseits aber auch seine Zukunftsmöglichkeiten nicht verbaute. Da die Abordnung eines weiteren Richters nach Gemünden bereits beschlossene Sache war, konnte er dem Vorschlag der beiden Männer eigentlich gar nicht mehr widersprechen. Wenig später zahlte er und brach auf. Er holte sein Motorrad aus der Tiefgarage des Justizzentrums und machte sich auf den Weg. Kurz nach 13:00 Uhr traf er beim Amtsgericht in Gemünden ein. Es war ein eigentümliches Gefühl, nach längerer Zeit wieder die Schwelle des Gerichts zu überschreiten.

Als er wenig später sein Dienstzimmer durch einen separaten Eingang betrat, huschte ein berührtes Lächeln über sein Gesicht. Auf seinem Besprechungstisch stand ein frischer Blumenstrauß und auf dem Schreibtisch wartete wie gewohnt eine Thermoskanne mit frisch aufgebrühtem Kaffee auf ihn. Einige Sekunden später klopfte es an seine Tür. Auf sein »Herein« kam Frau Huber, seine Sekretärin, mit einem strahlenden Lächeln herein und ging mit ausgestreckter Hand auf ihn zu.

»Lieber Herr Kerner, herzlich willkommen! Ich bin sehr froh … wir sind sehr froh, dass Sie wieder hier sind.« Ihr versagte die Stimme. Kerner konnte ihren in Augenwinkeln eine verräterische Feuchtigkeit erkennen, die ihn berührte. Frau Huber war sonst sehr zurückhaltend und zeigte ihre Emotionen nur in Ausnahmefällen.

»Vielen lieben Dank für den herzlichen Empfang und die Blumen. Ich freue mich auch, wieder hier zu sein. Wir können uns ja später noch unterhalten. Jetzt stürzen wir uns erst mal ins Gewühle. Rufen Sie bitte meinen Stellvertreter an und bitten Sie ihn zu einem Übergabegespräch zu mir.«

»Wird umgehend erledigt«, erklärte Frau Huber und verließ geschäftig das Dienstzimmer. Kerner trat an die Fensterfront, von der aus er einen freien Blick auf die Hänge der Spessarthöhen jenseits des Mains hatte. Für einige Sekunden hatte er einen Flashback und wähnte sich versetzt ins dämmerige Licht der hohen Bäume. Tiefe Schatten verbargen Gefahren. Er spürte, wie sich seine Nackenhaare aufstellten. Mit einer heftigen Bewegung schüttelte er den bedrückenden Moment von sich ab. Hastig wandte er sich um und ließ sich hinter seinem Schreibtisch in den Bürosessel fallen. Er sehnte richtig herbei, dass der Alltag ihn mit all seinen Trivialitäten wieder in Beschlag nahm und seine Gefühle betäubte. Es klopfte. Sein Wunsch ging umgehend in Erfüllung. Der Alltag in Form von Andreas Becker, seinem Stellvertreter, trat ein und drückte ihm zur Begrüßung herzlich die Hand.

3

Eberhard Brunners Anruf erreichte Kerner am späteren Nachmittag zuhause. Er erklärte, sehr zur Freude Kerners, dass er in etwa einer Stunde vorbeikommen würde. Simon Kerner war vor knapp zwanzig Minuten nach Hause gekommen und überlegte gerade, ob er sich etwas zum Abendessen zubereiten sollte. Der Blick in den Kühlschrank zeigte ihm allerdings seine engen »kulinarischen Grenzen« auf. Hätte Eberhard Brunner vor seiner Rückkehr nicht einige Grundnahrungsmittel besorgt, wäre die Abendmahlzeit vollständig ausgefallen. Während des Tages hatte er nur Zeit für einige Tassen Kaffee gefunden. Jetzt rebellierte sein Magen allerdings nachhaltig und brachte sich knurrend in Erinnerung. Kerner schnitt sich eine Scheibe Brot ab und beschmierte sie mit Leberwurst. Dazu öffnete er sich eine Flasche Bier.

Während er am Küchentisch saß und das Brot mit Appetit verzehrte, ließ er den Tag nochmals Revue passieren. Wenn er das Angebot seines Vorgesetzten annahm, musste er für sich die Frage beantworten, ob er den Wohnsitz in Partenstein beibehalten wollte. Für einen Neuanfang war es sicher besser, die belastenden Erinnerungen hinter sich zu lassen. Was sollte aus seinem Jagdrevier werden? Eine Frage, die er jetzt sowieso zeitnah beantworten musste. Während seiner Pilgerfahrt hatte ein Jagdfreund das Jagdrevier betreut und tat dies auch noch heute. Kerner hatte bis jetzt noch nicht die Kraft gefunden, das Revier zu betreten. Da draußen wartete die Ruine seiner abgebrannten Jagdhütte auf ihn, die von dem

Wilderer Hasenstamm aus Rache abgefackelt worden war. Diese Hütte war ein zentraler Mittelpunkt seines und auch Steffis Leben gewesen. Viele Stunden hatten sie dort gemeinsam verbracht und ihre Zweisamkeit in der Einsamkeit des Waldes genossen. Alles unwiederbringlich vorüber. Simon Kerner schüttelte den Kopf. Er hatte mittlerweile etwas Übung darin, derartige Gedanken nach hinten zu schieben. Er trank sein Bierglas leer und stellte das Geschirr in die Spülmaschine. Da klingelte es an der Tür. Mit einem schnellen Blick auf die Uhr überzeugte er sich davon, dass durch seine Grübeleien die Zeit wie im Fluge vergangen war. Das musste sein Freund Eberhard sein.

Kerner ging an die Tür und öffnete.

»Grüß dich, Simon, ich hoffe, du hast nichts dagegen, wenn ich hier so einfach hereinschneie. Aber ich dachte mir, es wäre vielleicht nicht schlecht, wenn ich ein paar feste Nahrungsbestandteile mitbringe. So wie ich dich kenne, hast du heute noch nichts Richtiges gegessen, und ich, wenn ich ehrlich bin, auch noch nicht.« Eberhard Brunner wedelte mit zwei Tüten dicht vor Kerners Nase herum. Sofort verbreitete sich ein angenehmer Geruch nach Gebratenem, der Kerners Magennerven reizte, obwohl er doch schon etwas zu sich genommen hatte.

»Komm rein«, erwiderte Kerner und trat einen Schritt zur Seite. »Schön, dass du da bist!«

Während Brunner mit seinen Tüten in Richtung Küche marschierte, folgte ihm Kerner vernehmlich schnüffelnd. »Wen hast du denn überfallen, Thailänder oder Türke?«

»Lass dich überraschen«, gab Brunner zurück, stellte die Tüten auf den Küchentisch und räumte sie geschäftig aus. Dem Aufdruck der Behältnisse war zu entnehmen, dass Brunner beim Türken in Gemünden vorbeigefahren war.

»Wie ich sehe, hast du unsere Ökobilanz wieder deutlich verbessert«, stichelte Kerner.

»Motze hier nicht rum!«, ging Brunner auf den frotzelnden Tonfall seines Freundes ein. »Ich habe mich eine Ewigkeit in die Warteschlange gestellt und uns ein frugales Mahl zubereiten lassen. Du weißt, nur Döner macht schöner. Hast du ein paar Teller?«

Kerner ging an einen der Küchenschränke und brachte das erforderliche Geschirr und Besteck herbei. Dann holte er zwei Bierflaschen aus dem Kühlschrank.

»Du trinkst doch eines mit? Oder lieber Wein?«

»Bier ist in Ordnung«, erwiderte Brunner und ließ sich auf dem Stuhl gegenüber nieder.

Brunner öffnete seine Bierflasche und goss sich in sein Glas ein, dann ergriff er seine Gabel, wünschte »Guten Appetit« und machte sich über das Dönerfleisch her. Es war nicht zu übersehen, dass er richtig Hunger hatte.

»Ebenfalls guten Appetit und herzlichen Dank dem Spender«, gab Kerner zurück und widmete sich ebenfalls dem Inhalt seines Tellers.

»Mann, das war jetzt wirklich nötig!« Brunner nahm mehrere kräftige Schlucke Bier, dann setzte er das Glas ab und sah sein Gegenüber prüfend an. »So, Simon, jetzt erzähl mal, wie es bei dir heute gelaufen ist. Speziell natürlich bei deinem Besuch beim Landgerichtspräsidenten.«

Kerner zuckte mit den Schultern.

»Unterm Strich muss ich wohl sagen, recht positiv. Wobei ich das Gespräch, bei dem auch der Leitende Oberstaatsanwalt dabei war, noch nicht in allen Facetten analysiert habe. Ich hatte bis jetzt ganz einfach noch nicht die nötige Zeit, mich damit ausreichend auseinanderzusetzen, da ich anschließend ja sofort zum Amtsgericht gefahren bin.«

»Dann erzähl mal, vielleicht können wir beide die Angelegenheit etwas reflektieren.«

Simon Kerner schob seinen Teller zur Seite und lehnte sich im Stuhl zurück. Stück für Stück schilderte er seinem Freund das Gespräch mit Kräuter und Rothemund. Brunner hörte, ohne ihn zu unterbrechen, aufmerksam zu. Als Kerner schließlich verstummte, trat für einen Moment Schweigen ein. Man sah, wie Brunner den Bericht seines Freundes verarbeitete.

»Mein erster Eindruck ist, die beiden haben dir eine goldene Brücke gebaut. Ich weiß ja auch, wie vorgesetzte Dienststellen reagieren, wenn irgendwo Probleme auftreten, die eine negative Presse nach sich ziehen könnten. Das ist bei der Polizei nicht anders als bei der Justiz, denke ich. Die beiden wollen verhindern, dass du durch eine eventuell negative Presse beschädigt wirst und dann für höhere Aufgaben verbrannt bist. Wenn du mich fragst, die beiden haben die Geschichte so geschickt eingefädelt, dass du eigentlich gar nicht anders kannst, als auf ihr Angebot einzugehen.«

Kerner packte wortlos die beiden Teller und stellte sie hinüber auf die Spüle. Schließlich setzte er sich wieder und sah seinem Freund ernst in die Augen.

»Es wird mir immer klarer, dass ich mein Leben und meine Karriere nicht so fortsetzen kann wie ursprünglich geplant. Privat ist bei mir alles aus den Fugen geraten, was sich natürlich massiv auf meinen Beruf auswirkt. In meinem Denken gibt es im Augenblick keinen Raum, mir über mein berufliches Fortkommen Gedanken zu machen. Es kostet mich, das habe ich heute gemerkt, ziemlich viel Kraft, wieder in nüchternen juristischen Bahnen zu denken, geschweige denn eine Behörde zu leiten. Als Richter kann ich mich momentan den Bürgern nicht zumuten und als Behördenleiter nicht meinen Mitarbeitern.«

»Dann nimm das Angebot an und versuche dich in dem Freiraum, den man dir angeboten hat, neu zu finden. Wirf privat nicht gleich alles über Bord. Sonst verlierst du deine Wurzeln. Lass dir Zeit und setze dich nicht unnötig unter Druck.«

Kerner nickte schwach. »Das werde ich auch machen. Allerdings gibt es noch zwei Schöffengerichtsverfahren, die ich selbst aburteilen muss. Fälle, bei denen ich sehr viel Insiderwissen habe und die ich meinem Vertreter nicht zumuten möchte. Danach werde ich mich soweit möglich zurückziehen.«

Er nahm einen kräftigen Schluck, dann meinte er: »Themawechsel! Du hast mir erzählt, dass du einen neuen Fall hereinbekommen hast. Erzähl mir ein wenig davon.« Er erhob sich. »Komm, setzen wir uns ins Wohnzimmer. Ich mache einen Bocksbeutel auf. Ich würde mich freuen, wenn du hier übernachten würdest.«

Eberhard Brunner zögerte einen Moment, dann erklärte er sein Einverständnis. Irgendwie hatte er das Gefühl, bei dem Angebot seines Freundes schwang unausgesprochen die Bitte mit, ihn nicht alleine zu lassen. Nachdem sie es sich bequem gemacht hatten und der Wein eingeschenkt war, begann Brunner zu berichten.

»Wir haben da vor ein paar Tagen einen sehr merkwürdigen Fall hereinbekommen. Das Missionsärztliche Klinikum in Würzburg hat uns mitgeteilt, in der Nacht von Montag auf Dienstag der vergangenen Woche habe die Nachtschicht einen schwer verletzten, nackten Mann vor der Notaufnahme aufgefunden. Wie es aussah, war der Mann völlig hilflos dort ausgesetzt worden. Aus den Gesamtumständen und der Art der Verletzungen schlossen die Mediziner, dass der Mann Opfer eines Verbrechens war. Der Patient wurde sofort in ein künstliches Koma versetzt, da die Schmerzen unerträglich sein mussten. Er war selbstverständlich für uns nicht ansprechbar. Bis jetzt konnten wir nur mit den Ärzten sprechen.«

»Welche Art von Verletzungen hatte er denn?«

»Die behandelnden Mediziner haben wegen der außergewöhnlichen Art der Verletzungen Fotoaufnahmen gemacht und sie uns zur Verfügung gestellt.« Brunner griff nach seinem Glas und nahm einen Schluck Wein, dann fuhr er fort: »Ich habe in meinem Job schon viele Grausamkeiten gesehen, aber das war wirklich schwer verdauliche Kost. Wie es scheint, hat man ihn mit einer Art Brenneisen oder Lötkolben einen Schriftzug auf den Unterbauch eingebrannt.«

Simon Kerner zog betroffen die Augenbrauen in die Höhe.

»Ohne Probleme war das Wort ›PERVERS‹ zu erkennen. Aber das war noch nicht genug. Man hatte den Mann außerdem kastriert!«

Kerner sog scharf die Luft ein. »Du meinst …?«

Brunner nickte. »Man hat ihm beide Hoden entfernt. Mehr oder weniger fachmännisch, wie mir die Ärzte sagten.«

Für einen Moment herrschte Sprachlosigkeit.

»Wie es aussieht«, fuhr Brunner dann fort, »legten es die oder der Täter nicht direkt darauf an, den Mann zu töten. Er wurde kurz nach der Misshandlung an der Klinik ausgesetzt. Die Schäden, die man ihm zugefügt hat sind allerdings dauerhaft und irreparabel.«

»… und damit nur schwer vor seiner Umwelt zu verbergen. Vermutlich war das auch beabsichtigt.« Kerner lehnte sich nachdenklich zurück. »PERVERS ist jetzt allerdings keine so klare Aussage, dass man auf Anhieb erkennen könnte, welche Art von Abartigkeit gemeint ist. Die Kastration deutet aber meines Erachtens eindeutig auf einen Racheakt hin. Gab es in der letzten Zeit bei uns Straftaten in diese Richtung?«

»Ich habe mich schon mit den Kollegen ausgetauscht. Es gibt immer wieder einmal Hinweise auf das Vorhandensein einer pädophilen Szene im Raum Frankfurt, deren Ausläufer sich auch nach Bayern hineinziehen, aber die Ermittlungen sind ausgesprochen schwierig. Diese Verbrecher wissen sich zu schützen und bewegen sich in erster Linie im Darknet. In diese Kreise einen verdeckten Ermittler einzuschleusen ist extrem schwer, zeitaufwändig und höchst gefährlich.«

»Gibt es denn keinerlei Hinweise, um wen es sich bei dem Verletzten handeln könnte?«

»Wie gesagt, als er aufgefunden wurde, war er völlig nackt und hatte keinerlei Erkennungsmerkmale bei sich. Auch in der Vermisstenabteilung ist niemand gemeldet, auf den die Beschreibung des Verletzten passen würde. Wahrscheinlich wird das Rätsel erst gelöst, wenn wir ihn das erste Mal vernehmen können. Die Klinik wird uns verständigen, wenn er so weit ist.«

Die beiden verließen das Thema und unterhielten sich nun über Kerners Pilgerfahrt. Simon Kerner hatte bis jetzt noch keine Gelegenheit gehabt, sich in Ruhe mit seinem Freund darüber auszutauschen. Als Kerner gerade den dritten Bocksbeutel öffnen wollte, läutete Brunners Mobiltelefon. Der Kriminalkommissar verdrehte wegen der späten Störung die Augen, nahm das Gespräch aber an. Nachdem er einige Zeit wortlos gelauscht hatte, erklärte er: »Ich bin gerade bei einem Freund und habe einige Gläser Wein getrunken. Bin also nicht mehr fahrtüchtig. Veranlassen Sie bitte, dass die Polizeiinspektion Karlstadt mir eine Streife vorbeischickt, die mich hier abholt und nach Würzburg fährt.« Er gab noch Kerners Adresse durch, dann legte er auf.

»Ärger?«, fragte Kerner und stellte die noch nicht geöffnete Flasche auf den Tisch zurück.

»Simon, es tut mir sehr leid, aber ich muss sofort nach Würzburg zurückfahren.«

Simon Kerner sah Brunner fragend an.

»Der Verletzte, von dem ich dir vorhin erzählt habe, hat sich anscheinend vom Balkon seines Krankenzimmers hinabgestürzt. Wie es aussieht, Selbstmord. Aber nach den Gesamtumständen des Falles muss man das genauer ermitteln. Es wäre ja auch denkbar, dass der Täter sein Werk vollenden wollte.«

Zwanzig Minuten später hörten sie das schnell näherkommende Signal einer Polizeisirene. Kerner begleitete seinen Freund bis vor das Haus, wo Brunner sich auf die Rückbank eines Streifenwagens gleiten ließ, der sofort lospreschte, auf dem Wendehammer vor Kerners Haus mit quietschenden Reifen wendete und sich mit hoher Geschwindigkeit auf den Weg nach Würzburg machte.

Kerner ging zurück ins Haus. Sofort verspürte er wieder dieses bedrückende Gefühl der Einsamkeit. Er schaltete den Fernseher ein, setzte sich auf die Couch und öffnete die dritte Weinflasche. Vielleicht trug der betäubende Alkohol dazu bei, dass er in dieser Nacht von bedrückenden Albträumen verschont blieb.

4

Der Wecker neben Theresas Bett klingelte pünktlich um sechs Uhr dreißig. Mit seiner elektronischen Dreistigkeit schaffte er es, Theresa Schönbrunn aus einem angenehmen Traum zu reißen. Im Halbschlaf schlug sie heftig auf die Schlummertaste, worauf das Gerät prompt verstummte. Sie wusste, bis zum nächsten Weckintervall würde eine Gnadenfrist von drei Minuten vergehen, ehe das lästige Geräusch erneut in ihr schlaftrunkenes Gehirn eindringen würde. Sie gähnte herzhaft und vernehmlich, dann schlug sie entschlossen die Bettdecke zurück und setzte die Füße auf den Bettvorleger. Es half ja alles nichts, ein neuer Tag verlangte sein Recht. Mit einem Blick zum Fenster erkannte sie durch die Schlitze der herabgelassenen Jalousien einen sonnigen Lichtschimmer, Zeichen für einen regenfreien, sonnigen Tag. Sie erhob sich, schlüpfte in ihre Pantoffel, zog das nach oben gerutschte Longshirt zurecht, das sie als Nachthemd trug, und schlurfte in Richtung Bad. Gewohnheitsmäßig kämmte sie sich mit den Fingern ihre halblangen, zerwühlten brünetten Haare aus dem ovalen Gesicht. Die härteste Aufgabe dieses Montagmorgens stand ihr noch bevor: Sie musste ihre 15-jährige Tochter Ronja wecken, mit der sie als alleinerziehende Mutter eine Dreizimmerwohnung in Karlstadt bewohnte. Ronja war es am Wochenende durch massives, Nerv tötendes Quengeln gelungen, sie zu bewegen, ihr am Sonntagabend den Besuch der Geburtstagsparty von Moritz, ihrem Trainer aus dem Judo-Club, zu erlauben. Theresa kannte den jungen Burschen persönlich. Er war ganz in Ordnung. Ronja versicherte ihr hoch und heilig, spätestens um 23:00 Uhr zu Hause zu sein. Da ihre Tochter eine gute Schülerin und für Montag keine Klassenarbeit angesetzt war, ließ sich Theresa breitschlagen. Tatsächlich betrat Ronja wenige Minuten nach der vereinbarten Zeit die Wohnung und hatte sich gleich in ihr Zimmer verabschiedet.

Theresa öffnete leise die Tür zu Ronjas Zimmer. In der Ecke, behütet von großflächigen Plakaten mit diversen Teenie-Stars der Musikbranche, stand das Bett. Der Weckruf blieb ihr allerdings im Halse stecken. Völlig verwirrt stand sie vor den leeren Kissen. Die Bettdecke war zurückgeschlagen, das Laken zerwühlt, von ihrer Tochter jedoch weit und breit nichts zu sehen. Was sie zusätzlich stutzig machte, war Ronjas Pyjama, zusammengelegt auf einem Stuhl neben dem Bett. Auf dem Schreibtisch lagen die Schulsachen, so wie sie Ronja ihrer Erinnerung nach gestern zurückgelassen hatte. Sie trat in den Flur zurück.

»Ronja!?« Laut rief sie den Namen ihrer Tochter in die Wohnung. In der Küche konnte sie nicht sein, denn die Tür war angelehnt und durch den Spalt kam kein Licht. Sie öffnete die Wohnzimmertür und blickte hinein. Auch hier keine Spur von dem Mädchen. Mit einem unguten Gefühl, das von Minute zu Minute stärker wurde, kontrollierte sie das Schlüsselbrett in der Nähe der Eingangstür. Ronjas Schlüssel fehlte! Hastig eilte sie in die Küche, knipste das Licht an und warf einen Blick auf den Küchentisch. Die Tischplatte war leer. Keine Nachricht, wie das sonst üblich war, wenn Ronja einmal unangemeldet die Wohnung verließ. Theresa wurde es ganz schlecht. Wo war ihr Kind? Da hatte sie eine Idee. Sie eilte in das Schlafzimmer und griff sich ihr Smartphone, das sie, wie üblich, vor dem Zubettgehen auf Lautlos gestellt hatte. Wahrscheinlich hatte ihr Ronja eine Kurznachricht geschickt. Aber auch hier wurde sie enttäuscht. Mit einem Anflug von Ratlosigkeit setzte sie sich auf ihr Bett und versuchte ihre Gedanken in den Griff zu bekommen. Sie musste telefonieren! Theresa eilte in den Flur und griff sich das schnurlose Telefon. Wie lautete Moritz' Nummer? Wie hieß der Junge wieder mit Familiennamen? Adler, ja, Moritz Adler! Ein Blick in die Kontaktliste des Mobilteils zeigte ihr, dass der Name nicht verzeichnet war. Auch unter Moritz fand sie nichts. Wie auch? Die Kids kommunizierten doch nur noch über WhatsApp oder, wenn sie telefonierten, dann nur mit dem Smartphone. Ein Festnetzanschluss war etwas für die Alten. Facebook! Natürlich, das war's! Sie eilte ins Wohnzimmer und klappte ihren Laptop auf. Selbstverständlich war Ronja in Facebook aktiv. Vor einem Dreivierteljahr hatte sie sich ebenfalls einen Account eingerichtet. Sie hatte das Gefühl gehabt, sie müsste hin und wieder nachsehen, was Ronja im Netz so trieb. Sie loggte sich ein und rief die Seite ihrer Tochter auf. Ronja hatte 237 Freunde. Auch so ein Phänomen dieses Mediums, mit derart vielen Menschen befreundet zu sein, die man aber nur zum geringen Teil persönlich kannte. Hastig suchte sie nach einem Moritz. Wie sie sah, war Ronja gestern Abend, bevor sie zu der Party ging, letztmals online gewesen. Mittlerweile waren eine ganze Anzahl Posts eingegangen, die sich mit dieser gestrigen Feier beschäftigten. Kein Moritz dabei. Sie betrachtete angespannt die Bilder, die einige online gestellt hatten. Auf einem der Fotos erkannte sie Ronja. Ihre rote Kurzhaarfrisur war unübersehbar. Mit einer Bierflasche in der Hand lehnte sie, auf einer Couch sitzend, an der Brust eines jungen Mannes, der, seinerseits mit einem Getränk in der Hand, in die Kamera grinste. Bedauerlicherweise fand sich aber kein näherer Hinweis darauf, wer dies war. Sie warf einen Blick auf die Uhr. Seit sie Ronjas Abwesenheit festgestellt hatte, war bereits eine halbe Stunde vergangen. Sie musste sich fertigmachen und ins Büro!

Ohne Ronjas Abwesenheit aufgeklärt zu haben, ging das aber nicht. Sie suchte in Facebook nach dem Jungen, aber er hatte seinen Account so abgeschottet, dass nur Freunde darauf zugreifen konnten. Sie griff erneut zum Telefon und wählte die Nummer von Ronjas Freundin Emma. Die beiden Mädchen gingen in dieselbe Klasse. Sie war sicher, dass auch Emma bei dieser Party gewesen war.

»Köhler«, meldete sich nach dem zweiten Läuten eine Frauenstimme.

»Guten Morgen, Frau Köhler, entschuldigen Sie bitte die frühe Störung, aber ich habe da ein Problem. Meine Ronja war gestern auf der Party von diesem Moritz. Sie ist auch zum vereinbarten Zeitpunkt nach Hause gekommen. Als ich sie heute Morgen wecken wollte, war sie allerdings nicht da. Sie muss heimlich noch einmal weggegangen sein, ohne mir etwas zu sagen. Ich bin total beunruhigt! Emma war doch sicher auch dort? Vielleicht hat sie was mitbekommen, weshalb Ronja sich nochmals davongestohlen haben könnte.«

»Guten Morgen, Frau Schönbrunn«, erwiderte Frau Köhler, »das ist ja wirklich komisch. Es stimmt, Emma war auch auf der Party. Warten Sie mal, ich frage sie.«

Theresa Schönbrunn hörte, dass die Frau ihre Tochter rief. Nach kurzem Hintergrundgemurmel ging das Mädchen ans Telefon.

»Hallo, Frau Schönbrunn, Mama sagt, Ronja ist nicht nach Hause gekommen? Das verstehe ich nicht, weil sie praktisch gleichzeitig mit mir gegangen ist.«

»Sie ist ja auch nachhause gekommen. Aber dann heimlich wieder weg. Hat sie irgendetwas zu dir gesagt? Hat sie sich mit jemandem auf der Party intensiver beschäftigt? Einem Jungen vielleicht?«

Die Leitung blieb einen Augenblick stumm.

»Bitte, Emma, du musst mir das sagen! Ich mache mir große Sorgen. Ronja hat so etwas noch niemals gemacht. Sie hat keine Nachricht hinterlassen, nichts! Hast du vielleicht eine Telefonnummer von Moritz? Ich muss unbedingt mal bei ihm anrufen.«

Die Antwort kam etwas zögerlich. »Ich habe Ronja nur gelegentlich gesehen. Es waren ungefähr zwanzig Leute auf der Party. Die haben sich auf die Räume in der Wohnung verteilt. Mir ist wirklich nichts aufgefallen. Die Mobilfunknummer von Moritz kann ich Ihnen geben.« Sie diktierte die Nummer und Frau Schönbrunn schrieb hastig mit.

»Emma, kannst du Ronja bitte in der Schule entschuldigen? Sag der Klassleiterin, dass sie unpässlich ist und ich die Entschuldigung nachreichen werde. Unser Gespräch erwähne besser nicht.«

Emma sagte das zu, dann war das Telefonat beendet. Theresa Schönbrunn war sich nicht sicher, ob Emma ihr die volle Wahrheit gesagt hatte. Mädchen in diesem Alter hatten ihre Geheimnisse, die sie nur mit der besten Freundin teilten. Es war gut möglich, dass Emma ihr aus falsch verstandener Solidarität etwas verschwieg. Sie dachte im Augenblick nicht weiter darüber nach. Der Anruf bei diesem Moritz Adler hatte jetzt absolute Priorität.

»Ja!«, kam kurz und knapp eine männliche Stimme aus dem Telefon. Frau Schönbrunn nannte ihren Namen und erläuterte kurz den Grund ihres Anrufs. Aus dem Hörer kam ziemlich laute Rockmusik.

»Einen Moment bitte«, erklärte Adler mit erhobener Stimme, »ich mach' die Musik mal leiser.« Einen Moment später wurde das Nebengeräusch deutlich erträglicher. »Wenn ich Sie richtig verstanden habe, Frau Schönbrunn, wollen Sie wissen, wann Ronja von meiner Party nach Hause gegangen ist. Wieso? Ist irgendetwas?« Aus seiner Stimme glaubte sie eine gewisse Vorsicht herauszuhören.

Frau Schönbrunn wiederholte den Grund ihres Anrufs.

»Haben Sie vielleicht bemerkt, dass meine Tochter sich irgendwie auffällig benommen hat? Hatte sie vielleicht etwas getrunken?«

»Ich hatte natürlich nicht jeden meiner Gäste ständig im Auge, aber ich habe nichts bemerkt, was mir als auffällig in Erinnerung geblieben wäre. Was den Alkohol betrifft, hatte ich für die Kids alkoholfreie Cocktails im Angebot. Es gab aber auch welche mit Stoff … für die Älteren. Wer was getrunken hat, habe ich natürlich nicht kontrolliert. – Was ist denn passiert?«

Frau Schönbrunn schilderte ihm nochmals ihre Sorge.

»Tut mir leid«, erklärte Moritz Adler, »aber ich fürchte, da kann ich Ihnen nicht weiterhelfen. Offenbar war Ronja pünktlich zu Hause. Warum sie sich wieder davongeschlichen hat, weiß ich nicht. Auf meine Party ist sie dann jedenfalls nicht mehr gekommen.«

Theresa Schönbrunn bedankte sich und beendete das Gespräch. Schließlich fasste sie einen Entschluss. Sie griff erneut zum Telefon und wählte die Nummer ihres Vorgesetzten im Amtsgericht Gemünden. In der Schreibkanzlei des Zivilgerichts hatte sie eine Ganztagsstelle. Sie erklärte ihm, sie habe sich am Wochenende offenbar eine Magenverstimmung zugezogen und könne deshalb heute nicht zum Dienst erscheinen. Es ging ihr zwar gründlich gegen den Strich, eine derartige Ausrede gebrauchen zu müssen, aber es blieb ihr jetzt keine Zeit für aufwändige Erklärungen. Nach dem Gespräch legte sie das Telefon beiseite und eilte ins Bad. Zehn Minuten später schnappte sie sich ihren Schlüsselbund und hastete aus dem Haus. Auf dem Küchentisch hinterließ sie sicherheitshalber eine Nachricht für Ronja mit der Bitte, sie umgehend anzurufen, wenn sie nach Hause käme. Ihr VW-Golf parkte direkt vor dem Haus. Sie musste etwas unternehmen, sonst würde sie vor Sorge durchdrehen. Sie fand einen Parkplatz am Main. Eilig durchschritt sie ein kleines Tor in der Stadtmauer und erreichte kurz danach die Polizeidienststelle an der Hauptstraße.

Hinter dem Tresen im Eingangsbereich saß ein älterer Beamter in Uniform vor einem Computerbildschirm. Als Theresa Schönbrunn eintrat, hob er den Kopf und fragte: »Was kann ich für Sie tun?« Er besaß reichlich berufliche Erfahrung und erkannte sofort die Erregung der Frau. Der Polizist erhob sich und kam nach vorne an den Empfangstresen.

»Ich möchte eine Vermisstenanzeige aufgeben«, erklärte Frau Schönbrunn mit mühsam beherrschter Stimme.

»Wen vermissen Sie denn?«, fragte er in einem väterlichen Tonfall, der der Frau etwas die Erregung nehmen sollte.

Hastig sprudelte Theresa ihr Anliegen heraus. Der Polizeibeamte hörte ihr aufmerksam zu und unterbrach sie nicht. Irgendwann ging ihr die Luft aus und sie atmete durch.

»Frau Schönbrunn, wenn ich das richtig verstanden habe, vermissen Sie Ihre Tochter erst seit heute Morgen?«

»Ganz so stimmt das nicht, ich habe lediglich erst heute früh ihre Abwesenheit bemerkt. Wahrscheinlich ist sie schon gestern Nacht aus der Wohnung verschwunden.«

Der Polizist wiegte den Kopf. »Gute Frau, Sie sagen, Ihre Tochter ist fünfzehn Jahre alt. Wahrscheinlich mitten in der Pubertät. Ich will Ihnen mal sagen, welche Erfahrungen wir hier in Karlstadt mit derartigen Vermisstenfällen haben. Ich bin bereits seit mehr als zehn Jahren in dieser Polizeidienststelle tätig. Bis jetzt hatten wir vor ungefähr acht Jahren einen

Fall, in dem ein Mädchen tatsächlich verschwunden war. Alle anderen Anzeigen erledigen sich von selbst, weil die betreffenden Teenager innerhalb von achtundvierzig Stunden reumütig wieder zu Hause auftauchen.

Ich habe selbst eine Tochter und ich weiß, welche Sorgen man sich macht, wenn das Mädchen einmal ausbleibt. Sie haben gesagt, Ronja war auf einer Party. Ich denke mir, sie ist pünktlich nach Hause gekommen, damit sie zufrieden waren, und dann ist sie ganz einfach wieder abgehauen. Wahrscheinlich hat ihr auf der Feier irgendein Junge den Kopf verdreht und sie wollte nicht als spießig dastehen, weil sie pünktlich nach Hause musste.« Er lächelte ihr beruhigend zu. »Gehen Sie heim und warten Sie ab. Vielleicht ist sie jetzt schon dort und wartet darauf, dass Sie Ihr den Kopf waschen.« Er lächelte verbindlich, dann fuhr er fort: »Sollte wider Erwarten das Mädchen nach zwei Tagen tatsächlich noch nicht aufgetaucht sein, dann kommen Sie bitte wieder her und ich nehme Ihre Anzeige auf. Mehr kann ich im Augenblick leider nicht für Sie tun.«

»Aber …!« Theresa Schönbrunn wollte aufbegehren, weil der Beamte ihrer Meinung nach die Sache zu leichtnahm. Sie riss sich dann aber zusammen, weil ihr klar war, dass der Polizist im Augenblick nichts unternehmen würde. Aus ihrer gerichtlichen Praxis wusste sie, es waren Fristen zu beachten, ehe der Polizeiapparat in Gang gesetzt wurde, um eine vermisste Person zu suchen. Sie bedankte sich knapp und verließ das Gebäude. Draußen stand sie für einen Augenblick verloren auf der Straße herum und blickte sich ratlos um. Es wollte ihr einfach nicht in den Kopf, dass sie im Augenblick mit ihrem Latein am Ende war. Alles in ihr schrie danach, etwas zu unternehmen. Aber was? Als sie vor sechzehn Jahren schwanger wurde, war sie gerade mal neunzehn Jahre alt gewesen. Nur vier Jahre älter als Ronja heute. Für Theresas alleinerziehende Mutter, die sich und ihre Tochter mit mehreren Jobs durchbrachte, brach damals eine Welt zusammen. Für Theresa war von Anfang an klar, dass sie dieses Kind behalten wollte. Gegen die Widerstände ihrer Mutter. Der Vater war eine Partybekanntschaft gewesen. Ein Austauschstudent aus Colorado, der vor Ronjas Geburt schon wieder in die Staaten zurückgekehrt war. Mit Hilfe ihrer Mutter, die ihre Enkelin dann abgöttisch liebte, kam sie einigermaßen über die Runden. Eine deutliche Besserung trat ein, als sie eine Halbtagsstelle beim Amtsgericht in Gemünden angeboten bekam und Ronja eine Kita besuchen konnte. Mittlerweile war Ronja sehr selbständig, so dass sie selbst ganztags arbeiten konnte. Obwohl sie mit vierunddreißig Jahren noch eine recht junge Mutter war, spielten Männer in ihrem Leben keine Rolle mehr. Ronja war ihr Leben!

Sie riss sich aus ihren Gedanken und hastete zu ihrem Auto. Vielleicht hatte der Polizeibeamte recht und Ronja war zwischenzeitlich tatsächlich wieder da. Nur mühsam konnte sie sich auf den Verkehr konzentrieren. Zuhause angekommen, schloss sie hoffnungsfroh die Tür auf, fand jedoch nur eine menschenleere Wohnung vor. Völlig verzweifelt überlegte sie, wen sie um Hilfe bitten könnte.

5

Simon Kerner verließ mit den beiden Schöffen im Gefolge seinen Sitzungssaal. Draußen verabschiedete er sich von ihnen und dem Staatsanwalt, dann eilte er in sein Dienstzimmer zurück, das er durch den separaten Eingang betrat. Das Klopfen an der Verbindungstür zu seinem Sekretariat riss ihn aus seinen Gedanken. Auf seine Aufforderung hin trat Frau Huber zur Tür herein.

»Herr Kerner, Herr Hansen wäre dann da.«

Kerner musste eine Sekunde überlegen, dann war er mit seinen Gedanken wieder voll bei der Sache. Der neue Richter trat heute seinen Dienst in Gemünden an.

»Ah, schön, er soll hereinkommen!«

Kerner erhob sich und trat dem hochgewachsenen Mann entgegen, der das Büro betrat. Christian Hansen war der vom Präsidenten des Landgerichts angekündigte zusätzliche Richter. Kerner wusste aus seiner Personalakte, dass Hansen nach seinem Examen erst einige Jahre in Hamburg als Rechtsanwalt arbeitete, bevor er in den Staatsdienst eintrat und sich erst vor Kurzem nach Bayern hatte versetzen lassen.

Hansens Händedruck war fest, sein Blick offen, er trug einen kurz gehaltenen Vollbart, der ihn älter erscheinen ließ, als er laut Personalakte war. Er überragte Kerner um einige Zentimeter und wirkte sehr sportlich.

»Herzlich willkommen hier in Gemünden, Herr Hansen. Kommen Sie rein und nehmen Sie Platz.« Kerner wies ihn zum Besprechungstisch. Es klopfte. Unaufgefordert kam Kerners Sekretärin herein und stellte ein Tablett mit Geschirr und einer Thermoskanne auf den Tisch. »Vielen Dank«, erklärte Kerner, »ich schenke selbst ein.«

Frau Huber zögerte einen Augenblick, dann beugte sie sich zu ihrem Chef herab und flüsterte halblaut: »Herr Kerner, entschuldigen sie bitte, aber Frau Schönbrunn aus der Abteilung für Zivilsachen hat um einen dringenden Termin bei ihnen gebeten.«

Simon Kerner sah seine Sekretärin etwas irritiert an. »Sie wissen aber, dass ich in der nächsten Zeit beschäftigt bin.«

»Ist mir klar«, gab Sie zurück, »aber es scheint wirklich sehr dringend zu sein, sonst würde ich Ihnen das jetzt nicht sagen.«

Kerner merkte, wie unangenehm es seiner Mitarbeiterin war, ihn vor seinem Besucher mit dieser Angelegenheit bedrängen zu müssen. Da er Frau Huber kannte, war ihm klar, dass es ein wirklich sehr wichtiger Anlass sein musste.

»Gut, sobald ich etwas Luft habe, gebe ich Ihnen Bescheid.«

Sie nickte dankbar und eilte hinaus.

»Als Behördenleiter ist man offenbar immer beschäftigt«, stellte sein Besucher fest und lächelte verständnisvoll.

»Da haben sie recht! Es ist wichtig, dass man für das Personal immer ein offenes Ohr hat. – Aber nun zu Ihnen. Sie können sich gar nicht vorstellen, wie froh ich bin, Sie bei uns zu haben. Wir sind eigentlich personell notorisch unterbesetzt, aber in der letzten Zeit war die Situation durch einige personelle Schwierigkeiten im richterlichen Bereich dieser Behörde besonders angespannt. Aber das ist ja nun Gott sei Dank vorbei.«

Er deutete fragend auf die Kaffeekanne. »Sie trinken eine Tasse mit?«

Hansen bejahte und hielt Kerner seine Tasse hin, die dieser füllte.

»Erzählen Sie mal«, begann Kerner das Gespräch, »in welchem Bereich waren Sie an Ihrer letzten Dienststelle tätig?«

Die beiden unterhielten sich einige Zeit über verschiedene Aspekte der Versetzung nach Gemünden. Wobei Kerner auffiel, dass Hansen etwas einsilbig wurde, sobald das Gespräch private Bereiche berührte. Kerner verstand aber, dass man nicht gleich am ersten Tag in einer neuen Behörde sein Privatleben offenlegte. Wenig später führte Kerner Hansen im ganzen Haus herum, machte ihn mit den Örtlichkeiten vertraut und stellte ihn dem Personal vor. Am Ende brachte er ihn in sein zukünftiges Dienstzimmer und ließ ihn dann alleine, damit er sich einrichten konnte.

Auf dem Weg zurück in sein Büro nahm Kerner den Weg über sein Vorzimmer.

»Frau Huber, Sie können Frau Schönbrunn sagen, dass ich jetzt Zeit für sie habe.« Er überlegte einen Moment, dann fuhr er fort: »Haben Sie eine Ahnung, um was es geht?«

Die Sekretärin schüttelte den Kopf. »Nichts Konkretes. Sie war nur hier und wollte Sie dringend sprechen. Ich hatte den Eindruck, dass sie etwas bedrückte. Wie es aussah, hatte sie wohl auch geweint.«

»Wenn ich mich nicht täusche, ist sie alleinerziehend …«, überlegte Kerner laut. Frau Huber nickte und griff zum Telefonhörer. Kerner ging in sein Zimmer. Hoffentlich stand ihm kein neuer Ausfall ins Haus. Die Personalsituation war wahrlich angespannt genug.

Einige Minuten später klopfte es erneut. Auf seine Aufforderung hin kam Frau Schönbrunn herein. Kerner ging ihr entgegen und schüttelte ihr die Hand. Sofort sah er die Einschätzung seiner Sekretärin bestätigt. Die junge Frau hatte dunkle Ringe unter den geröteten Augen. Kerner geleitete sie zu einem Stuhl und setzte sich neben sie. Mit einfühlsamer

Stimme fragte er: »Liebe Frau Schönbrunn, was kann ich für Sie tun?«

Er hatte noch nicht ausgesprochen, als bei ihr auch schon die Tränen flossen. Sie fasste in die Tasche ihrer Jeans und zog ein zerknülltes Papiertaschentuch heraus. Kerner ließ ihr Zeit, sich wieder zu fassen.

»Entschuldigen Sie bitte, Herr Kerner«, stieß sie schließlich mit zitternder Stimme hervor, »dass ich Sie mit meinen Problemen belästige. Aber ... aber ich weiß einfach nicht mehr weiter ...!«

»Machen Sie sich keine Gedanken. Wenn ich irgendwie kann, werde ich Ihnen selbstverständlich helfen. Was ist denn geschehen? Sind Sie krank?«

Die Frau schüttelte den Kopf. »Meine Tochter Ronja ist ... verschwunden.« Ein neuerliches Schluchzen unterbrach ihre Rede.

»Wie meinen Sie das?«, fragte Kerner vorsichtig nach.

Immer wieder von heftigem Schluchzen unterbrochen, schilderte ihm Frau Schönbrunn das unerklärliche Verschwinden ihrer Tochter und die Reaktion des Polizisten.

»Wie sie mir sagten, steckt ihre Tochter mitten in der Pubertät. Ich habe ja keine Kinder, aber ist es nicht so, dass Teenager in diesem Alter manchmal zu unüberlegten, sprunghaften Handlungen neigen?«, wandte Kerner ein.

Die Frau schüttelte heftig den Kopf.

»Meine Ronja hat sicher schon den einen oder anderen Unsinn angestellt, aber sie würde niemals so lange von zuhause wegbleiben und mich im Ungewissen lassen. Deshalb befürchte ich, dass etwas Schlimmes passiert ist. Ich kann doch nicht abwarten und nichts tun! Auf meine Arbeit kann ich mich nicht konzentrieren. Auf der anderen Seite werde ich verrückt, wenn ich nur untätig daheim herumsitze!«

Kerner nickte verständnisvoll, dann erhob er sich. »Das kann ich verstehen. Frau Schönbrunn, bleiben Sie bitte sitzen, ich werde mal mit dem Leiter der Polizeiinspektion telefonieren. Vielleicht kann ich erreichen, dass die Beamten auch vor Ablauf der üblichen achtundvierzig Stunden bei ihren Streiffahrten die Augen etwas offenhalten. Beschreiben Sie mir doch bitte einmal Ihre Tochter, insbesondere die Kleidung, die sie zuletzt getragen hat.«

Frau Schönbrunn zog ein Foto aus ihrer Tasche und legte es auf den Tisch, dabei bemühte sie sich die Kleidung zu beschreiben, die Ronja an dem Abend getragen hatte. Kerner machte sich einige Notizen, dann setzte er sich hinter seinen Schreibtisch und griff zum Telefonhörer. Dienstlich hatte er häufiger mit Polizeihauptkommissar Lenzen, dem Leiter der Polizeiinspektion, zu tun, daher hatte er seine Telefonnummer auch als Kurzwahl eingespeichert.

Kerner wechselte mit dem Polizeibeamten ein paar Floskeln, dann kam er zur Sache. Er schilderte ihm die Problematik und bat um Auskunft, ob irgendwelche Erkenntnisse über einen eventuellen Unfall eines nicht identifizierbaren jungen Mädchens vorliegen. Während er in den Hörer lauschte, ließ Frau Schönbrunn ihn nicht aus den Augen, aber Kerners Miene blieb neutral. Schließlich bat er seinen Gesprächspartner nach dem Mädchen Ausschau halten zu lassen.

»Ich faxe Ihnen ein Bild des Mädchens zu«, erklärte er am Ende des Gesprächs, bedankte sich und legte wieder auf. Anschließend nahm er das Foto, öffnete die Tür zu seinem Vorzimmer und bat Frau Huber das Bild an die Polizeiinspektion Karlstadt zu faxen. Danach kam er zum Besprechungstisch zurück und setzte sich wieder neben Frau Schönbrunn.

»Also, bei der Polizeiinspektion Karlstadt liegen keinerlei Informationen über einen Unfall oder dergleichen vor, worin ein junges Mädchen verwickelt war. Hauptkommissar Lenzen hat mir versichert, dass er seine Polizeistreifen anweisen wird, nach Ronja Ausschau zu halten. Die Beamten kennen ja die diversen Treffpunkte im Landkreis, an denen Jugendliche zusammenkommen. Sobald er etwas weiß, wird er mich informieren. – Frau Schönbrunn, es ist mir klar, dass Sie in Ihrem jetzigen Zustand nicht arbeiten können. Deshalb würde ich sagen, Sie gehen jetzt erst mal nach Hause. Womöglich taucht Ihre Tochter plötzlich wieder auf, dann wäre es sicher gut, wenn Sie daheim sind. Sie können sich darauf verlassen, sobald ich etwas weiß, werde ich Sie anrufen.« Er legte ihr beruhigend die Hand auf den Unterarm.

Frau Schönbrunn nickte etwas gefasster, schnäuzte sich die Nase und erhob sich.

»Herr Kerner, ich danke Ihnen vielmals, dass Sie mich angehört und mit der Polizei gesprochen haben. Sie haben sicher recht, es ist wohl besser, wenn ich jetzt nach Hause gehe. Obwohl mich dieses Warten fast verrückt macht. Aber ich könnte mich im Augenblick sowieso nicht auf meine Arbeit konzentrieren.«

»Sie werden sehen, dass sich die ganze Sache in Wohlgefallen auflösen wird«, versuchte Kerner etwas Zuversicht zu verbreiten. Er stand auf und brachte die Frau zur Tür. Als sie draußen war, ließ er sich nachdenklich in seinen Bürostuhl fallen. Er hatte ihr nicht alles weitergegeben, was der Polizeibeamte ihm gesagt hatte. Offenbar gab es im Zuständigkeitsbereich der Polizeiinspektion Lohr am Main vor einer Woche einen ähnlichen Fall. Ein Vater hatte die unerklärliche Abwesenheit seiner 15-jährigen Tochter angezeigt. Kerner hoffte, dass die beiden Mädchen schnell gefunden wurden.

Komischerweise signalisierte ihm sein Bauchgefühl etwas anderes, obwohl er dieses Gefühl nicht rational begründen konnte. Kerner war es gewohnt, auf seine innere Stimme zu achten, die ihn während seiner Militärzeit immer wieder vor diversen Gefahren bewahrt hatte.

Er setzte sich seufzend an seinen Schreibtisch zurück und machte sich daran, sein soeben verkündetes Urteil zu diktieren.

6

Als Ronja erwachte, war ihre erste Empfindung heftige Übelkeit. Hinzu kam ein schrecklich pochender Kopfschmerz, der ihr das Gefühl gab, es würde ihr gleich der Schädel zerspringen. Das blendende Licht einer Deckenlampe tat ein Übriges, um diesen Zustand unerträglich zu machen. Sie registrierte, dass sie auf einem Bett lag. Ehe ihr Gehirn seinen Dienst wieder voll aufnehmen konnte, schoss der Inhalt ihres Magens nach oben. Instinktiv richtete sie sich auf, um sich nicht ins Bett erbrechen zu müssen. Der sofort eintretende heftige Schwindel verstärkte noch ihre Übelkeit. Sie ergriff einen neben dem Bett stehenden Plastikeimer und erbrach sich würgend hinein. Der ekelhafte Geruch des Erbrochenen regte den Würgereiz zusätzlich an. In immer neuen Wellen ergoss sich ihr Mageninhalt in das Behältnis. Als sie schon glaubte, sie würde sich die Seele aus dem Leib würgen, ließ die Übelkeit langsam nach. Keuchend stellte sie den Eimer ab, wischte sich mit der Hand über den Mund, dann ließ sie sich völlig erschöpft zurück auf das Lager fallen. Vor ihren geschlossenen Augen drehte sich alles. Mit dem Erwachen der Lebensgeister kamen auch die Gedanken. Was war geschehen? Wo war sie? Langsam hob sie den Kopf und sah an sich herunter. Sie war völlig angekleidet. Sie erinnerte sich, diese Klamotten gestern auf einer Party getragen zu haben. Der fensterlose Raum mit zwei Türen, in dem sie sich befand, war ihr völlig fremd. Ein weiteres Bett im Raum stand leer an der anderen Wand. Diese beiden Betten waren die einzigen Möbelstücke in dem Zimmer, dessen Wände mit vergilbten gemusterten Tapeten beklebt waren. Am Fuße des Bettes ging eine Tür ab, eine weitere erkannte sie an der anderen Schmalseite des Zimmers.

Ronjas erster Versuch aufzustehen, misslang ihr wegen des Schwindels. Sie musste sich vorerst damit begnügen, sich nur aufzusetzen. Mit dem Rücken an den Kopfteil des Bettes gelehnt, wartete sie darauf, dass das Drehen im Kopf nachließ. Der automatische Griff zur Gesäßtasche ihrer Jeans, in der sie für gewöhnlich ihr Smartphone verwahrte, ging ins Leere. Auf dem Bett lag es ebenfalls nicht. Es war weg! Mit zunehmender Gedankenklarheit mischte sich in ihren desolaten Zustand eine Art von Beklemmung. Sie verspürte ein unterschwelliges Gefühl von Gefahr. Sie versuchte sich zu erinnern.

Der Besuch der Party ihres Judotrainers Moritz mit ihrer Freundin Emma fiel ihr wieder ein. Auf der Fete gefiel es ihr richtig gut. Die Leute und die Musik waren cool und sie und ihre Freundin hatten richtig Spaß. Als sie das nächste Mal auf ihr Smartphone sah, erschrak sie. Kurz nach zweiundzwanzig Uhr! Sie hatte ihrer Mutter hoch und heilig versprochen, um dreiundzwanzig Uhr zuhause zu sein. Sie suchte unter den Gästen nach ihrer Freundin. Emmas Zeitlimit war dasselbe wie ihres. In diesem Moment ging die Wohnungstür auf und ein später Gast kam herein. Sie konnte es sich nicht erklären, aber der Anblick des blonden Jungen verschlug ihr regelrecht den Atem. Unauffällig beobachtete sie ihn. Er war schlank und trotzdem muskulös. Unter seinem eng anliegenden T-Shirt war das Spiel der Muskeln deutlich zu erkennen. Seine auffallend blauen Augen durchforschten den Raum, ehe er mit elastischen Schritten dem Gastgeber folgte und sich am Tisch mit den Getränken bediente. Ronja verlor ihn aus den Augen, als Emma sie in einen angrenzenden Raum zerrte, weil sie tanzen wollte. Hier schallten aus einer leistungsfähigen Stereoanlage diverse Songs. Für den Augenblick waren Gedanken an Aufbruch vergessen. Einige Zeit tanzten die beiden Freundinnen selbstvergessen in wilden Zuckungen durch den Raum. Als ihnen dann irgendwann die Luft ausging, taumelten sie ins Wohnzimmer zurück, um sich Getränke zu holen. Emma wurde von einer Gruppe Gleichaltriger angesprochen und in ein Gespräch verwickelt. Ronja mischte sich einen Fruchtcocktail. Plötzlich ritt sie der Teufel. Ein schneller Blick zeigte ihr, dass sie unbeobachtet war. Schnell schüttete sie sich einen Schuss Gin mit ins Glas.

Sie fuhr heftig zusammen, als sie hinter sich ein Räuspern hörte.

»Na, hat die Mami das erlaubt?«

Der blonde Junge stand hinter ihr und grinste über das ganze Gesicht. Dabei funkelten seine blauen Augen spöttisch.

»Dafür brauche ich keine Erlaubnis!«, gab Ronja schnippischer zurück als beabsichtigt.

»Ich bin Jens«, erklärte der Junge und stieß, ihr zuprostend, mit seinem Glas gegen Ronjas. »Ich habe auf jeden Fall nichts gesehen. So wie du aussiehst, bist du doch sicher schon sechzehn. Wie heißt du?«

»Ronja.« Sie ärgerte sich über sich selbst, weil ihre Stimme in diesem Moment etwas schrill klang. Sie spürte, wie ihr die Röte ins Gesicht stieg. Eine wirkliche Sechzehnjährige wäre da sicher cool geblieben. Zum Glück war die Beleuchtung dämmrig, so dass das nicht auffiel.

»Schöner Name. Kennst du Moritz näher?«

»Er ist mein Judotrainer.«

Er hob offensichtlich beeindruckt die Augenbrauen. »Du machst also Kampfsport. Muss man sich da fürchten?« Er hob scherzhaft die Hände vors Gesicht.

Sie lachte. »Nein, bestimmt nicht! Ich habe erst den gelben Gürtel. Machst du auch Judo?«

Jetzt lachte Jens. »Nein, um Gottes willen. Ich sollte es mir aber vielleicht überlegen. Wenn man dann so sportlich und durchtrainiert aussieht wie du …« Er zwinkerte ihr zu. Dabei legte er wie beiläufig seine Hand auf ihren Rücken. Erneut stieg eine heiße Welle in ihre Wangen. Die Stelle, an der er sie berührte, brannte wie Feuer.

»Hast du Lust zu tanzen?«, fragte er und wies mit der Hand ins Nebenzimmer.

Ronja nickte. Zu mehr wäre sie nicht in der Lage gewesen. Wie auf Wolken schwebte sie mit weichen Knien neben Jens her. Gerade lief ein rhythmischer Rocksong aus und es folgte eine einschmeichelnde Ballade von RAZZ, einem Newcomer der Szene. Jens zog sie ganz langsam in seine Arme, dabei ruhten seine Hände locker auf ihrem Rücken. Trotzdem fühlte sie überdeutlich die Wärme, die seine Handflächen ausstrahlten. Sie schloss die Augen und gab sich ganz der Musik und ihren Gefühlen hin. Nach einigen Tanzschritten legte er seine Wange gegen ihre. Sie spürte seine Hände jetzt deutlicher.

Ronja hatte sich verknallt! Wie ein Blitzstrahl war ein bisher unbekanntes Gefühl durch ihren Körper gefahren und brachte ihr Inneres in Aufruhr. Da war Aufregung, Zittern, weiche Knie und trotzdem eine Euphorie unbekannten Ausmaßes. Diese Empfindung erschreckte sie, weil sie sie nicht einordnen konnte. Sie hatte auf diesem Gebiet praktisch keine Erfahrungen. Bisher war sie über eine Schwärmerei für ihren jungen Mathelehrer nicht hinausgekommen. Eine Empfindung, die sie mit mehreren Klassenkameradinnen teilte. Ständiges Tuscheln und Kichern auf dem Pausenhof waren die Folge. Es war gleichermaßen lustig, aufregend und prickelnd.

Aber in keiner Weise mit dem zu vergleichen, was ihr hier widerfuhr. Hier erlebte sie ein Gefühl, das ihr ganz alleine gehörte.

Nachdem sie eine ganze Weile im Tanz versunken waren, löste sich Jens von ihr, fasste sie bei der Hand und führte sie wortlos aus dem Raum. Sie folgte ihm über einen Flur zu einer Tür, die Jens ohne Zögern öffnete. Sie befand sich in einem dämmerigen Zimmer, durch dessen Fenster lediglich das Licht der Straßenbeleuchtung fiel. Wie Ronja beiläufig feststellte, schien es sich um eine Art Arbeitszimmer zu handeln. An einer Wand stand eine Couch, auf der sich beide niederließen. Ronja befand sich im Augenblick in einer Art Traum, der sie völlig willenlos machte. Mit geschlossenen Augen registrierte sie seine Fingerkuppen, die mit sanften Berührungen die Konturen ihres Gesichtes nachzeichneten. Sie folgten den Bögen ihrer Augenbrauen, fuhren sanft über ihren Nasenrücken und brachten ihre Lippen zum Glühen. Als schließlich sein Mund federleicht den ihren berührte, verlor Ronja jegliches Gefühl für Zeit und Raum.

Es dauerte etwas, ehe sie bemerkte, dass er sich etwas von ihr gelöst hatte. Sie öffnete die Augen und sah in die seinen, die selbst in dem schwachen Licht von dem kräftigen Blau nichts eingebüßt hatten. Jens musterte sie.

»Ich hoffe, du bekommst keinen Ärger mit deinem Freund?«

Es dauerte einen Moment, bis sie den Inhalt seiner Frage verstand. Schließlich schüttelte sie nachdrücklich den Kopf.

»Ich habe keinen Freund.«

Jens hob verwundert die Augenbrauen. »So ein hübsches Mädchen und hat keinen Freund? Das kann ich fast nicht glauben.«

»Ganz ehrlich nicht!«, beeilte sie sich zu versichern. Seine Schmeichelei ging ihr runter wie Öl.

Plötzlich stand Jens auf. »Bleib hier sitzen, ich hole uns nur schnell etwas zu trinken. Du hast doch sicher auch Durst.« Sie nickte. Tatsächlich hatte sie einen trockenen Mund. Jens winkte ihr kurz zu, dann verließ er das Zimmer. Ronja lehnte sich auf der Couch zurück und legte den Kopf in den Nacken. Innerlich aufgewühlt von ihren Gefühlen, betrachtete sie die Schattenmuster, die die Straßenlampen an die Decke warfen. Ganz im Hintergrund ihres Gehirns meldete sich kaum hörbar eine warnende Stimme. War das, was sie hier tat, richtig? Kopfschüttelnd drängte sie das Wispern zurück. Sie war schließlich kein Kind mehr, was Jens mit seinem Interesse an ihrer Person bewies. Ehe sie sich weiter damit auseinandersetzen musste, ging die Tür wieder auf und Jens kam, zwei Gläser balancierend, herein. Wortlos ließ er sich wieder neben Ronja nieder und gab ihr ein Getränk in die Hand. Sie hörte das leise Klirren von Eiswürfeln.

»Ich hoffe, ich habe deinen Geschmack getroffen. Es ist auch ein kleiner Schuss Gin mit drin.«

Er stieß mit seinem Glas gegen das ihre und sie nahm einen kräftigen Schluck des kühlen Getränks. Es schmeckte ganz ausgezeichnet und durstig, wie sie war, trank sie gleich noch einmal nach. Sehr schnell merkte sie die Wirkung des Alkohols. Anscheinend war in ihrem Drink doch mehr Gin als nur ein kleiner Schuss.

Plötzlich waren draußen auf dem Flur Stimmen und leises Kichern zu hören. Einen Augenblick später rumpelte es an der Tür und sie wurde aufgerissen. Herein kamen, eng umschlungen, ein Junge und ihre Freundin Emma. Ronja zuckte erschrocken zurück.

»Scheiße! Besetzt!«, stieß der Junge hervor, machte mit einer schwungvollen Wendung auf dem Absatz kehrt und verschwand mit Emma wieder nach draußen.

»So etwas Blödes«, ärgerte sich Ronja.

»Wieso?«

»Das eben war meine Freundin Emma.«

»Ja und?«

»Ich bin mir nicht sicher, ob sie den Mund halten wird. Meine Mutter ...« Sie verstummte.

Jens ging auf Abstand. »Du, ich möchte nicht, dass du zu Hause Ärger bekommst. Ich dachte, in deinem Alter hängt man nicht mehr am Rockzipfel seiner Mutter.«

»So ist es ja auch nicht«, beeilte sich Ronja hastig zu versichern. »Es ist nur wegen der Schule. Normalerweise lässt sie mich deswegen sonntags nicht weg. Ich habe ihr versprochen bis dreiundzwanzig Uhr zu Hause zu sein.«

Jens warf einen Blick auf das Leuchtziffernblatt seiner Armbanduhr.

»Dann musst du ja wohl gleich los. Schade, ich habe dich erwachsener und unabhängiger eingeschätzt. Ich dachte, unser Abend würde jetzt erst beginnen. Eigentlich wollte ich dir gerade vorschlagen, von hier zu verschwinden.«

Für Ronja war die Reaktion des Jungen wie eine kalte Dusche. Wie der Sturz aus dem Himmel in die tiefste Verzweiflung. Fieberhaft dachte sie darüber nach, wie sie es einrichten könnte, damit sie mit Jens länger zusammen sein konnte.

»Ich ... ich könnte mit Emma jetzt gehen. Dann wäre ich mit nur geringer Verspätung zu Hause. Meine Mutter hat sicher nichts dagegen, wenn ich mich dann gleich ins Bett lege. Wenn sie weiß, dass ich zu Hause bin, legt sie sich auch schlafen. Sie muss ja auch morgen früh bald aufstehen. Wenn sie dann eingeschlafen ist, kann ich mich wieder davonschleichen. Die nächsten paar Stunden bekommt sie sicher nichts mehr mit. Sie schläft sehr tief.« Sie sah Jens hoffnungsvoll an. Der überlegte einen Augenblick, dann nickte er zustimmend.

»Gib mir deine Adresse, dann werde ich mit meinem Wagen in der Nähe eurer Wohnung auf dich warten. Aber nicht länger als eine Stunde. Wenn du bis dahin nicht gekommen bist, vergessen wir die ganze Sache.«

Ronja sprang auf und gab ihm einen schnellen Kuss, dann nannte sie ihm ihre Adresse.

»Ich hole jetzt Emma, dann verschwinden wir von hier. Bis später. Ich komme bestimmt!«

»Wie gesagt, eine Stunde«, wiederholte er.

Ronja eilte aus dem Raum und suchte Emma, die sich eng umschlungen mit dem Jungen von vorhin auf der Tanzfläche bewegte. Ronja tippte ihr auf die Schulter.

»Emma, es ist Zeit zu gehen! Wenn ich zu spät komme, krieg ich Ärger … und du auch.«

Emma löste ihr Gesicht vom Hals des Jungen, an den sie sich geschmiegt hatte.

»Es ist doch noch Zeit« brummte sie ärgerlich.

Ronja tippte mit dem Finger auf das Display ihres Smartphones. »Wir sind jetzt schon zu spät.«

Widerwillig löste sich Emma aus den Armen des jungen Burschen.

»Tschüss, Timmi, mach's gut.«

»Man sieht sich«, gab Timmi etwas enttäuscht zurück, verzog sich dann aber an die Bar.

Wortlos liefen die beiden Freundinnen auf dem Nachhauseweg nebeneinander her. Im Augenblick hatte keine das Bedürfnis, sich über den Abend zu unterhalten. Beim Verabschieden an Ronjas Haustür meinte Emma eindringlich: »Ich denke, über die Party gibt es zuhause nicht viel zu erzählen.«

Ronja nickte. »Das sehe ich genauso. Gute Nacht!«

Die beiden umarmten sich kurz, dann gingen sie auseinander.

Als Ronja die Wohnung betrat, sah sie aus dem Wohnzimmer das flimmernde Licht des Fernsehapparats. Sie stellte sich unter den Türrahmen und musterte ihre schlafende Mutter, die in ihrem Fernsehsessel saß und die Füße hochgelegt hatte.

»Hallo Mama, ich bin da und lege mich gleich ins Bett.«

»Na ja, fast pünktlich«, gab Frau Schönbrunn etwas schläfrig zurück. »Ich hoffe, es war schön. Schlaf gut!«

Ronja winkte ihr kurz zu und verschwand im Bad. Wenig später schloss sie die Tür ihres Zimmers hinter sich und legte sich mit Kleidern ins Bett. Ihr Herz schlug ihr bis hinauf zum Hals. Sie hatte so etwas noch nie gemacht. Und trotzdem war sie fest entschlossen, die Sache durchzuziehen.

Bald hörte sie auch ihre Mutter das Bad betreten. Wenig später schloss sie die Tür ihres Schlafzimmers.

7

Vor lauter Aufregung bekam Ronja regelrechten Schüttelfrost. Immer wieder zögerte sie das Aufstehen hinaus. Sie musste absolut sicher sein, dass ihre Mutter schlief. Ein Blick auf ihren Wecker sagte ihr, dass sie nicht länger warten konnte. Sie schlug ihre Bettdecke zurück und erhob sich. Dann ordnete sie sie so an, dass es bei einem flüchtigen Blick durch die Tür so aussah, als würde sie tatsächlich darunter liegen. Eine reine Vorsichtsmaßnahme, denn sie wusste, ihre Mutter würde vor morgen früh ihr Zimmer nicht betreten.

Vorsichtig öffnete sie die Tür und lauschte auf den Flur hinaus. Zufrieden nahm sie das leise Schnarchen wahr, das aus dem Schlafzimmer ihrer Mutter drang. Sie schnappte sich ihre Schuhe und griff sich den Schlüssel vom Haken. Lautlos öffnete sie die Wohnungstür und trat auf den Hausflur hinaus. Mithilfe des Schlüssels gelang es ihr, die Tür ebenso lautlos zu schließen. Sie vermied es, das Flurlicht einzuschalten, und zog ihre Schuhe im Dunkeln an. Leise schlich sie sich die Treppe des Mehrfamilienhauses hinunter und öffnete die Haustür einen Spalt. Erschrocken verharrte sie, weil sie auf dem Gehsteig im letzten Moment einen Mann wahrnahm. Sie atmete tief durch, weil sie Herrn Rockenhöfer aus dem Nachbargebäude erkannte, der offenbar eine letzte Gassirunde mit seinem Hund drehte. Bald war der Mann außer Sichtweite und sie trat auf den Gehsteig hinaus. Jens würde sie mit einem roten VW Golf abholen. Noch während sie sich suchend umsah, leuchteten etwa hundert Meter entfernt kurz die Bremsleuchten eines Fahrzeugs auf. Sie wechselte die Gehsteigseite und eilte darauf zu. Mit klopfendem Herzen erreichte sie den roten Golf und ließ sich auf den Beifahrersitz gleiten.

»Schön, dass du es geschafft hast!« Er beugte sich herüber und gab ihr einen Kuss. »Ich denke, jetzt sollten wir erst mal zusehen, hier wegzukommen.« Er startete den Motor und gab Gas.

»Wo wollen wir eigentlich hin?«, wollte Ronja wissen.

»Lass dich überraschen«, gab Jens zurück, wobei er sorgfältig darauf achtete, die vorgeschriebene Geschwindigkeit nicht zu überschreiten.

Wenig später streiften die Scheinwerfer des Fahrzeugs ein Schild, auf dem Ronja die Aufschrift »Zum Segelflugplatz« erkennen konnte.

»Wir fahren zum Flugplatz?«, wunderte sie sich.

»Du bist aber wirklich neugierig«, gab Jens zurück. »Aber damit du nicht platzt: Ein Bekannter von mir hat in der Nähe des Saupurzels ein Wochenendhaus. Ich habe den Schlüssel dazu und kann es benutzen, wie ich will. Dort sind wir ungestört.«

Für einen kurzen Moment kamen Ronja so etwas wie schwache Bedenken. Tat sie wirklich das Richtige? Hoffentlich wachte ihre Mutter nicht auf und bemerkte ihre Abwesenheit. Doch schon bog Jens auf einen schmalen Waldweg ein. Kurz darauf erfassten die Scheinwerfer die Konturen einer Art Bungalow aus Holz, der mit seinem dunklen Anstrich zwischen den Waldbäumen fast nicht zu sehen war. Man konnte mehrere geschlossene Fensterläden erkennen.

Jens stoppte seinen Wagen vor dem Gebäude und machte den Motor aus. Das Licht erlosch.

»Da wären wir!«, erklärte er und öffnete die Fahrertür. »Es sieht von außen etwas düster aus, aber innen ist es freundlich und gemütlich. Komm!«

Er stieg aus und Ronja blieb nichts anderes übrig, als ihm zu folgen. Er fischte aus seiner Hosentasche einen Schlüssel und öffnete das Sicherheitsschloss. Mit einem Griff nach innen schaltete er das Licht ein. Es erleuchtete einen holzgetäfelten Flur, an dessen Wänden mehrere Aquarelle hingen.

»Komm doch rein«, bat Jens und trat ein Stück zur Seite. Nachdem Ronja eingetreten war, schloss er den Hauseingang und zwängte sich an dem Mädchen vorbei in einen am Ende des Flurs liegenden Raum. Nachdem Jens die Beleuchtung eingeschaltet hatte, entfuhr Ronja ein Laut der Überraschung. Viele an der Decke befestigte Leuchtquellen tauchten das Zimmer in ein warmes Licht. An einer Längswand stand eine Ledercouch, davor ein Tisch, dazu im Raum verteilt gleichartige Sessel. Es gab einen großformatigen Fernseher, dazu ein Rack mit einer Stereoanlage und diversen CDs.

»Das ist ja echt geil!«, entfuhr es ihr.

»Ja, supercoole Bude.« Er öffnete die Tür eines schmalen Schrankes und wies auf eine Batterie Flaschen. »Ich schlage vor, wir mixen uns was Leckeres. Setz dich doch!«

»Was ist in den anderen Räumen?«, wollte Ronja wissen.

»Es gibt ein paar Schlafräume, eine Küche und ein Bad.«

Ronja schlenderte weiter durch das Zimmer und bemerkte Gitter vor den Fenstern. »Vergitterte Fenster und geschlossene Fensterläden. Das ist hier wirklich gut abgesichert.«

»Muss es auch«, gab Jens zurück, während er mit einer Fernbedienung die Stereoanlage einschaltete. »Hier oben muss man leider mit Einbrechern rechnen. Das war schon ein paarmal der Fall. Deshalb diese Sicherheitsmaßnahmen.« Plötzlich erklang raumfüllend ein Klavierstück. »Warte, ich lege gleich etwas Besseres auf«, erklärte er, während er sich an den Getränken zu schaffen machte.

Ronja fläzte sich auf die Couch. Mit den Händen fuhr sie über das weiche Leder. So etwas hätte sie zuhause auch gerne gehabt. Jens ging zum Rack und wechselte die CD. Anschließend drehte er am Schalter, dimmte das Licht und setzte sich mit zwei gefüllten Gläsern neben sie. Aus den Lautsprechern erklang eine einschmeichelnde Ballade. Er reichte ihr eines der Getränke, dann stieß er mit ihr an.

»Schön, dass du mit mir gekommen bist. So ein tolles Mädchen wie dich habe ich schon lange nicht mehr kennengelernt.«

Ronja fühlte sich in der Nähe des Jungen ausgesprochen wohl und geborgen. Vor lauter Aufregung trank sie das Glas ziemlich hastig leer. Natürlich bemerkte sie den Alkohol, wollte sich aber deswegen nicht blamieren. Jens nahm ihr das leere Glas ab und stellte es zusammen mit seinem auf den Tisch. Wortlos nahm er sie in die Arme und begann sie zu küssen. Mit geschlossenen Augen ließ sie sich fallen.

Das war die letzte Erinnerung an die Begegnung mit Jens, ehe sie hier in diesem unbekannten Raum aufgewacht war. Plötzlich verspürte sie starken Harndrang. Befand sich hinter einer der Türen eine Toilette? Erneut versuchte sie auf die Beine zu kommen. Es gelang ihr, den Schwindel so lange auszuhalten, bis sich ihr Kreislauf etwas stabilisierte. Langsam tastete sie sich an dem anderen Bett vorbei zu der Tür, die ihr am nächsten war. Dabei bemerkte sie, dass sie auf Socken lief. Ihre Schuhe konnte sie im Moment nicht entdecken. Wie vermutet, befand sich tatsächlich eine Toilette hinter dem Zugang. Der winzige Raum enthielt nur ein WC und ein winziges Waschbecken, aber ebenfalls kein Fenster. Nachdem sie sich erleichtert hatte, wusch sie sich die Hände und spritzte sich anschließend etwas Wasser ins Gesicht. Die Kälte des

Wassers belebte sie. Da kein Handtuch vorhanden war, trocknete sie Hände und Gesicht mit Toilettenpapier ab, dann ging sie in das Zimmer zurück. Da ihre Lebensgeister nun wieder einigermaßen hergestellt waren, dachte sie über ihre derzeitige Situation nach. Konnte es sein, dass sie den Alkohol nicht vertrug und Jens sie deshalb hier hingelegt hatte? Welche Uhrzeit mochte es sein? Langsam lief sie zu der anderen Tür und drückte die Klinke. Sie hatte nur noch einen Wunsch: Sie wollte nach Hause. Hoffentlich hatte ihre Mutter ihre Abwesenheit noch nicht bemerkt. Die Tür ließ sich nicht öffnen! Ronja versuchte es noch einmal, diesmal kräftiger. Keine Chance. Sie war offenbar eingeschlossen! Jetzt bekam sie es heftig mit der Angst zu tun.

»Hallo! Hallo, Jens! Mach auf, ich will hier raus!«

Sie riss heftig an der Klinke und schlug mit der Faust gegen das Türblatt. Der donnernde Widerhall musste im ganzen Haus zu hören sein.

Der distinguiert wirkende grauhaarige Mann saß am Schreibtisch im Arbeitszimmer seiner Steuerkanzlei und starrte auf den Bildschirm seines Computers. Vor zehn Minuten, nachdem alle Mitarbeiterinnen und Mitarbeiter die Kanzlei verlassen hatten, loggte er sich auf der Darknet-Plattform mit der Bezeichnung *HEAVEN3* ein. Bereits seit vier Monaten war er hier Mitglied unter der Codebezeichnung *Nobel*. Mittlerweile hatte er die Zugriffsgraduierung *MEMBER SECOND DEGREE* erreicht. *HEAVEN3* war in der Lage, seine Neigungen und Bedürfnisse zu befriedigen, ohne dass er Gefahr laufen musste, irgendwann dafür belangt zu werden.

Mit der Maus konnte er die Kamera, die ihm ein sehr scharfes Bild von dem gewünschtenten Angebot übermittelte, so steuern, dass er jede Einzelheit der Ware genau betrachten konnte. Sie schien ausgesprochen temperamentvoll zu sein. Das gefiel ihm sehr gut. Auch das Äußere und das Alter entsprachen seiner Vorstellung. Je länger er sie beobachtete, desto erregter wurde er. Er musste sie jetzt nur noch in den Warenkorb legen und die Bestellung abschicken, dann gehörte sie ihm. Die Bezahlung lief über ein Überseekonto, das er über einen Strohmann in einer der Steueroasen angelegt hatte.

Kurz entschlossen tätigte er den Kauf, worauf sich das Beobachtungsfenster schloss. Augenblicklich ploppte ein anderes Fenster auf und er wurde nach einem Code gefragt. Er schloss das kleine Gerät an, mit dessen Hilfe er einen praktisch nicht knackbaren Code generieren konnte. Ein gängiges System, das auch beim Onlinebanking eingesetzt wurde. Nachdem er die Zeichenfolge eingetragen und bestätigt hatte, bekam er die Mitteilung, dass die Transaktion erfolgreich abgeschlossen war. Die Lieferung würde an den festgelegten Ort erfolgen. Mit feuchten Fingern loggte er sich aus. Entsprechend den Regeln löschte er alle Spuren seines Kontakts aus dem Browser seines Rechners. Noch geraume Zeit saß er hinter seinem Schreibtisch und starrte durch die Fenster hinaus auf die Dächer der Stadt. In seiner Fantasie malte er sich schon aus, was er alles mit der gekauften Ware anstellen konnte. Schon lange hatte er jegliche Hemmungen, seine sexuelle Orientierung betreffend, verloren. Er war sich darüber im Klaren, dass seine unmoralischen Wünsche gesellschaftlich geächtet waren und seine Taten Verbrechen waren. Trotzdem konnte er sie nicht unterdrücken. Nachdem er einmal über diese Brücke gegangen war, gab es für ihn keinen Weg mehr zurück. Diese Community gab ihm alles, was er für seine Befriedigung benötigte, solange er nur zahlen konnte. Und die Anonymität des Darknets schützte ihn und die anderen Mitglieder vor Entdeckung. Natürlich hinterließ er auch hier Spuren, aber eine Rückverfolgung bis zu ihm war praktisch ausgeschlossen. Er fuhr den Rechner herunter und erhob sich. Auf ihn wartete jetzt eine interessante Veranstaltung des Lions Clubs, dem er schon seit vielen Jahren als honoriges Mitglied angehörte.

8

Dr. Samuel Karaokleos beugte sich voller wissenschaftlichem Interesse dicht über die nackte männliche Leiche, die ihm sein Assistent, der Präparator des rechtsmedizinischen Instituts Würzburg, soeben aus der Kühlung geholt und auf den Sektionstisch gelegt hatte. Schon lange gab es in der Rechtsmedizin keinen so interessanten Fall mehr. Er griff nach oben und richtete die mehrstrahlige OP-Lampe genauer aus, damit die Verletzungen, die ihn so interessierten, optimal ausgeleuchtet waren.

»Doc, haben Sie eine Vorstellung, womit dem Mann diese Brandverletzung beigebracht wurde?«

Eberhard Brunner, der Leiter der Mordkommission, stand auf der anderen Seite des Obduktionstisches. Er hatte ausdrücklich darum gebeten, bei der Obduktion dabei sein zu können. Mittlerweile fand die Polizei heraus, dass es sich bei dem Toten um den Privatdozenten Dr. Philipp Lohneis handelte, den seine Frau Eleonore vor zwei Tagen als vermisst gemeldet hatte.

Karaokleos fuhr mit den Fingerkuppen seiner in Gummihandschuhen steckenden Hände vorsichtig über die wulstige Wunde.

»Die Buchstaben des eingebrannten Wortes PERVERS sind gleichmäßig groß und haben identische Abstände. Wie es aussieht, wurde das Wort auf einmal, mit gleichmäßigem Druck in die Haut eingebrannt. Also auf keinen Fall Buchstabe für Buchstabe, beispielsweise mit einem Lötkolben. Ich könnte mir vorstellen, dass hierfür eine Art Brenneisen Verwendung fand. Der Täter wusste offenbar ganz genau, wie lange er auf die Haut einwirken musste, um später ein unauslöschliches, gut leserliches Brandzeichen zu hinterlassen. Diese Verletzung war zwar sehr schmerzhaft, aber keinesfalls lebensbedrohlich. Zumal er ja offensichtlich dafür gesorgt hat, dass sie sehr schnell ärztlich versorgt wurde.«

Er gab seinem Assistenten einen Wink, worauf dieser sich einen Fotoapparat schnappte und aus mehreren Perspektiven das eingebrannte Wort PERVERS fotografierte.

»Hätte es eine Möglichkeit gegeben, den Schriftzug operativ zu entfernen?«, wollte Brunner wissen.

Karaokleos schüttelte den Kopf. »Nachdem die Verletzung bis in die tieferen Hautschichten geht und relativ großflächig ist, sehe ich da keine Möglichkeit. Der Mann ist sehr schlank, bietet also wenig Hautreserven für eine OP, so dass auch das Herausschneiden der Brandstelle mit nachfolgender Hautverpflanzung so gut wie ausgeschlossen war. Als Mediziner musste sich der Tote dessen bewusst gewesen sein.«

Nachdem er die Beschreibung der Brandverletzung ausführlich in das über dem Sektionstisch befestigte Mikrofon diktiert hatte, wandte er sich der Kastrationswunde zu. Auch diese studierte er eingehend. Schließlich richtete er sich wieder auf und stellte fest: »Meiner Meinung nach wusste der Täter auch hier genau, was er tat. Ich habe mich im Vorfeld dieser Obduktion intensiv mit wissenschaftlichen Arbeiten über operative Kastrationstechniken befasst. Schließlich bekommt man einen derartigen Fall nicht jeden Tag auf den Tisch. Heutzutage wird, etwa bei gefährlichen, triebhaften Sexualtätern, die chemische Kastration praktiziert. In der Regel mit Einverständnis des Betroffenen, da sich dieser hierdurch eine bessere Chance auf Haftentlassung verspricht. Der Nachteil dieser Methode liegt natürlich auf der Hand. Nimmt der Mann die Medikamente nicht regelmäßig zuverlässig ein, erwacht der Sexualtrieb wieder und damit ist auch die Gefahr der Straffälligkeit wieder gegeben.« Während sein Mitarbeiter auch diese Verletzung fotografierte, fuhr Karaokleos fort: »Die radikale Entfernung der Keimdrüsen, wie hier geschehen, ist natürlich irreversibel und gibt die hundertprozentige Garantie, dass auf diesem Gebiet nichts mehr laufen kann. Meiner Meinung nach wurde diese OP einigermaßen sachgemäß durchgeführt. Ich vermute, dass hier eine sogenannte Kastrationszange zum Einsatz kam, wie sie in der Tiermedizin Verwendung findet.«

»Wenn ich das richtig sehe«, äußerte Brunner seine Meinung, »ging es dem Täter also nicht darum, diesen Mann tödlich zu verletzen. Vermutlich wollte er ihn mit dem Brandzeichen so bestrafen, dass er sich nicht mehr in seinem sozialen Umfeld sehen lassen konnte. Und mit der Entmannung hat er seinen Sexualtrieb endgültig abgeschaltet.«

Der Rechtsmediziner griff nach dem großen Skalpell und setzte zum Y-Schnitt an, um die Leiche zu öffnen. »Zumindest hätten wir hier ein fundiertes Motiv für einen Selbstmord. Mal sehen, ob sich diese Vermutung nach Abschluss der Untersuchung aufrechterhalten lässt, oder ob jemand beim Sprung in die Tiefe nachgeholfen hat.«

Eberhard Brunner nickte, dann wandte er sich langsam dem Ausgang zu. Was er für den Augenblick wissen musste, hatte er erfahren. Die weitere Obduktion konnte er sich ersparen. Er würde einen ausführlichen schriftlichen Bericht bekommen.

»Doc, vielen Dank! Fürs Erste weiß ich genug.« Er grüßte und verließ den Obduktionssaal. Dies hier war kein Ort, an dem man sich länger als unbedingt nötig aufhalten wollte. Er bewunderte Karaokleos, der sich hier in dieser streng riechenden, kalten gekachelten Umgebung sichtlich wohl fühlte.

Am Büro angekommen, lief ihm Kriminalhauptkommissar Kauswitz, sein Stellvertreter, über den Weg.

»Eberhard, gut, dass du kommst. Wir haben das Ergebnis der KTU der beiden Computer von Lohneis!«

Brunner zog interessiert die Augenbrauen in die Höhe. Die Frau des Verstorbenen hatte den Beamten gestattet, sich das Arbeitszimmer ihres Mannes näher anzusehen. Dabei fanden die Beamten zwei Rechner. Zunächst einen Desktop auf dem Schreibtisch, der offenbar ständig im Einsatz war. Bei einem Blick in die Schreibtischschubladen entdeckten sie noch einen Laptop, von dem Frau Lohneis, wie sie sagte, nichts gewusst hatte. Das Arbeitszimmer ihres Mannes hatte sie ihren Angaben zufolge praktisch nie betreten. Die Frau des Arztes hatte ihnen die beiden Rechner und sein Smartphone freiwillig überlassen. Die Beamten hatten die völlig geschockte Frau noch nicht mit der grausamen Wahrheit über die Begleitumstände seines Todes konfrontiert. Dazu würde später noch Zeit sein.

»... und, was gefunden?«, wollte Brunner wissen, während er sein Büro betrat. Sein Kollege folgte ihm und ließ sich auf einem der Besucherstühle nieder.

»Der Desktop war offensichtlich sein Arbeitsrechner. Jede Menge medizinische Dokumente, Gutachten usw. Er war auch regelmäßig im Netz unterwegs, aber fast ausschließlich auf medizinischen Plattformen. Sie haben den Browserverlauf ausgelesen, keine Hinweise auf den Besuch von Pornoseiten oder gar pädophiles Webangebot. Keine Bilder oder dergleichen, auf die die Bezeichnung ›pervers‹ zugetroffen hätte. Ebenso verhält es sich mit seinem Smartphone. Völlig sauber.«

Brunner sah seinen Kollegen mit schiefgelegtem Kopf an. Er spürte ganz deutlich, dass er mit etwas hinter dem Berg hielt.

»Das war doch nicht alles!«

»Ja, das stimmt. Aber es ist nichts, was uns im Augenblick konkret weiterbringt.« Er atmete tief durch, dann fuhr er fort: »Der zweite Rechner, der Laptop, gibt uns Rätsel auf. Dieser Computer scheint auf den ersten Blick völlig jungfräulich. Es sind zwar ein Betriebssystem und als Browser *Firedog* installiert, aber praktisch nicht benutzt. Wenn man allerdings genauer hinsieht, kann man an den Tasten leichte Gebrauchsspuren erkennen. Die Techniker haben außerdem festgestellt, dass offenbar die Festplatte häufiger ausgetauscht wurde. Anscheinend laienhaft, denn die diesbezüglichen Verschraubungen zeigen deutliche Spuren, die darauf hindeuten, dass der Schraubendreher nicht richtig angesetzt wurde.«

»Habt ihr noch weitere Festplatten gefunden?«

Kauswitz schüttelte den Kopf. »Im Schreibtisch fanden wir nichts. Für eine genauere Nachschau hätten wir eine richtige Durchsuchung durchführen müssen. Damit wäre die Frau aber sicher nicht einverstanden gewesen. Eine rechtliche Begründung für eine richterliche Durchsuchungsanordnung haben wir ja nicht. Bis jetzt behandeln wir Dr. Lohneis als Opfer und nicht als Verdächtigen.«

Eberhard Brunner nickte zustimmend. »Der Rechtsmediziner ist der Auffassung, bei der Beurteilung der gravierenden Verletzungen kann davon ausgegangen werden, dass der Tote Opfer eines Racheaktes wurde. Der Täter wollte offenbar eine unauslöschliche Botschaft hinterlassen und durch sie die Ächtung seines Opfers in dessen sozialem Umfeld erreichen.«

Kauswitz fuhr sich mit den Fingern durch die Haare. »Lass mich einmal ganz wild spekulieren: Doktor Lohneis war als Mediziner, noch dazu als Kinderchirurg, ein hoch geachtetes Mitglied der Gesellschaft. Sagen wir einmal, es gibt jemanden, der der Auffassung ist, Lohneis habe ein dunkles Geheimnis, das die Bezeichnung ›pervers‹ verdient hätte. Die Art der Verstümmelungen, die der Unbekannte vorgenommen hat, enthält doch eine Botschaft. Alles spricht meines Erachtens dafür, dass er es Lohneis unmöglich machen wollte, sein dunkles Geheimnis, zumindest vor seiner Frau, weiter geheim halten zu können. Wie es aussieht, hat Lohneis dieser Konfrontation und der damit verbundenen Schande für seine Familie aus dem Weg gehen wollen und daher den Freitod gewählt.«

»Könnte sein«, gab Brunner zurück, »aber unter dem Strich sind das alles, wie du sagst, Spekulationen. Wir haben keinerlei konkrete Anhaltspunkte dafür, dass Lohneis strafbare Handlungen begangen hat, und damit auch keinen Anlass für weitere Ermittlungen gegen ihn. Wir werden jetzt erst mal Nachforschungen gegen Unbekannt wegen gefährlicher Körperverletzung betreiben. Ich denke dabei an sein soziales und berufliches Umfeld, das wir durchleuchten sollten. Aus ermittlungstechnischen Gründen werden wir die tatsächlichen Verletzungen des Toten natürlich zunächst nicht bekannt geben. Man muss dabei auch an die Frau des Toten denken. Für mich ist klar, Lohneis sollte in erster Linie leiden und gleichzeitig an den öffentlichen Pranger gestellt werden. Der Täter spekulierte darauf, dass diese spektakulären Verletzungen nicht verborgen bleiben würden. Womit er ja auch recht gehabt hätte. Durch seinen Freitod hat Lohneis dem Kerl aber in gewisser Weise einen Strich durch seine Pläne gemacht. Wahrscheinlich ist er jetzt ziemlich wütend. Wenn er nun auch noch den Eindruck hat, wir ermitteln nicht richtig bzw. nicht in die richtige Richtung, kommt er vielleicht aus der Deckung und wird wieder aktiv. Möglicherweise eine Chance für uns, weitere Hinweise zu bekommen. Ich werde mal mit dem Staatsanwalt reden. Wenn Karaokleos seinen Bericht geschrieben hat, kann die Leiche eigentlich freigegeben werden.«

»Die Witwe hat schon angefragt, wann sie ihren Mann beisetzen kann«, wandte Kauswitz ein. »Wir sollten aber unter allen Umständen verhindern, dass sie ihren Mann noch einmal sieht. Ich bin mir sicher, die grausame Wahrheit könnte die arme Frau niemals verkraften. Wie soll sie mit einer derartigen Wahrheit weiterleben?«

Brunner nickte schwer. »Wir werden zwar Anfragen der Presse nicht ausweichen können. Dazu ist schon zu viel durchgesickert. Aber wir bleiben einfach bei der Version, dass Lohneis Selbstmord begangen hat. Stimmt ja vermutlich auch. Der Rest ist für die Öffentlichkeit wahrscheinlich nicht relevant. Das wird zwar Spekulationen der Presse nicht verhindern, aber irgendwann ist Gras über die Sache gewachsen.«

Kauswitz pflichtete ihm bei. Mit diesem Ergebnis des Gesprächs gingen die beiden auseinander.

9

Der Mann saß nach Einbruch der Dämmerung auf dem Balkon seines Hauses, das er in Thüngersheim am Main angemietet hatte. Der Bungalow stand auf der Anhöhe als letztes Gebäude der Bebauung am Rande der Weinberge. Von hier aus hatte er einen freien Blick auf die Dächer des Dorfes und das Maintal. Er hielt ein Glas Rotwein in der Hand, von dem er hin und wieder einen Schluck nahm. Um die lästigen Stechfliegen nicht anzulocken, die in dieser Jahreszeit in einem naheliegenden Weiher schlüpften und in der schwülen Abenddämmerung besonders aktiv waren, zündete er keine Kerze an. Die einen Spalt breit geöffnete Balkontür zum dahinterliegenden Wohnzimmer gestattete es ihm, die gedämpfte Musik aus dem CD-Player zu hören. Im Augenblick fehlte ihm allerdings die Muse, sich auf die Klänge des Gefangenenchors aus Verdis Oper Nabucco zu konzentrieren.

Seit er in diese Wohnung eingezogen war, versuchte er, hier auf der Höhe ein normales, bürgerliches Leben zu führen. Er wollte seine Vergangenheit hinter sich lassen und ganz langsam vergessen. Das änderte sich schlagartig, als er in den Medien vom Verschwinden eines kleinen Kindes erfuhr, das auf unerklärliche Weise von dem Spielplatz einer Kindertagesstätte verschwunden war. Die Aufregung in der Region schlug hohe Wellen. Es gab Aufrufe der Eltern im Fernsehen, das Kind doch wieder zurückzugeben. Man sei auch bereit, ein Lösegeld zu zahlen. Die Polizei bat um entsprechende Hinweise.

Für den einsamen Mann war es ein schreckliches Déjà-vu. Mit Wucht brach die alte Wunde wieder auf, die nur geringfügig verkrustet war.

Die erneute Metamorphose seiner Person zum Verfolger geschah über Nacht. Die schrecklichen Erlebnisse, die vor Jahren zur Triebfeder seines Handelns wurden, kamen mit Wucht wieder an die Oberfläche und die Erinnerung schlug über ihm zusammen wie eine zerstörerische Flut.

Vor etwas mehr als sieben Jahren lebte er in einer harmonischen, liebevollen Beziehung mit seiner Frau Carolin in einem Randbezirk von Hamburg. Schon bald wurde sie schwanger und brachte eine kleine Tochter zur Welt. Ida. Das Kind entwickelte sich zu einem süßen kleinen Baby. Der ganze Stolz seiner Eltern. Eines Tages ging Carolin mit dem Kinderwagen in ein Kaufhaus. Da Ida tief und fest schlief, ließ seine Frau den Kinderwagen in einer Ecke neben den Umkleidekabinen stehen, während sie in einer Kabine ein paar Kleidungsstücke anprobierte. Als sie einige Minuten später wieder herauskam, stellte sie zu ihrem Entsetzen fest, dass der Kinderwagen leer war. Ida war weg! Voller Panik alarmierte Carolin das ganze Kaufhaus. Doch alle Aktionen des Personals und der Kaufhausdetektive blieben erfolglos. Ida war wie vom Erdboden verschluckt. Die sofort eingeschaltete Polizei, die umgehend umfangreiche Fahndungsmaßnahmen einleitete, hatte keinen Erfolg. Das Baby war und blieb verschwunden.

Zunächst dachte man an Entführung und Erpressung. Aber es meldete sich niemand bei ihnen. Ihre verzweifelten Aufrufe in der Presse und dem Fernsehen zeigten keinerlei Wirkung. Die Polizei stellte die Sonderkommission IDA zusammen, die die wenigen spärlichen Spuren verfolgte, die gefunden worden waren. Dabei wurden auch Carolins und sein Umfeld durchleuchtet, ebenso das ihrer Verwandten und der Nachbarn, da die Polizei keine Möglichkeit ausschließen wollte. Auch eine Straftat der Eltern lag nicht außerhalb jeder Wahrscheinlichkeit. Das dadurch gesäte Misstrauen und die Verzweiflung zerstörten ihre Ehe immer mehr. Sie waren nicht mehr in der Lage, sich gegenseitig Trost zu spenden und zu stützen. Nach einigen Wochen der erfolglosen Suche gaben die Ermittler die Hoffnung auf, das Kind noch lebend zu finden. Carolin schottete sich immer mehr ab und zog sich in eine Welt dumpfer Verzweiflung zurück. Er hatte keinen Zugang mehr zu ihr. Eines Tages nach der Arbeit fand er Carolin in der Badewanne in ihrem eigenen Blut liegend vor. Sie hatte sich die Pulsadern aufgeschnitten. Im Arm hielt sie eine Spieluhr in Gestalt eines kleinen Teddybärs, den sie Ida jeden Abend als Einschlafhilfe ins Bettchen gelegt hatten. Einen Abschiedsbrief gab es nicht.

Die Polizei ermittelte natürlich, wie bei solchen familiären Dramen üblich, auch in seine Richtung. Aber er hatte ein wasserdichtes Alibi. Nach Feststellung des Rechtsmediziners hatte Carolin einen tödlichen Tablettencocktail zu sich genommen und sich dann die Pulsadern aufgeschnitten. Sie wollte offenbar jede Rettungsmöglichkeit ausschließen. Hinweise auf eine Beteiligung Dritter gab es nicht.

Es war erstaunlich, wie viel Schmerz, Leid und Verzweiflung ein Mensch ertragen konnte. Anders als Carolin verhärtete er sich völlig und erstarrte seelisch zu Stein. Beruflich funktionierte er, privat schottete er sich völlig ab. Der Whisky wurde allabendlich zu seinem besten Freund. Wenn er genug trank, fiel er irgendwann in einen traumlosen Schlaf.

Sieben Wochen später spürte der Hund eines Jägers in einem Wald in der Lüneburger Heide, etwa fünfundfünfzig Kilometer von Hamburg entfernt, einen in Plastiksäcke verpackten kleinen Körper auf. Er war offenbar von Füchsen ausgegraben worden. Die Plastikfolie war zwar ein Stück aufgerissen, aber anscheinend war der Fuchs gestört worden, die Schäden an der Leiche waren daher gering. Die umgehend alarmierte Kripo verständigte den Leiter der ehemaligen Sonderkommission IDA, der sofort mit einem Ermittlungsteam die Nachforschungen vor Ort übernahm. Die Rechtsmediziner konnten mittels genetischer Vergleichsuntersuchungen die Identität von Ida bestätigen. Die größte Erschütterung erfuhr er aber, als die Obduzenten feststellten, dass das Baby sexuell missbraucht und anschließend erstickt worden war. Die Gesamtumstände legten den Verdacht nahe, dass es sich hierbei um einen Mord im pädophilen Milieu handelte. Gott sei Dank war Carolin diese grausame Wahrheit erspart geblieben. Die Polizei musste die Ermittlungen nach einigen Wochen ergebnislos einstellen, da praktisch keine verwertbaren Spuren gefunden wurden.

Es dauerte einige Zeit, bis die Trauer und die Verzweiflung in kalte Wut umschlugen und er damit begann, auf eigene Faust gegen die Szene vorzugehen. Unter verschiedenen Pseudonymen war er im Darknet unterwegs, dort wo die Perversen sich in relativer Sicherheit der Anonymität tummelten. Am erfolgreichsten war er als »Phantom«. Schon mehrfach war es ihm gelungen, Akteure der Pädophilen- und Menschenhandelsszene aus dem Verkehr zu ziehen. Am Anfang hatte er die Täter ausfindig gemacht, identifiziert und dann kompromisslos getötet. Sehr schnell sorgte er dadurch in der Szene für erhebliche Unruhe. Wie er erfuhr, war auf die Identifizierung seiner Person von einer der führenden Verbrecherorganisationen sogar ein Kopfgeld ausgesetzt.

Das Konsumverhalten der Täter änderte sich durch seine Störaktionen jedoch nicht nachhaltig. Sie wechselten lediglich von einer Plattform zur anderen, um ihre perversen Bedürfnisse zu befriedigen. Der Markt war unvorstellbar groß und es gab genügend verbrecherische Organisationen, die dafür sorgten, dass alle auch noch so abartigen Wünsche der Kunden zufrieden gestellt wurden. Es war, als wolle er mit einer Tasse einen Fluss ausschöpfen. Ein Mittelsmann verriet ihm, dass der Boss einer der Verbrecherorganisationen der Aufdeckung seiner Identität dicht auf der Spur war. Das Phantom gab sich keinen Illusionen hin, wie das enden würde. Irgendwann kamen ihm auch die Ermittlungsbehörden auf die Schliche. Er hatte die Leiche eines Menschenhändlers etwas zu nachlässig beseitigt. Schließlich ergriff er die Initiative. Über einen Rechtsanwalt trat er an die Ermittlungsbehörden heran und bot ihnen an, als Kronzeuge genügend Beweise zu liefern, um die Verantwortlichen eines großen Netzwerks ausheben zu können. Sein Preis waren der Verzicht auf Ermittlungen gegen ihn, eine neue Identität und ein Neustart in einem anderen Bundesland. Dies sagte man ihm zu. Es wurde dann auch ein großer Schlag gegen diese Verbrecher geführt. Es gab einen spektakulären Prozess, in dem die Angeklagten wegen Menschenhandels und Mordes für immer hinter Gitter geschickt wurden. Das Gericht schöpfte zwar alle Möglichkeiten aus, um seine Vernehmung unter Ausschluss der Öffentlichkeit und der Angeklagten durchzuführen, war sich aber nicht sicher, ob sein Gesicht nicht doch in der Szene bekannt geworden war. Irgendwann verschwand er von der Bildfläche. Eine Gruppe der Polizei, die für derartige Fälle zuständig war, nahm ihn unter ihre Fittiche. Er musste sich einer kosmetischen Operation unterziehen, in der sein Gesicht erheblich verändert wurde. Da er praktisch keine sozialen Kontakte mehr pflegte, fiel sein Verschwinden in der realen Welt kaum auf. Unter Anwendung aller Vorsichtsmaßnahmen verpasste man ihm eine neue Identität und brachte ihn in ein anderes Bundesland. Man verschaffte ihm einen adäquaten Job und riet ihm, zukünftig ein ganz normales, unauffälliges Leben zu führen. Er schickte das Phantom schlafen; so lange bis jetzt auch in seinem neuen Leben ein kleines Kind verschwand. Daraufhin nahm er erneut seine dunkle Existenz in dieser Schattenwelt auf. Seine Ermittlungen führten ihn auf die Spur einer pädophilen Organisation im Bereich Main-Spessart. Nachdem er Lohneis als Konsument dieser Organisation identifiziert hatte, schlug er erstmals wieder zu. Lediglich seine Vorgehensweise änderte er. Diese Verbrecher zu töten, war ihm eine viel zu einfache Lösung und barg für ihn auch ein hohes Risiko. Jetzt war sein Ziel, sie gesellschaftlich an den Pranger zu stellen und ihre zivile Existenz zu zerstören.

Seine Gefühle schwankten seit Tagen zwischen Enttäuschung und Wut. Gründlich verfolgte er die Medien, ob irgendetwas über Lohneis in der Presse erschien. Er war sich sicher, dass die Klinik nach der spektakulären Ablieferung vor der Notaufnahme die Polizei verständigte. Solche Verletzungen waren erkennbar die Folge einer Straftat, die jedes Krankenhaus zur Anzeige bringen musste. Hinzu kam, dass die Identität des Mannes nicht bekannt war, was ebenfalls die Behörden auf den Plan rief. Menschen, die man nicht identifizieren konnte, waren für die Verwaltung eines Krankenhauses ein echtes Problem. Und wenn es nur darum ging, die Kostenübernahme zu klären.

Wie er es sich vorgenommen hatte, blieb er zunächst in Deckung und verfolgte die Entwicklung über die öffentlichen Medien. Als aber auch nach Tagen im Blätterwald noch totales Schweigen herrschte, machte er sich so seine Gedanken. Gewiss, er hatte Lohneis alles weggenommen, womit man ihn schnell hätte identifizieren können, aber spätestens nach zwei Tagen musste doch bei der Polizei eine Vermisstenanzeige der Ehefrau vorliegen. Waren hier etwa Kräfte am Werk, die verhindern wollten, dass die Schandtaten des angesehenen Dr. Lohneis an die Öffentlichkeit gelangten? Er hatte sich überlegt, ob er nicht der Presse ein paar anonyme Hinweise geben sollte, damit von dieser Seite her bei den Behörden nachgefragt wurde. Ehe er diesen Vorsatz jedoch in die Tat umsetzen konnte, erschien heute Morgen zu seiner Überraschung in der Zeitung eine Sterbeanzeige. Zunächst war er dann doch etwas geschockt, da er sicher war, Lohneis so gut medizinisch versorgt zu haben, dass die Verletzungen nicht lebensgefährlich waren. Tot nützte der Mann seinen Plänen nichts. Nach seinen Vorstellungen sollte der Mediziner als Fanal der Schande weiterleben und ihm die Ächtung der Gesellschaft widerfahren.

Nach dem Schock kam der Zorn. Als er in der Anzeige die Formulierungen »… Schnell und unerwartet aus dem Leben gerissen …« und »… in aller Stille im Kreis der Familie beigesetzt …« las, war ihm klar, Lohneis hatte ihm einen Strich durch die Rechnung gemacht und sich selbst gerichtet. So viel Mut und Konsequenz hätte er diesem Schweinehund gar nicht zugetraut.

Für ihn stellte sich jetzt die Frage, was die Polizei unternahm. Wollte man die Angelegenheit und damit die Hintergründe des Suizids stillschweigend unter den Tisch fallen lassen? Bis jetzt hatte er seine Verbindungen zu den Ermittlungsbehörden nicht in Anspruch genommen, weil er nicht durch irgendwelche Fragen auffallen wollte. Nachdem der Fall aber aus unerfindlichen Gründen unter den Teppich gekehrt werden sollte, war es an der Zeit, erneut aktiv zu werden.

Er stand auf, ging vom Balkon in die Wohnung und begab sich zu dem Computer, mit dem er sich ins Darknet einloggte.

Es gab auch in diesem Netz Möglichkeiten, Nachrichten und Bilder zu verschicken. Man genoss nur den Vorteil der Anonymität, da die Mails auf dem Wege zu ihrem eigentlichen Empfänger Umwege über zahlreiche Server rund um den Globus nahmen. Dadurch konnten sie praktisch nicht zurückverfolgt werden, was fast hundertprozentige Sicherheit gewährte. Kurz zögerte er, weil er wusste, dass Lohneis Frau und Kinder hatte. Was er jetzt zu tun beabsichtigte, würde über die Familie wie ein Orkan hinwegfegen. Sie tat ihm wirklich leid, aber ohne Schmerzen war dieses Verbrechen nicht zu bekämpfen. Die Familien der Opfer mussten ein Mehrfaches erdulden. Er schob den Mauszeiger auf den Absenden-Button und klickte entschlossen. Die Nachricht mit Bildanhang ging Sekunden später auf dem Server einer viel gelesenen Zeitung der Region ein.

10

Als sich die Tür endlich öffnete, erschrak Ronja zutiefst. Statt des von ihr erwarteten Jens stand ein kräftiger Mann vor ihr. Sein Gesicht war durch eine Stoffmaske verdeckt, die nur Schlitze für die Augen freiließ. Das Mädchen wich unwillkürlich ein Stück in den Raum zurück.

»Was soll das?«, presste sie hervor. Ihre ganze Empörung hatte sich in schreckliche Angst verwandelt.

»Komm mit!«, befahl er mit tiefer Stimme.

Ronja wich erneut ein Stück zurück, bis ihre Schulter die Wand berührte. Ihre Arme presste sie schützend vor die Brust. »Nein! Ich will hier raus! Wo ist Jens?« Sie merkte, dass ihr Tränen in die Augen stiegen.

Der Mann trat ins Zimmer und trat auf sie zu.

»Du kommst jetzt mit oder ich muss dir weh tun!« Seine Stimme hatte sich nicht wesentlich gehoben. Trotzdem oder gerade deswegen steigerte sich ihre Furcht ins Unermessliche. Sie stand kurz vor einer Panik. Ronja begann laut zu schreien.

Die Bewegung des Mannes war so schnell, dass sie den Schlag nicht kommen sah. Mit Wucht traf seine Faust den unteren Bereich ihres Brustbeins. Der Schmerz raubte ihr den Atem und schnitt ihre Schreie abrupt ab. Während sie sich zusammenkrümmte, packte er sie am Arm und zerrte sie zur Tür. Stolpernd wurde sie von ihm über einen Flur geführt, bis er eine andere Tür öffnete und sie hindurchstieß. Ohne ein weiteres Wort schloss er die Tür von außen, ein Schlüssel drehte sich im Schloss. Langsam ließ der

Schmerz nach und sie kam wieder zu Atem. Sie befand sich in einem geräumigen, weiß gefliesten Bad mit Dusche und Toilette. Auch dieser Raum hatte kein Fenster. Eine Deckenlampe verbreitete helles Licht. Ehe sie sich weiter umsehen konnte, wurde wieder aufgeschlossen und eine dunkel gekleidete, maskierte Frau trat ein. In der Hand trug sie eine Flasche Saft.

Ronja wich ängstlich bis zur Duschkabine zurück.

»Ich habe dir etwas zu trinken mitgebracht.« Sie hielt die Flasche in die Höhe. »Ich vermute, du hast Durst.« Sie stellte das Getränk auf dem Rand der Badewanne ab. Ronja fielen die Gummihandschuhe auf, die sie trug.

»Bitte, tun Sie mir nichts«, sagte Ronja leise mit zitternder Stimme. »Ich habe Angst! Ich möchte nach Hause. Wo ist Jens?«

»Vergiss Jens!«, erklärte sie. Nach einer kurzen Pause fuhr sie fort: »Dir geschieht nichts. Später kannst du gehen. Bis dahin bist du aber Teilnehmerin an einem Spiel. Du magst doch Spiele?«

»Ich mag nicht spielen!«, gab Ronja heftig zurück. »Lassen Sie mich gehen!«

Es trat eine Pause ein, in der die Frau Ronja intensiv musterte. »Ich habe dir gesagt, dass das im Augenblick nicht geht. Trink!« Sie wies auf die Flasche. Ihr Tonfall war wesentlich schärfer. »Dann ziehst du dich aus! Du wirst duschen!«

Ronja verkroch sich noch weiter in die Ecke. »Ich will nicht duschen!«, stieß sie fast trotzig hervor.

»Glaub mir, Kindchen«, erwiderte die Frau gelassen, »du wirst genau das tun, was ich dir sage: erst trinken, dann ausziehen, dann duschen. Solltest du dich weiterhin weigern, werde ich meinen Kollegen holen, der dich hierhergebracht hat. Du hast ihn ja schon kennengelernt. Er ist nicht sehr geduldig. Glaub mir, spätestens dann wirst du tun, was wir von dir verlangen!«

Sie griff wieder nach der Flasche und schraubte den Plastikverschluss ab. »Trink!«, befahl sie erneut und hielt ihr die Flasche auffordernd hin.

Ronjas Widerstand brach. Die Vorstellung, sich vor der Frau ausziehen zu müssen und unter die Dusche gezwungen zu werden, ließ sie zittern. Zögernd griff sie nach der Flasche. Es war ihr klar, dass die Frau ihr das Getränk nicht aus Fürsorge reichte. Wollte man sie betäuben? Aber warum sollte sie dann duschen? Zögernd setzte sie den Flaschenhals an und nippte. Es handelte sich offensichtlich um Orangensaft.

»Los, nicht so zaghaft!«, kommandierte die Frau. »Wir haben nicht endlos Zeit. Das Spiel wird bald beginnen.«

Ronja nahm einen etwas kräftigeren Schluck. Jetzt erst merkte sie, dass sie tatsächlich durstig war. Durch das Erbrechen war ihr Mund völlig ausgetrocknet. Nachdem sie die Flasche fast zur Hälfte geleert hatte, nahm die Frau sie ihr wieder ab.

»Den Rest kannst du nachher trinken. Jetzt ausziehen und duschen!«

Ronja fügte sich in das Unvermeidliche. Langsam zog sie sich aus. Schließlich stand sie in Unterwäsche da und trat nervös auf der Stelle. Die kalten Fußbodenfliesen ließen sie erschauern.

»Los jetzt! Runter mit dem Zeug! Oder duschst du sonst in Unterwäsche?«

Ein merkwürdiges Gefühl bemächtigte sich ihrer. Plötzlich empfand Ronja gegenüber ihrer Nacktheit eine gewisse Gleichgültigkeit. Sie zog die restliche Wäsche aus und warf sie zu ihren übrigen Kleidungsstücken. Die musternden Blicke der Frau waren ihr egal. Mit einer Handbewegung wies die Frau zur Dusche.

»Los, aber gründlich! Die Haare auch.«

Ronja trat in die Kabine und schloss die Tür. Auf einer Ablage stand ein Duschgel. Der Wasserstrahl war angenehm temperiert.

Als sie fertig war, reichte ihr die Frau ein Badetuch. Sie trat aus der Kabine. Während sie sich abtrocknete, suchte sie nach ihrer Kleidung. Sie war verschwunden.

»Du ziehst das hier an«, befahl die Frau und wies auf einen kleinen Stapel Dessous. »Aber vorher gibt es etwas Duft.« Sie griff nach einer Spraydose, die auf der Ablage über dem Handwaschbecken stand. Ohne Zögern sprühte sie Ronja von Kopf bis Fuß ein. Der Duft war nicht unangenehm. Mittlerweile empfand sie keinerlei Hemmungen mehr, sich vor der Frau nackt zu bewegen. Gehorsam streifte sie die Unterwäsche über. Wenn sie ehrlich war, gefielen ihr die feinen Dessous sogar.

Als sie fertig war, warf ihr die Frau einen prüfenden Blick zu. »Jetzt noch die Haare!« Sie nahm eine Tube vom Bord und gelte Ronjas Haare gründlich ein, so dass sie eng am Kopf anlagen. Unterdessen reichte sie ihr wieder die Flasche und verlangte, dass sie trank. Ronja weigerte sich nicht mehr. Langsam trank sie den Orangensaft aus.

»Jetzt noch etwas Make-up«, erklärte ihre Bewacherin und wies Ronja mit einer Handbewegung an, sich auf den Wannenrand zu setzen. Das Mädchen war mittlerweile so willenlos, dass sie jede Anweisung befolgt hätte. Dabei war sie nicht müde, sondern irgendwie aufgekratzt.

Als alles zu ihrer Zufriedenheit erledigt war, forderte die Frau Ronja auf, ihr zu folgen. Sie öffnete die Badezimmertür und führte das mittlerweile nahezu teilnahmslose Mädchen in ein anderes Zimmer. Sie schob Ronja zu einem Doppelbett und veranlasste sie sich darauf niederzusetzen. Dann verließ sie den Raum. Das Mädchen betrachtete die anspruchsvolle Einrichtung, ohne sie jedoch richtig zu registrieren.

Plötzlich öffnete sich die Tür und ein älterer Mann trat ein. Ronja betrachtete ihn emotionslos. Er trug einen weißen Bademantel.

Eine ganze Weile blieb *Nobel* stehen und musterte die gelieferte Ware eingehend. Auf die Organisation war wirklich Verlass! Das Mädchen entsprach vollständig seinen Wünschen. Sie roch genau so, wie er es bestellt hatte. Langsam ging er auf das Mädchen zu. Sie saß da und lächelte ihn verträumt an. Er fasste sie bei den Händen.

»Steh auf mein Kind und lass dich bewundern.«

Gehorsam erhob sich Ronja und ließ sich von ihm hin- und herdrehen.

»Du bist wirklich wunderschön! Hoffentlich bist du auch gehorsam, sonst müsste ich dich bestrafen!« Langsam ließ er den Bademantel auf den Boden fallen. Darunter war er nackt. Willenlos ließ sich Ronja von ihm zum Bett führen.

Der Mann wusste nicht, dass sich kurz nachdem er den Raum betreten hatte, ein Videogerät einschaltete. Alle Vorgänge im Zimmer wurden über mehrere im Raum verteilte Kameras aufgezeichnet. Die Organisation verlor keinen Moment die Kontrolle.

11

Eleonore Lohneis und ihre Kinder trugen ihren Mann und Vater auf dem Waldfriedhof zu Grabe. Zwar sollte die Beisetzung nur im engsten Familienkreis stattfinden, aber einige Kollegen und Mitarbeiter nahmen unangemeldet an der Trauerfeier teil. Etwas im Hintergrund entdeckte die Witwe die Gestalt von Kommissar Brunner. Die Anwesenheit des Kriminalbeamten, der ihr vor Tagen die Nachricht vom Tod ihres Mannes überbracht hatte, fand sie etwas verwunderlich. Was versprach sich der Polizist davon? Was sie aber besonders betroffen machte, war die Anwesenheit von einigen Pressevertretern, die immer wieder Fotos schossen. Als ihr Schwiegervater einschreiten wollte, sprach der Polizeibeamte bereits mit den Journalisten und forderte sie offenbar sehr wirksam auf, die Trauerfeier nicht zu stören. Jedenfalls zogen sie sich zurück. Was wollten all diese Leute von ihr?

Nach der Beendigung der Zeremonie am Grab trat der Kriminalbeamte überraschend an sie heran.

»Frau Lohneis, bitte verlassen Sie den Friedhof durch den Nebenausgang. Ich kann die Presse leider nicht davon abhalten, Ihnen am Haupteingang aufzulauern. Am Seitenausgang steht mein Dienstwagen. Ich kann Sie nach Hause bringen.«

Sie sah ihn verständnislos an. »Was wollen diese Menschen von mir? Ich kann das nicht verstehen!«

Ein älteres Ehepaar kam heran. Aus der Ähnlichkeit mit Frau Lohneis schloss Brunner, dass es sich um deren Eltern handelte. Die beiden Kinder schmiegten sich ein Stück entfernt an ihre anderen Großeltern.

»Was gibt es?«, wollte der Vater wissen. »Warum belästigen Sie meine Tochter?«

Brunner wies sich aus, dann wandte er sich wieder an Frau Lohneis. »Bitte, tun Sie es in Ihrem eigenen Interesse. Ich habe außerdem ein paar Informationen, die ich Ihnen mitteilen muss. Hier ist dafür aber sicher nicht der richtige Ort.« Brunner warf dem Vater einen bezeichnenden Blick zu. »Vielleicht könnten Sie sich der Kinder annehmen? Es ist wirklich notwendig! Sie sollten in den nächsten Stunden nicht zuhause sein.«

Als Brunner merkte, dass der Vater protestieren wollte, fasste er ihn schnell am Arm und führte ihn einige Schritte zur Seite. Mit Nachdruck sprach er dann auf ihn ein. Man konnte erkennen, wie der Mann erschrak, dann aber wortlos nickte. Nachdem beide wieder zurückgekehrt waren, erklärte der Vater bestimmt: »Eleonore, ich werde mit deinen Schwiegereltern sprechen. Sie nehmen die Enkel sicher gerne mit zu sich. Du fährst mit dem Kommissar nach Hause und wir fahren mit unserem Wagen ebenfalls zu dir.«

»Sagt mir jetzt bitte jemand, was geschehen ist?« Eleonores Stimme bekam einen schrillen Unterton. Es war ihr anzumerken, dass ihre Nerven eine weitere Belastung kaum ertragen würden.

»Ich werde es Ihnen zuhause sagen«, gab Brunner knapp zurück, »nicht hier.« Er hakte sich bei ihr unter und führte sie mit sanftem Druck zum Seitenausgang. Die Presse war auf Brunners Finte hereingefallen. Unangefochten erreichten sie seinen Wagen.

Die Heimfahrt verlief schweigend.

Eleonore Lohneis fiel gar nicht auf, dass Brunner bewusst einen kleinen Umweg fuhr, um Eleonores Eltern die Möglichkeit zu geben, vor ihnen zuhause einzutreffen.

Kaum hatten sie die Türschwelle übertreten, wandte sich Eleonore Lohneis Brunner zu.

»Sagen Sie mir jetzt endlich, was geschehen ist? Diese Geheimniskrämerei macht mich verrückt!« Ihre Stimme vibrierte vor Anspannung. Ihre Eltern erwarteten sie im Wohnzimmer. Ihr Vater fasste sie beim Arm und führte sie zur Couch. »Eleonore, setz dich erst mal, mein Kind.«

Mit einer heftigen Bewegung riss sie sich von ihm los und schrie: »Kann mir jetzt endlich jemand sagen, was los ist? Ich halte dieses Getue einfach nicht mehr länger aus!«

Eberhard Brunner trat einen Schritt nach vorne. »Sie sollten sich wirklich hinsetzen. Das, was ich Ihnen jetzt zu sagen habe, ist tatsächlich nur schwer zu ertragen.«

Mit großen Augen sah sie ihn an, dann ließ sie sich nieder. Brunner setzte sich in den Sessel ihr gegenüber. Dabei warf er ihrem Vater einen fragenden Blick zu. Der nickte nur knapp. Damit versicherte er Brunner, dass er, wie von Brunner empfohlen, den Hausarzt verständigt hatte.

»Frau Lohneis, heute Morgen erschien im Main-Spessart-Kurier ein Artikel, der den Selbstmord Ihres Mannes in einem völlig neuen Licht erscheinen lassen wird. In diesem Artikel werden Bilder gezeigt und Fakten geschildert, die wir bisher aus ermittlungstechnischen Gründen nicht bekannt gegeben haben. Auch Ihnen nicht. Wir wissen nicht, wie diese Informationen an die Presse gelangt sind. Sie stammen aber mit absoluter Sicherheit nicht von uns, der Kripo. In diesem Artikel werden Verletzungen Ihres Mannes geschildert und mit einem Foto belegt, dessen Quelle eigentlich nur der Täter sein kann.«

Eleonore sah ihn mit großen Augen verständnislos an.

»Von welchen Fakten und von welchen Verletzungen sprechen Sie?«

Brunner räusperte sich. »Nun, wie es aussieht, ist Ihr Mann in irgendeiner Form einer Art Racheakt zum Opfer gefallen. Ihr Mann wurde genital verstümmelt und man hat ihm auf dem Unterbauch einen Schriftzug eingebrannt. Anschließend wurde er zur Notaufnahme des Krankenhauses gebracht und dort abgesetzt. Da er weder bei Bewusstsein war noch sonstige Erkennungsmerkmale bei sich trug, war es zunächst nicht möglich, ihn zu identifizieren. Erst durch Ihre Vermisstenanzeige war es möglich, seine Identität festzustellen. Da war es leider schon zu spät, weil er sich bereits selbst getötet hatte.« Brunner verstummte.

Frau Lohneis saß wie versteinert auf ihrem Platz und starrte durch Brunner hindurch. Dem Kriminalbeamten war klar, jeden Moment würde der Zusammenbruch erfolgen. Eleonores Vater hatte bereits gehandelt. Er öffnete die Tür zum Flur und bat den Hausarzt herein, der draußen wartete.

Eleonores Schrei war der eines weidwunden Tieres, dann sank sie auf die Couch zurück. Der Arzt eilte herbei und ließ sich neben der Couch auf die Knie sinken. Mit gezielten Bewegungen legte er Eleonores Arm frei, holte aus seiner Arzttasche eine vorbereitete Spritze und injizierte ein starkes Beruhigungsmittel in die Vene. Anschließend erhob er sich und sah die Umstehenden ernst an.

»Es handelt sich eindeutig um einen schwerwiegenden Zusammenbruch. Ich habe Frau Lohneis gerade ein starkes Beruhigungsmittel gespritzt, das sehr schnell wirken wird. Sie wird jetzt einige Stunden tief und fest schlafen. Bitte stellen Sie sicher, dass sie in der nächsten Zeit nicht alleine ist. Ich werde zunächst auf eine Einweisung in ein Nervenkrankenhaus verzichten.« Er griff in seine Ledertasche. »Hier überlasse ich Ihnen ein Beruhigungsmittel in Tablettenform, das Sie ihr im Notfall verabreichen können. Selbstverständlich können Sie mich jederzeit anrufen.« Er warf seiner Patientin einen besorgten Blick zu. Mittlerweile war sie eingeschlafen und das Wimmern hatte aufgehört.

Eberhard Brunner, der sich in den Hintergrund zurückgezogen hatte, trat einen Schritt nach vorne und stellte sich dem Arzt kurz vor, dann erklärte er: »Herr Doktor, ich werde Frau Lohneis einige Fragen stellen müssen. Können Sie mir sagen, wann ich sie wieder ansprechen kann?«

Der Arzt zuckte mit den Schultern. »Das ist schwer zu sagen. Frau Lohneis hat einen schweren Schock erlitten. Man muss abwarten. Aus medizinischer Sicht ist sie keinesfalls vernehmungsfähig. Mehr kann ich Ihnen dazu jetzt nicht sagen.«

Der Arzt verabschiedete sich.

Mit einem letzten Blick auf Eleonore Lohneis, die von ihrer Mutter gerade mit einer Decke zugedeckt wurde, machte sich auch Eberhard Brunner auf den Weg. Eleonores Vater begleitete ihn nach draußen. Während er den Briefkasten öffnete und diesem eine Reihe von Kondolenzkarten entnahm, stellte er fest: »Herr Kommissar, ich nehme an, Sie haben meiner Tochter vorhin nur die Schonversion der ganzen Geschichte erzählt. Wenn ich mir jetzt diese Zeitung besorge und den ganzen Artikel lese, tun sich mir dann Abgründe über das Leben meines Schwiegersohns auf?«

Brunner zuckte ratlos mit den Schultern. »Die Zeitung stellt Fragen, die im Leser einen Verdacht erzeugen, obwohl noch nichts bewiesen ist. Für mich als Polizeibeamten zählen nur die Fakten und die sind nicht eindeutig. Das heißt, es werden noch viele Fragen beantwortet werden müssen. Ich bedauere diese Veröffentlichung wirklich sehr. Das perfide an derartigen Enthüllungen ist das massive Leid, das die Angehörigen erfahren. Ihre Tochter und die Kinder werden jetzt sicher eine schwere Zeit durchleben, ohne dass die Andeutungen der Presse über ein mögliches Fehlverhalten Ihres Schwiegersohns in irgendeiner Form bewiesen sind.« Er gab dem alten Mann die Hand. »Passen Sie gut auf Ihre Tochter und Ihre Enkel auf. Sie wohnen nicht hier am Ort?«

Der Mann nickte. »In der Nähe von Volkach.«

»Sie sollten überlegen, sie mit nach Hause zu nehmen, damit sie für einige Zeit außer Reichweite der Presse ist. Diese Veröffentlichung wird sicher einen Rattenschwanz von Interviewanfragen nach sich ziehen. Sagen Sie mir bitte Bescheid, wo ich Frau Lohneis in den nächsten Tagen erreichen kann.« Brunner übergab ihm seine Visitenkarte, dann verließ er die vom Schicksal schwer geschlagene Familie.

12

Es war Samstagvormittag. Simon Kerner hatte die erste Woche im Dienst überstanden. Gerade lenkte er den von Eberhard Brunner gemieteten Jeep aus der Garage. Er hatte einige Zeit mich sich gerungen, weil er sich eigentlich noch nicht so weit fühlte, eine Fahrt ins Jagdrevier zu unternehmen. Aber irgendwann musste er seine Hemmschwelle überwinden, außerdem gab es Sachzwänge. Bruno Gelhammer, der Jagdfreund, der sein Revier seit seiner Abwesenheit betreute, hatte ihn vor wenigen Minuten angerufen und bat ihn, umgehend zur Brandruine seiner ehemaligen Jagdhütte zu kommen. Es gäbe ein massives Problem. Die Stimme des Freundes klang dabei so dringlich, dass Kerner seine Hemmungen überwand. Bruno war ein Gemütsmensch. Wenn er derart aufgeregt reagierte, musste wirklich etwas Wichtiges vorgefallen sein. Innerlich war Kerner sehr angespannt. Bei der Fahrt musste er Wege kreuzen, die er mit Steffi häufig gefahren war.

Während Kerner das leistungsfähige Allradgefährt den Spessarthang hinaufsteuerte, dachte er an das Schreiben, das er nach seiner Rückkunft in seiner Post vorgefunden hatte. Es war schon ein paar Wochen alt, weil er seine Post erst etliche Tage nach seiner Rückkehr gelesen hatte. Die Gemeindeverwaltung Partenstein erwartete Antwort darauf, ob er für die Hütte einen Ersatzbau plane. Andernfalls würde man die Stelle aufforsten. Es wurde ihm darin eine Äußerungsfrist von vier Wochen eingeräumt, die aber bereits seit zehn Tagen überschritten war. Mit einem Anruf bat er um eine Verlängerung der Frist, da er sich nach seiner Rückkehr erst einmal mit der Sache auseinandersetzen musste. Diese Fristverlängerung wurde ihm gewährt.

Simon Kerner war sich darüber im Klaren, dass diese Entscheidung untrennbar mit seiner zukünftigen Lebensplanung zusammenhing. Der Druck auf ihn wuchs.

Am Rande der Lichtung ließ er das Fahrzeug ausrollen und stieg aus. Obwohl das Feuer nun schon Monate zurücklag, trug die leichte Brise noch immer einen leichten Brandgeruch mit sich. Langsam schlenderte er über die Wiese zu dem Scheiterhaufen, der einstmals eine gemütliche Jagdhütte gewesen war, mit der er zahlreiche Erinnerungen verband. Auf der Brandstelle waren noch immer verkohlte Balken zu erkennen, die das Feuer nicht vollständig verzehrt hatte. Wie die schwarzen Rippen eines urigen Lebewesens standen sie teilweise kreuz und quer in die Höhe. Am Rande der Feuerstelle schoben sich bereits vereinzelte Grünpflanzen durch die graue Asche. Seine Aufmerksamkeit wurde von Motorengeräusch abgelenkt. Das musste Bruno sein. In diesem Moment rollte ein Geländefahrzeug auf die Lichtung und kam neben Kerners Wagen zum Stillstand. Als der Fahrer seinen Wagenschlag öffnete, sprang zuerst Wespe, Gelhammers kleine Rauhaardackelhündin, heraus und rannte kläffend auf die Lichtung. Kerner musste lächeln. Bruno hatte seiner vierbeinigen Jagdgefährtin also noch immer keine Manieren beigebracht, obwohl er ihr dies bei jeder sich bietenden Gelegenheit androhte. Wespe entdeckte Kerner, stutzte kurz, dann trug der Wind ihr die bekannte Witterung zu und sie stürmte mit freudig wedelnder Rute auf ihn zu. Er beugte sich herunter und streichelte sie ausgiebig.

»Verflixtes Vieh!«, polterte Bruno Gelhammer halbherzig, während er etwas kurzatmig hinter der Hündin hereilte.

»Eine Sekunde nicht aufgepasst und schon ist sie weg!« Als er Kerner erreicht hatte, blieb er stehen. Seine Miene wurde wieder ernst.

»Simon, sei herzlich gegrüßt! Schön, dass du wieder da bist!« Er breitete die Arme aus und drückte seinen Jagdfreund kurz, aber herzlich an sich. Wespe beschäftigte sich mittlerweile mit den Gerüchen der Umgebung, dabei näherte sie sich zielsicher der Brandstätte. Bruno stieß einen schrillen Pfiff aus, der die Hündin veranlasste, umzudrehen und zu ihm zu kommen.

»Na, manchmal klappt es doch ganz gut«, stellte Kerner fest.

»Nicht immer, aber immer öfter«, gab Bruno zurück, dann ließ er das Hundethema fallen. »Simon, ich frage dich jetzt nicht, wie es dir geht. Ich kann mir vorstellen, dass du da noch ein paar Probleme hast.« Er atmete tief durch. »Simon, du weißt, du kannst dich auf mich verlassen. Dein Revier ist bei mir in guten Händen, so lange bis du wieder übernehmen kannst.«

Simon Kerner nickte. »Da bin ich dir auch sehr dankbar. Du hast am Telefon gesagt, dass es ein Problem gibt? Gibt es Ärger mit Wildschweinen?«

Gelhammer schüttelte den Kopf. »Nein, es ist etwas gänzlich anderes. Komm mit«, forderte er Kerner auf und wandte sich in Richtung der Brandstätte. Die Hündin hüpfte munter um die beiden Männer herum, bis sich der Jäger bückte und sie auf den Arm nahm. Als sie die Ruine erreicht hatten, blieb Gelhammer am Rande stehen und wies auf die verkohlten Balken. »Fällt dir etwas auf?«

Kerner runzelte die Stirn und ließ seinen Blick über die Ruine gleiten. Auf den ersten Blick entdeckte er nichts Auffälliges. Stück für Stück musterte er die Fläche. Plötzlich verharrten seine Augen an einer bestimmten Stelle. Die Asche der Brandstätte war im Laufe der vergangenen Monate durch Regen und Witterung durchwegs dunkel bis schwarz geworden. Etwa in der Mitte befand sich allerdings eine helle Stelle. Kerner ging einige Schritte näher.

»Das sieht ja so aus, als hätte es hier vor kurzem erneut gebrannt«, stellte er verwundert fest, »das ist doch eindeutig frische Asche.«

»Das sehe ich genauso«, schloss sich der Jagdfreund Kerners Vermutung an. »Ich habe zunächst gedacht, dass Waldarbeiter hier das von Baumfällarbeiten übrige Kronenholz verbrannt haben. – Bis Wespe beim Herumstöbern auf das hier gestoßen ist.« Er machte einige Schritte auf die Feuerstelle zu. Dabei winkte er Kerner, ihm zu folgen. »Schau dir das an«, erklärte er und wies auf einen länglichen Gegenstand, der von weißlicher Farbe war. »Ich habe bewusst nichts verändert, falls du der Meinung bist, das sollte sich die Polizei ansehen.«

Wortlos starrte Kerner das Fundstück an. Dann beugte er sich hinunter und musterte es aus der Nähe. Es gab keinen Zweifel, hierbei handelte es sich um einen nicht vollständig verbrannten Knochen.

»Ich dachte zunächst, hier hätte jemand ein Tier verschwinden lassen wollen. Dann habe ich allerdings das hier gefunden.« Er wies mit einem Stück abgebrochenem Ast auf einen Gegenstand, der kaum noch zu identifizieren war. Erst auf den zweiten Blick erkannte Kerner, dass er einen angekohlten Stofffetzen vor sich hatte. Langsam drehte er sich um und sah seinen Jagdfreund betroffen an.

»Das müssen wir auf jeden Fall der Kripo anzeigen, damit das untersucht wird. Wie es aussieht, könnte es sich um menschliche Überreste handeln.« Während sie wieder auf die

Lichtung hinaustraten, griff Kerner zum Mobiltelefon und wählte die Nummer von Eberhard Brunner. Sollte seine Vermutung wirklich richtig sein, stand er hier wahrscheinlich vor den Spuren eines Verbrechens. Eine Straftat, verübt in seinem Revier.

Dr. Karaokleos hielt die Plastiktüte in die Höhe, damit man den Knochen gut sehen konnte. Die Spurensicherer hatten die Asche durchsucht und weitere verkohlte Kleidungsreste gefunden, aber keine weiteren Skelettteile. Wenn man Glück hatte, konnte man den Stoff noch analysieren und zuordnen.

»Sehr merkwürdig, dass hier nur dieser einzelne Knochen zu finden ist. Meines Erachtens ist es der Oberschenkelknochen eines nicht gerade großen Menschen. Wir werden hier die oberste Schicht des Bodens unter der Feuerstelle abtragen und mitnehmen. Vielleicht können wir noch menschliche DNA herausfiltern. Wenn ein Mensch verbrennt, läuft beispielsweise auch Fett aus. Erhebt sich natürlich die spannende Frage, wo das restliche Skelett abgeblieben ist. Ich kann mir nicht vorstellen, dass man hier nur einen Oberschenkel verbrannt hat.«

Der Rechtsmediziner stand mit Brunner, Kerner und Gelhammer am Rande der Brandstätte zusammen und resümierte das derzeitige Ergebnis seiner Untersuchungen.

»Ich habe meinen Leuten den Auftrag gegeben, die Umgebung um die Lichtung herum gründlich abzusuchen«, erklärte der Kommissar. »Es könnte ja sein, dass Tiere die anderen Knochenteile verschleppt haben.«

»Das ganze restliche Skelett?« Kerners Zweifel waren unüberhörbar.

Brunner hob etwas ratlos die Hände. »Keine Ahnung. Aber wir müssen natürlich auf Nummer sicher gehen.«

Bruno Gelhammer war klar, die Aktion hier würde noch eine ganze Weile dauern. Er verabschiedete sich daher und erklärte Kerner, er würde am morgigen Nachmittag noch einmal bei ihm anrufen. Wespe sprang freudig hinter ihm her.

Es dauerte fast eine Stunde, als einer der Spurensicherer aus dem Unterholz um die Lichtung herum auftauchte und winkte.

»Herr Brunner, ich glaube, wir haben da was gefunden!«

Der Kommissar und Kerner eilten ihm sofort hinterher. Sie kämpften sich eine ganze Strecke durch mehr oder weniger dichtes Unterholz. Plötzlich blieb der Beamte stehen.

»Da, sehen Sie.« Er wies auf eine Stelle zwischen zwei gefallenen, halb verrotteten Baumstämmen, die zueinander in einem v-förmigen Winkel lagen. Zwischen den beiden Schenkeln dieses natürlichen Dreiecks war ein ovaler Laubhaufen zu erkennen. Kerner sah sofort, was die Aufmerksamkeit des Polizeibeamten erregt hatte. Rund um die Stelle herum wuchsen fast nur Nadelbäume. Die nächsten Laubbäume standen ein ganzes Stück entfernt. Ein natürlicher Laubfall hätte an dieser Stelle niemals diese Anhäufung von dürren Blättern erzeugen können. Das Laub musste also von Menschenhand hier aufgehäuft worden sein. Der Spurensicherer hatte mit einem Ast etwas Laub beiseitegeschoben. Darunter war blankes, festgestampftes Erdreich zu erkennen. Es hob sich deutlich von dem umgebenden Boden ab.

»Sieht so aus, als wäre hier vor kurzem gegraben worden«, stellte der Polizist fest. »Ich habe weiter nichts verändert, um eventuelle Spuren nicht zu zerstören.«

Brunner nickte. »Holen Sie die Kollegen und den Rechtsmediziner. Graben Sie hier auf. Und sagen Sie dem Fotografen, er soll jeden Schritt dokumentieren.«

Der Spurensicherer eilte davon, um die Anordnung auszuführen.

»Meinst du, das hier ist ein Grab?«, fragte Kerner bedrückt.

»Wie es aussieht, wurde hier gegraben und dann der Versuch unternommen, die Stelle mit Laub zu kaschieren. Das muss ja wohl einen Grund haben.« Brunner musterte mit ernster Miene den Waldboden.

Es dauerte nur einige Minuten, dann waren die Männer mit Grabgeräten zur Stelle. Karaokleos gesellte sich zu Brunner und Kerner.

»Ich fürchte, wir werden bald eine unangenehme Überraschung erleben«, vermutete er. Die beiden widersprachen ihm nicht.

Der Polizeifotograf machte einige Fotos, um den Urzustand der Stelle zu dokumentieren, dann begannen die Männer das Laub zur Seite zu räumen. Der verdächtige Platz war ungefähr eins fünfzig lang und etwa einen halben Meter breit. Nach weiteren Fotos begannen die Männer zu graben. Das Erdreich an der verdächtigen Stelle war nicht sehr dicht. Eberhard Brunner und Simon Kerner standen ein wenig abseits und beobachteten schweigend den Fortgang der Grabungsarbeiten. Die Beamten kamen gut vorwärts, der Haufen des ausgehobenen Bodens wurde immer höher.

Plötzlich hob einer Männer die Hand. Seine Schaufel war auf Widerstand gestoßen. Es klang, als wäre das Schaufelblatt gegen einen Stein gestoßen.

»Hier ist was«, erklärte er und die Kollegen beeilten sich, die Erde rund um die Stelle beiseitezuschaffen. Nach kurzer Zeit kam tatsächlich ein etwa kopfgroßer Steinbrocken zum Vorschein. Daneben lagen weitere Steine ähnlicher Größe. Mühsam entfernten die Männer die restliche Erdschicht und legten damit eine Schicht etwa gleich großer Steine frei.

»Sieht so aus, als wäre hier etwas vergraben, was man durch diese Steinschicht vor grabenden Füchsen oder wühlenden Wildschweinen schützen wollte«, vermutete Kerner.

Der Rechtsmediziner trat einen Schritt vor und sog schnüffelnd die Luft ein. »Kein Leichengeruch«, stellte er fest.

Brunner gab den Beamten ein Zeichen, dass sie weitermachen sollten. Nachdem die ersten Steinbrocken weggeschafft waren, konnte man darunter schwarze Plastikfolie erkennen.

»Deshalb kein Geruch«, vermutete Karaokleos. Für ihn stand schon fest, was hier zu Tage treten würde.

Nachdem alle Steine beseitigt waren, konnte man ein längliches, vollständig in Folie und mit schwarzem Klebeband verschlossenes Paket erkennen.

Dr. Karaokleos machte den Männern Zeichen, worauf diese die Grube räumten. Jetzt stieg er selbst hinunter. Vorsichtig setzte er seine Füße links und rechts von dem Bündel auf dem Boden des Loches auf. Ein Spurensicherer reichte ihm eine große Schere. Langsam durchbohrte er mit der Spitze des Schneidwerkzeugs die Folie und schlitzte sie etwas auf. Kaum hatte er das Paket etwa zwei Handbreit geöffnet, als er auch schon die Nase verzog.

»Leichengeruch! Und das ziemlich heftig!«, stellte er fest und schnitt weiter. Sekunden später drang der typische stechende Verwesungsgeruch auch in die Nasen der Umstehenden. Brunner und Kerner sahen sich an.

Schließlich schnitt der Rechtsmediziner die Folie so weit auf, dass er sie zum Teil links und rechts zur Seite schlagen konnte. Nun konnten die Männer sehen, was der Mediziner freigelegt hatte. Es handelte sich eindeutig um die Leiche eines jüngeren rothaarigen Mädchens, das sich bereits in einem merklichen Verwesungszustand befand. An Mund und Nase waren tote Maden zu erkennen. Ihr Oberkörper war lediglich mit einem spärlichen BH bekleidet, der schmutzig und teilweise eingerissen war. Am Körper konnte man verschiedene Verletzungen erkennen, bei denen es sich um Stiche handeln konnte.

»Sie muss schon einige Zeit tot gewesen sein, bevor man sie in diese Folie gepackt hat. Sonst hätten die Aasfliegen keine Eier ablegen können.« Mit wenigen Handgriffen schnitt Karaokleos die Folie bis ganz nach unten auf. »Da haben wir den Beweis«, stellte er sachlich fest, »der Knochen von der Brandstelle dürfte zu ihr gehören.« Er wies auf die große dunkelrote Wunde, wo man ein Bein des Mädchens amputiert hatte. Die Amputation musste sehr grob erfolgt sein, denn der Stumpf war ziemlich zerfetzt. Am Unterleib trug sie lediglich einen zum BH passenden Schlüpfer.

Wenig später machten sich die Männer der Spurensicherung daran, die Leiche entsprechend den Anweisungen des Mediziners zu bergen. Sie legten sie vorsichtig, ja fast behutsam, mitsamt der Folie auf eine Plastikplane und Dr. Karaokleos beugte sich über sie.

»Können Sie schon etwas zum Todeszeitpunkt und zur Todesart sagen?«, wollte Brunner wissen.

»Die Maden geben da recht zuverlässige Hinweise. Die ersten Schmeißfliegen treffen etwa nach zwei Tagen Liegezeit einer Leiche ein und legen ihre Eier vor allem in die Körperöffnungen des Gesichts oder in eventuelle Wunden. Die Eier entwickeln sich sehr schnell und es schlüpfen schon nach ein, zwei Tagen Maden. Das hängt von der Außentemperatur, der Luftfeuchtigkeit und noch ein paar anderen Komponenten ab. Wahrscheinlich haben sich die Maden nicht weiterentwickelt, da man das Mädchen dann in diese luftdichte Folie eingewickelt hat. Eine genauere Bestimmung des Todeszeitpunkts kann ich erst bei der Obduktion vornehmen.

Was die Ursache ihres Todes betrifft, gilt das Gleiche. Für mich steht jedenfalls fest, dass die Stiche und die Amputation nicht hier vorgenommen wurden. Sie ist nicht hier verstorben. Es hat sich ja praktisch kein Blut in der Folie angesammelt.« Karaokleos erhob sich und trat zur Seite. »Herr Brunner, wenn Sie damit einverstanden sind, lass ich sie jetzt in die Rechtsmedizin bringen. Ich werde sie dann gleich morgen untersuchen.«

Brunner gab sein Einverständnis. »Was glauben Sie, wie alt sie ist?«, wollte er noch wissen.

»Schwer zu schätzen«, erwiderte Karaokleos, während er seine Gummihandschuhe auszog. »Im Tod sehen die Menschen meist älter aus. Meines Erachtens ist das aber auf jeden Fall noch ein Teenager.«

Es dauerte fast noch drei Stunden, bis die Polizeibeamten, die jeden Stein in der näheren Umgebung des Grabes umgedreht hatten, wieder abrückten. Nachdem das letzte Fahrzeug die Lichtung verlassen hatte, setzten sich die beiden Freunde betroffen nebeneinander auf einen Baumstumpf und betrachteten nachdenklich die Brandstätte. Jeder musste die Ereignisse der letzten Stunden erst einmal verdauen. Schwere Kost! Schließlich brach Kerner das Schweigen.

»Eberhard, kannst du mir sagen, was dieser Leichenfund hier bedeuten soll? Diese Geschichte mit dem abgetrennten Bein und der Verbrennung hier, wo vor Monaten meine Jagdhütte abgebrannt wurde, das ist doch kein Zufall! Da hat doch irgendjemand eine Botschaft hinterlassen! Eine Botschaft für mich.«

Brunner warf ihm einen prüfenden Seitenblick zu. »Was sollte das denn für eine Botschaft sein?«

»Keine Ahnung! Aber diese Lichtung hier, diese Ecke des Spessarts muss doch jemand kennen. Irgendwelche Verbrecher töten doch kein Mädchen, um es dann ganz gezielt hier zu beseitigen. Das ist doch völlig irrational!«

»Da gebe ich dir recht«, erwiderte Brunner. »Aber solange wir keine Ergebnisse der Rechtsmedizin zur Todesursache haben und solange wir das Opfer nicht identifiziert haben, bewegen wir uns im Bereich der Spekulation. Wir haben doch keinerlei Anhaltspunkte für irgendeinen konkreten Verdacht.«

Simon Kerner widersprach ihm nicht.

»Was hältst du davon, wenn du noch mit zu mir kommst? Wir sollten den Abend nicht mit einem derart beklemmenden Gefühl ausklingen lassen.«

Brunner war einverstanden. Die beiden setzten sich in ihre Fahrzeuge und verließen den Wald. Eberhard Brunner würde seinen Freund Simon nach dem Fund im Wald heute nicht alleine lassen. Er merkte ihm an, dass ihn die Angelegenheit sehr mitnahm.

Zuhause fing Kerner wieder an. »Wenn man mir hier etwas unterschieben wollte, warum hat man die Tote nicht ganz verbrannt? Wieso diese perverse Geschichte mit dem abgetrennten Bein?«

»Da kann ich nur Vermutungen anstellen«, entgegnete Brunner. »Das Verbrennen einer menschlichen Leiche würde ein sehr großes, heißes Feuer verlangen, das man auch geraume Zeit unterhalten müsste. Den Rauch und den Geruch würde man in einem großen Umkreis wahrnehmen können. Dieses Risiko wollten die Täter wahrscheinlich nicht eingehen.«

Sie diskutierten noch eine ganze Weile, kamen aber zu keinem Ergebnis.

13

Die Beerdigung ihres Mannes lag jetzt eine gute Woche zurück. Mit Hilfe beruhigender Medikamente und angetrieben von der Verantwortung für ihre beiden Kinder, hatte Eleonore Lohneis nach einer guten Woche der Verzweiflung einen Zustand erreicht, den man als eine Art seelische Versteinerung bezeichnen musste. Sie war sich darüber im Klaren, dass sie sich der Realität stellen musste. Ihr erster Schritt bestand darin, die Veröffentlichung über ihren Mann zu lesen. Es bedurfte größerer Auseinandersetzung mit ihrem Vater, ehe er den Artikel herausrückte. Die Erschütterung war erneut abgrundtief. Es gab für sie keinen Grund, die Veröffentlichung anzuzweifeln, da ihr Kommissar Brunner das Gleiche berichtet hatte. Das in der Zeitung abgedruckte Bild in Nahaufnahme, auf dem detailliert der Schriftzug PERVERS zu erkennen war, zerrte sie nochmals an den Rand des Abgrunds. Sie quälte sich mit Selbstvorwürfen, dass sie, eingelullt durch ihr Leben in existenzieller Sicherheit und bürgerlicher Zufriedenheit, nichts von den möglichen abartigen Neigungen ihres Mannes bemerkt hatte. Bei kritischer Analyse ihrer Beziehung kam sie allerdings schon zu dem Ergebnis, irgendwie nebeneinanderher gelebt zu haben. Ein schleichender Prozess, der ihr durch die Fürsorge für die Kinder und ihre vielen gesellschaftlichen Verpflichtungen in den Kreisen, in denen sie sich aufgrund der Stellung ihres Mannes bewegte, nicht aufgefallen war. Die Andeutungen und Fragen in dem Artikel ließen in ihr den Entschluss reifen, den Wahrheitsgehalt dieses Bildes, das hier von ihrem Mann gezeichnet wurde, herauszufinden.

Der Ansturm der Presse ebbte langsam ab, da mittlerweile die Nachricht vom Verschwinden eines Babys aus dem Main-Spessart-Kreis die Schlagzeilen beherrschte und dadurch das Interesse der Journaille von ihrem Schicksal abgelenkt wurde. An einem Dienstagmorgen beschloss sie, in ihr Haus zurückzukehren. Sie konnte nicht länger dem Leben ausweichen. Ihre Kinder, die seit dem Tod ihres Vaters von der Schule befreit waren, mussten wieder ein geordnetes Leben führen. Sie würde die beiden aus der Schusslinie nehmen. An ihre alte Schule konnten sie nicht wieder zurückkehren, das stand für sie fest. Die Gefahr von Frotzeleien und Mobbing war viel zu groß. Schulkameraden konnten da grausam sein. Am besten sie verschwanden für längere Zeit aus der Gegend. Sie besprach sich mit ihren Eltern und bat sie, ein geeignetes Internat zu finden, in dem die Kinder erst einmal in Sicherheit waren.

Am nächsten Morgen, die Kinder blieben noch bei den Großeltern, fuhr Eleonore Lohneis zurück zu ihrem Haus. Sie näherte sich langsam, um sicherzugehen, dass die Presse nicht irgendwo lauerte. Aber die Luft war rein. Da in der nächsten Umgebung ihres Hauses noch keine Nachbarn wohnten, die sie mit ihrer Neugierde belästigen konnten, fuhr sie ihr Fahrzeug in die Garage. Das Auto ihres Mannes hatte die Kriminalpolizei beschlagnahmt und mitgenommen, um es auf Spuren zu untersuchen.

Sie betrat das Haus durch die Garage. Anspannung und Nervosität erschütterten ihre feste Haltung jetzt doch. Etwas zögerlich lief sie durch den Flur. Ihren Schlüsselbund warf sie in eine dafür vorgesehene Tonschale. Sie blieb einen Moment stehen, schloss die Augen und atmete tief durch. Ihr Haus, Lebensmittelpunkt ihrer Familie, vermittelte ihr nur noch Kälte und Fremdheit. Auf der Türschwelle zum Wohnzimmer blieb sie stehen und lehnte sich gegen den Türrahmen. Obwohl der

Raum nichts mehr von der heimeligen Atmosphäre ausstrahlte, die früher ihr Heim gekennzeichnet hatte, fühlte sie sich trotzdem nicht wie in der Höhle eines Monsters. Sie gab sich einen Ruck und stieß sich von dem Holzrahmen ab. Das Beste war, wenn sie erst einmal aufräumte. Von ihrem überstürzten Aufbruch standen noch einige schmutzige Gläser und Tassen herum. Während sie das Geschirr in die Spülmaschine räumte, stellte sie sich immer wieder die bohrende Frage, weswegen sie von Philipps Anderssein nichts mitbekommen hatte. Er war stets ein aufmerksamer Ehemann und liebevoller Vater gewesen. Konnte es wirklich sein, dass sich ein Mensch derart verstellen konnte? Die klassische Verwandlung von Dr. Jekyll in Mister Hyde? Nachdem die Spülmaschine lief, betrat sie wie unter einem inneren Zwang das Arbeitszimmer ihres Mannes. Diesen Raum hatte sie nur selten betreten. Er war das Refugium ihres Mannes gewesen, in das er sich zurückzog, wenn er arbeiten wollte, und wo er sich nur sehr ungern stören ließ. Ganz deutlich hing noch der Duft des herben Aftershaves im Raum, das sie an ihrem Mann so mochte. Unwillkürlich krampfte wieder der Schmerz über den Verlust in ihrer Brust zusammen. Philipp war ein sehr ordentlicher Mensch gewesen. Alle Dinge im Zimmer und auf dem Schreibtisch standen akkurat an ihrem Platz. Sie trat hinter den Schreibtisch und ließ sich auf dem Bürosessel nieder. Sie lehnte sich zurück und ließ ihren Blick aus dieser Warte durch den Raum gleiten. In dem Regal, das die gesamte Längsseite des Raumes einnahm, standen zahlreiche medizinische Fachbücher, daneben, sorgfältig aufgestapelt, diverse Fachzeitschriften. Die gegenüberliegende Wand wurde von drei surrealistischen Bildern dominiert, die ihr Mann vor einigen Jahren von einem jungen Künstler erworben hatte. Philipp hatte ihr einmal erklärt, was die Bilder darstellen sollten, sie hatte es aber schnell wieder vergessen, weil sie mit dieser Kunstrichtung nicht viel anfangen konnte. Die Gemälde interessierten sie jetzt nur deshalb, weil sich hinter dem mittleren Bild der Wandtresor ihres Mannes befand. Sie hatte sich eigentlich nie Gedanken darüber gemacht, wofür ihr Mann einen Tresor benötigte, jetzt dachte sie sehr wohl darüber nach. Der Polizei gegenüber hatte sie den Tresor nicht erwähnt. Nicht weil sie etwas verschweigen wollte, sondern weil er für sie in diesen erschütternden Momenten nicht präsent gewesen war. Sie erhob sich und hob das Gemälde vom Haken. Die Tür des Tresors war plan in die Wand eingearbeitet. Das Schloss bestand aus einem Tastenblock mit Ziffern. Die Kombination kannte sie natürlich nicht. Nachdenklich stand sie davor und überlegte, welche Zahlenfolge wohl zutreffend sein könnte. Sehr schnell war ihr klar, hier würde sie nicht weiterkommen. Ihr erster Gedanke galt Kommissar Brunner. Der würde sicher Möglichkeiten haben, derartige Schränke zu öffnen. Sie verwarf die Idee aber wieder, weil sie ein ungutes Gefühl beschlich. Sie fürchtete sich vor den finsteren Geheimnissen, die womöglich darin verborgen waren. Plötzlich kam ihr eine Idee. Sie erinnerte sich, dass Philipp wegen des Tresors mit einer bekannten Sicherheitsfirma in Aschaffenburg verhandelt hatte, die letztlich dann auch den Schrank einbaute. Sicher konnte die Firma den Tresor irgendwie öffnen. Sie verließ den Raum, ging in den Flur und griff sich das Telefonbuch und das Mobiltelefon. Natürlich hätte sie auch das Telefon ihres Mannes im Arbeitszimmer benutzen können, davor schreckte sie aber wegen eines undefinierbaren Gefühls zurück.

Die Nummer war schnell gefunden. Der freundliche Mitarbeiter am anderen Ende der Leitung ließ sich Eleonores Problem schildern.

»Warten Sie, ich sehe mal im Computer nach«, erklärte er dann, worauf sie Tastengeräusche vernahm. Nach einem Moment fuhr er fort: »Hier haben wir es: Dr. Philipp Lohneis. Ihr Mann hat laut unseren Unterlagen einen Wandtresor Marke *Corelock* mit Tastenschloss erworben. Das ist ein sehr sicheres Modell, wenn ich das anmerken darf.«

»Ja, das mag schon sein«, gab Eleonore angespannt zurück, »aber mein Mann ist leider verstorben und ich kenne die Kombination nicht. Im Tresor sind wichtige Unterlagen, die ich für die Regelung des Nachlasses benötige. Können Sie mir da weiterhelfen?«

Sie hatte das Gefühl, der Mann wusste genau, mit wem er sprach. Vermutlich hatte er auch die Zeitung gelesen. Nach kurzem Zögern fuhr er fort: »Frau Lohneis, wir könnten natürlich den Tresor öffnen. Dazu müssten wir aber einen Nachweis haben, dass Sie hierzu … befugt sind. Irre ich mich oder ist in diese Sache irgendwie … die Polizei involviert …?«

»Ich bin die Witwe und Erbin! Was hat das damit zu tun?«, gab sie schroff zurück.

»Wir haben auch unsere Vorschriften«, erwiderte der Mann langsam. Nach einer kurzen Pause fuhr er fort: »Hören Sie zu, ich würde Ihnen gerne helfen. Es gibt da vielleicht einen unproblematischen Weg: Dieses Tresorschloss kann mit einem bestimmten Code auf die Fabrikeinstellung zurückgestellt werden. Ihr Mann hat beim Kauf eine entsprechende Beschreibung bekommen, in der genau das erforderliche Vorgehen beschrieben ist. Sehen Sie doch mal in seinen Unterlagen nach. Das wäre auch aus unserer Sicht die beste Lösung.«

Eleonore Lohneis bedankte sich für den Hinweis und legte auf. Bei der Ordnungsliebe ihres verstorbenen Mannes war sie sicher, dass er die von dem Sicherheitsmann angesprochenen Unterlagen irgendwo aufbewahrte. Sie ging zurück zum Schreibtisch und öffnete die verschiedenen Schubladen. Eine

Lade war mit einem kleinen Schloss gesichert. Eleonore hatte keine Ahnung, wo sich der erforderliche Schlüssel befand. Sie rüttelte an der Schublade. Das Schloss schien nicht sonderlich stabil zu sein. Die Papierschere, die zusammen mit einigen Kugelschreibern und Stiften in einem Glas stand, erschien ihr massiv genug. Sie schob die Schere zwischen die Schublade und den Holzkörper des Schreibtisches, dann hebelte sie mit aller Kraft. Es ging erstaunlich schnell. Mit einem lauten Knall brach das Schloss aus seiner Halterung und die Lade ging auf. Sofort fiel ihr ein Ordner auf, der diverse Rechnungen enthielt. Beim Durchblättern stieß sie schnell auf die Rechnung für einen Tresor Marke *Corelock*, die in einer abgehefteten Klarsichthülle steckte. Hinter der Rechnung fand sich tatsächlich eine Gebrauchsanweisung. Hastig blätterte sie die Beschreibung durch. Unter dem Punkt »Probleme und Lösungen« fand sie die genaue Anweisung, wie der Tresor auf seine Fabrikeinstellung zurückgesetzt werden konnte. Mit wenigen Schritten stand sie wieder davor und folgte den Angaben. Nach Eingabe des Zeichens #, gefolgt von der Ziffernreihe 8520 plus dem Zeichen * gab es im Innern des Schlosses ein summendes Geräusch, dann war Stille. Laut Gebrauchsanweisung sollte sich jetzt das Schloss mit der Kombination 0000 öffnen lassen. Ihr Herz klopfte heftig, als die Tresortür tatsächlich mit einem leisen Klacken aufsprang! Mit einer gewissen Scheu vor dem, was sie erwartete, schob sie die Tür vollständig auf. Das Innere des Tresors war nicht sehr geräumig, bestand aber aus zwei übereinanderliegenden Fächern. Im unteren Fach lagen einige Unterlagen, die wie Versicherungspolicen aussahen, außerdem ein kleinerer Ordner mit Kontoauszügen der Bank J. P. Morgan Chase & Co. Sie hatte keine Ahnung, dass sie dort ein Konto unterhielten. Ein kurzer Blick darauf zeigte ihr, dass diese Auszüge ein ziemlich hohes Guthaben aufwiesen. Sie legte die Unterlagen für ein späteres genaueres Studium zur Seite. Im oberen Fach des Tresors ertasteten ihre Finger zwei kleine, gleich aussehende metallische Kästchen, die jeweils mit einem Kabelanschluss versehen waren. Sie zog sie heraus und musterte sie. Das einzige, was sie auf einem mit Abkürzungen und Ziffernfolgen gefüllten Etikett entziffern konnte, war auf beiden Kästchen der Begriff HARDDISC. Es handelte sich also offenbar um Festplatten eines Computers. Der Größe nach könnten sie zu einem Laptop gehören. Womöglich zu dem Laptop, den die Polizei aus dem Schreibtisch ihres Mannes mitgenommen hatte? Sie betrachtete die beiden Geräte mit einer gewissen Scheu. Die Tatsache, dass Philipp sie im Tresor verwahrte, wies darauf hin, dass er sie verborgen halten wollte. Wieso benötigte Philipp für einen Laptop, den er angeblich kaum verwendete, zwei zusätzliche Festplatten?

Eleonore Lohneis setzte sich auf den Bürostuhl zurück und begann in den Unterlagen zu blättern. Ihr verstorbener Mann hatte tatsächlich zwei bedeutende Lebensversicherungen abgeschlossen, die ihre finanzielle Situation sowie die der Kinder ausreichend absicherten. Wie sie bei näherem Studium der Bankauszüge feststellte, befand sich auf dem Konto offenbar ein Guthaben von fast fünfhunderttausend Dollar. Den Unterlagen entnahm sie, dass es sich offensichtlich um eine Offshore-Bank handelte. Von dem Konto waren in unregelmäßigen Abständen größere Beträge abgegangen, deren Empfänger ihr unbekannt waren. Langsam wurde ihr klar, dass sie von einem Teil des Lebens ihres Mannes keine Ahnung gehabt hatte. Sie kniff die Lippen zusammen. Selbst wenn sie das Bild, das sie von ihrem Mann besaß, zerstören würde, wollte sie völlige Aufklärung. Auch wenn es wahrscheinlich schmerzhaft war, mussten alle Geheimnisse aufgedeckt werden. Das war sie sich und ihren Kindern schuldig. Ihr Gefühl sagte ihr, der Inhalt der beiden Festplatten würde den Schleier, der über dem Doppelleben ihres Mannes lag, lüften.

Sie zog aus ihrer Jeans die Visitenkarte, die ihr der Kommissar dagelassen hatte. Kurz darauf läutete bei Eberhard Brunner das Telefon.

14

Das Phantom schwamm wie ein Hai durch die Untiefen des Darknets, immer auf der Suche nach Beute. Er wunderte sich immer wieder darüber, wie hemmungslos sich manche User auf den entsprechenden Plattformen und in diversen Chatrooms über ihre sexuellen Neigungen und bevorzugten Objekte der Lust ausließen. Alle vertrauten dabei auf die Anonymität dieser Schattenwelt. Auf der anderen Seite der Nachfrage stand das Angebot, das fast grenzenlos war. Solange sich diese Individuen im Cyberraum bewegten, war ihnen schwer beizukommen. Viele beschränkten sich darauf, pädophile Filme und Bilder zu konsumieren, ohne ihre Wünsche in der realen Welt auszuleben. Aber eine ganze Reihe gab sich mit dem Fiktiven nicht zufrieden. Sie wollten ihre Perversitäten körperlich ausleben. Diese Verbrecher waren seine Beute. Die Schwierigkeit bestand für sie darin, mit ihren Opfern zusammenzutreffen, ohne erwischt zu werden. Besonders die Interessenten mit extrem abartigen Wünschen waren bereit, für die Erfüllung ihrer Ansprüche hohe Summen zu bezahlen. Die kriminellen Vereinigungen, die einen derartigen Service anboten, der von der Beschaffung der Ware bis zur Beseitigung aller Spuren ging, stellten ihren Kunden auch sichere Begegnungsstätten zur Verfügung. Das ging nur, indem sie ein eingespieltes Team zusammenstellten, dessen Mitglieder absolut skrupellos waren. Dabei handelte es sich um Verbrecher, die heute hier ihren schmutzigen Job erledigten, um anschließend sofort wieder über die Grenze nach Osten zu verschwinden. Sie hinterließen in der

Regel keine verwertbaren Spuren und traten niemals zweimal am gleichen Ort auf. Probleme beseitigten sie schnell und endgültig. Für die Ermittlungsbehörden eine fast unlösbare Aufgabe, weil sie dazu verdammt waren, immer nur reagieren zu können.

Das Phantom war seit einiger Zeit einem User mit der Bezeichnung *Nobel* auf der Spur. Nobel war in der letzten Zeit vermehrt aufgetreten und hatte diverse Bestellungen getätigt. Die Analyse seiner Aufträge ergab, dass Nobel offenbar junge Mädchen kurz vor und während der Pubertät bevorzugte. Seine Anforderungen an die »Ware«, die er bestellte, waren diesbezüglich ausgesprochen detailliert. Dem Phantom war klar, dass er es hier mit einem besonders perversen Verbrecher zu tun hatte, der auf Extrempraktiken stand. Für ihn bestanden keine Zweifel, dass seine Opfer, wenn er mit ihnen fertig war, kaum eine Überlebenschance hatten. Die spurlose »Entsorgung« dieser armen Wesen durch die Organisation war im Preis inbegriffen. Das Phantom war sich sicher, dass so mancher ungeklärte Fall eines verschwundenen Kindes auf Kosten dieser oder ähnlicher Verbrecherorganisationen ging. Dieser Mensch, soweit man einem derartigen Individuum diese Bezeichnung überhaupt zugestehen konnte, musste zur Strecke gebracht werden.

Seit Jahren pflegte er eine Verbindung zu einem Mitglied einer Hackergruppe namens *Netbreaker*. In einem früheren Leben hatte er diesem Mann einen persönlichen Gefallen getan, wodurch dieser ihm verpflichtet war. Diese Freaks verfügten über erstaunliche technische Möglichkeiten, insbesondere waren sie in er Lage, die IP-Adressen bestimmter Rechner bis zum Ursprung zurückzuverfolgen, was normalerweise im Darknet so gut wie unmöglich war. Das Phantom vermutete, dass hinter dieser Gruppe ein Geheimdienst oder eine vergleichbare staatliche Organisation stand. »Normale« Hacker konnten niemals auf derartige Ressourcen zugreifen. Durch seinen Helfer, der für den User Nobel eine computertechnische Falle aufgebaut hatte, die immer dann zuschnappte, wenn Nobel aktiv wurde, hatte er herausgefunden, wo der Rechner stand, über den Nobel sich auf der Plattform einloggte. Es handelte sich um ein mehrstöckiges Bürogebäude in der Aschaffenburger Innenstadt. Der Rechner stand in einer Steuerkanzlei, in der mehrere Personen arbeiteten. Jetzt musste er nur noch herausfinden, wer sich hinter dem Pseudonym Nobel verbarg. Die Frage sollte sich schneller klären, als er dachte.

Wie ihm der Hacker mitteilte, hatte Nobel vor zwei Tagen eine neue Bestellung aufgegeben. Dabei beging er einen Fehler, der ihm bisher nicht unterlaufen war. Offenbar wurde er leichtsinnig. Diese Bestellung tätigte er über sein Smartphone und die Falle schnappte zu. Die Person zu identifizieren, der das Mobiltelefon gehörte, war eine Kleinigkeit. Ab sofort hatte Nobel einen Schatten, der ihn verfolgte.

Rolf Kaufmann gab den Sicherheitscode am Display des Aufzugs ein und sofort rauschte dieser fast geräuschlos ins oberste Stockwerk des modernen Wohnhauses. Nachdem sich die Aufzugtür geöffnet hatte, betrat er direkt das Penthaus in der obersten Etage des siebenstöckigen Hauses in Aschaffenburg. Die Treppe des Hauses führte nur bis zum sechsten Stockwerk, wodurch seinem Sicherheitsbedürfnis nochmals besonders Rechnung getragen wurde. Aus Gründen des Brandschutzes gab es zwar vom Penthaus aus eine Feuertreppe ins darunterliegende Stockwerk, aber diese war ebenfalls gesichert, so dass er vor unliebsamen Besuchern sicher war. Vor acht Jahren hatte er diese aufwendige Wohnung als Kapitalanlage erworben. Seine Steuerkanzlei lief ganz ausgezeichnet, vor allem seit immer häufiger Klienten aus dem nahen Frankfurt seine Dienste in Anspruch nahmen. Er war zwar alleinstehend und wäre sicher auch mit weniger Zimmern ausgekommen, aber man gönnte sich ja sonst nichts und ein gewisser Luxus gehörte zu seinem Leben. Er genoss die großzügigen Räume, die edle Einrichtung und bei klarem Wetter die beeindruckende Aussicht von der Terrasse auf die nahen Ausläufer des Spessarts.

Er schlüpfte aus seinen Slippern und stellte seinen Aktenkoffer neben die Garderobe. Im Vorübergehen warf er einen kurzen prüfenden Blick in den Garderobenspiegel. Für seine fast neunundfünfzig Lebensjahre bot er noch immer eine ausgesprochen gute Figur. Sein weißgraues volles Haar kontrastierte mit der Bräune seines Gesichtes und gab seinen fast hager zu nennenden Zügen etwas Aristokratisches. Seine Figur war schlank und sportlich und zeugte von regelmäßiger körperlicher Ertüchtigung, die er auf dem Tenniscourt absolvierte. Er zog sein Anzugjackett aus und hängte es über einen Bügel an die Garderobe, dann schlenderte er leise summend in die Wohnung. Er würde den Feierabend mit einem Schluck des hervorragenden sechzigjährigen Single Malt beginnen, den er sich aus einer schottischen Destillerie zuschicken ließ. Nachdem er sich im Bad die Hände gewaschen hatte, betrat er das Wohnzimmer. Der Raum lag im Schein der tiefstehenden Sonne, die bald hinter den Spessarthöhen verschwinden würde. Das rötliche Licht drang wie gebündelte Strahlen eines Scheinwerfers durch die Fensterscheiben und blendete ihn. Daher bemerkte er die Gestalt im Sessel auch sehr spät. Völlig überrumpelt blieb er stehen, als wäre er gegen eine Wand gelaufen.

»Wer sind Sie?«, fragte er nach einer Schrecksekunde verdattert. »Wie kommen Sie hier herein? Was wollen Sie?« Instinktiv ging er einige Schritte rückwärts und suchte den Schutz des Wandregals hinter sich. Die Maske, die das Gesicht des Mannes verdeckte, brachte ihn in die Nähe einer Panik. Sein Blick irrte durch die Wohnung und blieb an dem schnurlosen Telefon hängen, das auf einem Regalfach des Wohnzimmerschrankes lag.

»Denken Sie nicht einmal daran!«, drohte die tiefe Stimme, deren Besitzer Kaufmanns Gedanken erraten hatte. »Setzen Sie sich dorthin.« Er wies mit der Hand auf den Sessel auf der anderen Seite des Tisches. Dabei sah Kaufmann, dass der Unbekannte Gummihandschuhe trug. Ein Umstand, der nicht gerade zu seiner Beruhigung beitrug. Um seine Forderung zu unterstreichen, legte der Eindringling demonstrativ einen Revolver vor sich auf den Tisch. Eingeschüchtert tastete sich Kaufmann zu dem angewiesenen Platz und ließ sich angespannt nieder. Er verstand nicht viel von Schusswaffen, aber die Waffe hatte vorne an der Laufmündung eine zylindrische Verdickung. Vermutlich ein Schalldämpfer!

»Wenn Sie Geld wollen«, stotterte er, »ich habe kaum Bargeld im Haus.« Die eiskalte Ruhe, die der Mann ausstrahlte, machte ihn völlig fertig. Es stand eine schreckliche Bedrohung im Raum, die sich fast körperlich spüren ließ. Ihm brach der Schweiß aus.

»Es geht nicht um Geld«, sagte der Unbekannte ruhig.

Mittlerweile war die Sonne weiter untergegangen und die Schlagschatten im Raum wurden von der sich nunmehr gleichmäßig im Zimmer verteilenden Dämmerung aufgesaugt. Weiter sagte der Unbekannte nichts. Er saß nur stumm da und bohrte den Blick in sein Gegenüber.

»Was wollen Sie dann?« Kaufmanns Stimme zitterte.

»Warten Sie«, kam die gelassene Antwort, »Sie werden es noch früh genug erfahren.« Dann war wieder Stille.

Das Phantom musterte den Mann mit einem Ekelgefühl, das es ihm nur schwer ermöglichte, äußerlich ruhig zu bleiben. Zum wiederholten Male stellte er fest, dass diese perversen Verbrecher rein äußerlich einen völlig normalen Eindruck vermittelten. Sie lebten in der Geborgenheit ihrer bürgerlichen Existenz als angesehene Mitglieder der Gesellschaft. Niemand konnte sich vorstellen, dass sie in der Lage waren, sensible Kinderseelen gnadenlos zu zerbrechen.

Kaufmann saß da und zitterte innerlich. Sein Herz schlug ihm bis zum Hals. Verzweifelt überlegte er, wie er diesen Maskierten überwältigen konnte. Der Revolver lag zwar auf dem Tisch, trotzdem war er für ihn unerreichbar.

»Ich … ich habe zwar kein Geld im Haus«, begann er zaghaft, die unerträgliche Stille durchbrechend, »aber wenn Sie mich zu einem Bankautomaten begleiten, könnte ich …«

»Ich sagte bereits, dass es nicht um Geld geht«, kam die Antwort fast schon gelangweilt.

»Was wollen Sie dann? Ich werde hier noch verrückt!«, schrie Kaufmann in einer Anwandlung von ohnmächtigem Zorn.

Mittlerweile war die Dunkelheit hereingebrochen und Kaufmann konnte sein Gegenüber nur noch als vagen Schatten wahrnehmen. Wenn er jetzt schnell über den Tisch griff … Der Mann schien seine Gedanken wiederum erraten zu haben. Jedenfalls beugte er sich nach vorne, nahm den Revolver auf und richtete ihn auf Kaufmann.

»Machen Sie bitte das Licht der Stehlampe neben ihrem Sessel an. Aber ersparen Sie mir irgendwelche Eskapaden. Ich würde Ihnen sofort ins Knie schießen. Glauben Sie mir, keine sehr schöne Verletzung.«

Ohne seinen Peiniger aus den Augen zu lassen, bewegte Kaufmann seine Hand vorsichtig zur Seite und schaltete die Leuchte ein. Die Lampe, die als Leselampe diente, schickte ihr Licht von oben auf den Oberkörper Kaufmanns, wodurch er gut ausgeleuchtet wurde und jede Bewegung erkennbar war. Der unbekannte Eindringling blieb weiterhin im Dunkeln.

»Ich möchte«, begann der Fremde plötzlich, »gerne von Ihnen wissen, wo Sie sich am vergangenen Mittwochabend nach neunzehn Uhr aufgehalten haben. Erzählen Sie mir bitte keine Lügen, denn das würde ich sofort merken und entsprechend reagieren.« Er hob zur Unterstreichung seiner Worte den Revolverlauf. Kaufmann rasten die Gedanken durch den Kopf. Eine Hitzewelle trieb ihm erneut den Schweiß aus den Poren. Sein knallrotes Gesicht war im Licht sicher gut zu erkennen.

»Da … da müsste ich erst mal … in meinem Terminkalender nachsehen«, stammelte er fast flüsternd.

Aus dem dunklen Schatten kam ein leises, freudloses Lachen. »Letzte Chance. Sie wissen genau, was ich meine. Die gelieferte Ware werden Sie so schnell nicht vergessen, da bin ich sicher. Schließlich haben Sie doch auch genug dafür bezahlt. Wo haben Sie sie entgegen genommen?«

Man konnte sehen, dass Kaufmann heftig erschrak, dann erwiderte er: »Von welcher Ware reden Sie? Sie sprechen in Rätseln!«

Der Schuss war wirklich nicht mehr als ein Plopp, als hätte man einen Sektkorken aus dem Flaschenhals gezogen. Kaufmann zuckte zusammen, als die Kugel dicht neben seiner linken Hand in die hölzerne Armauflage des Sessels eindrang und ihn zersplitterte.

»Ich wiederhole meine Frage nicht noch einmal«, kam es ruhig von dem Fremden. »Gehen Sie einfach davon aus, dass ich Ihre perversen Neigungen kenne und mir Ihre Aktivitäten im Darknet als User Nobel bekannt sind. Sie können also ganz offen sprechen. Wo haben Sie die Ware hingeliefert bekommen!? – Letzte Chance!«

Schlagartig wusste Kaufmann, dass hier für ihn alles zu Ende ging. Er konnte sich nicht vorstellen, wie dieser Typ dort von seiner verborgenen Existenz erfahren haben konnte. Die Betreiber der Plattform hatten ihm versichert, dass alle Nutzer so verschlüsselt waren, dass eine Identifizierung praktisch ausgeschlossen war. Schließlich war absolute Geheimhaltung die Basis ihres Geschäfts. Die Tatsache, dass dieser Mensch auf der anderen Seite des Tisches offenbar seine bestens gehüteten Geheimnisse kannte, brach Kaufmanns Widerstand völlig.

Der Mann im Schatten, der jede Regung seines Gegenübers registrierte, erkannte sofort den Zusammenbruch seines Opfers. Geduldig wartete er. Noch nie war er seinem Ziel so nahe gewesen.

»Ich … ich weiß nicht, wo dieses Treffen stattfand. In der Nacht musste ich mich zu einem Waldparkplatz einige Kilometer außerhalb der Stadt begeben.« Er atmete schwer. Jedes einzelne Wort kam quälend langsam. »Dort … musste ich mir … eine Maske über den Kopf ziehen … und im Auto warten.«

Plötzlich begann er zu schluchzen. »Wenn sie erfahren, was ich Ihnen gesagt habe, werden sie mich töten!«, stieß er hervor.

»Weiter!«, befahl der Schattenmann hart. »Wo genau ist dieser Parkplatz?« Vor diesem winselnden Menschen, der, wie er wusste, ohne Hemmungen und Mitgefühl seinen abwegigen Neigungen folgte, empfand er nur abgrundtiefen Ekel.

Kaufmann wischte sich über das Gesicht, dann stammelte er: »Er liegt einige Kilometer hinter Bessenbach, auf einer Anhöhe an der Staatsstraße.«

Der Schattenmann winkte auffordernd mit der Hand, damit Kaufmann weitersprach.

»Irgendwann kam dann ein Auto. Ich stieg um und man hat mich zu einem Haus gefahren. Die ganze Zeit über wurde nicht gesprochen und ich musste die Maske aufbehalten.«

»Wie viele Männer?«, kam die Zwischenfrage.

Kaufmann, der sich wieder etwas gefangen hatte, zuckte mit den Schultern. »Ich habe ja nichts gesehen und es wurde auch, wie ich bereits sagte, nicht gesprochen. Es gab auf jeden Fall einen Fahrer und neben mir auf dem Rücksitz saß noch jemand, also vermutlich zwei.«

»… und dann im Haus?«

»Sie brachten mich in ein Zimmer, dort konnte ich die Maske ablegen. Ich war dann alleine.« Er verstummte. Mit gesenktem Kopf saß er im Sessel und starrte zu Boden.

»Wie bekamen Sie dann Zugriff auf das Opfer?«

Kaufmann schüttelte nur den Kopf und wischte sich die Tränen aus dem Gesicht. Er stand offenbar kurz vor einem totalen Zusammenbruch.

»Lassen Sie mich bitte gehen«, winselte er nach einigen Sekunden. »Ich habe Geld. Sie müssen mir glauben, ich habe wirklich Geld. Ich gebe Ihnen, was Sie wollen! Sie müssen mich nur zur Bank lassen, dann …«

»Hatten Sie jemals einen Hauch von Mitgefühl mit Ihren Opfern, Nobel?«, kam aus dem Schatten die kalte Antwort. »Sie waren sich immer bewusst, dass Sie diese unschuldigen Seelen zerstören. Kinder, die noch ihr ganzes

Leben vor sich hatten! Erwarten Sie von mir kein Verständnis!«

Kaufmann kroch regelrecht in den Sessel hinein. Er wimmerte wie ein geschlagener Hund. Im Augenblick nahm er seine Umgebung gar nicht mehr wahr.

Das Phantom wartete einen Augenblick, ehe er scharf fortfuhr: »Eigentlich hatte ich vorgehabt, Sie zu töten.« Die Wirkung seiner Worte löste einen neuerlichen Weinkrampf aus. »Wenn Sie mir allerdings den Treffpunkt zeigen, von dem Sie mir vorhin erzählt haben, werde ich Ihnen das Leben lassen.«

Es dauerte einen Moment, ehe Kaufmann den Sinn dieser Aussage verstand. Das Schluchzen verstummte und er hob langsam den Kopf.

»Sie sagen das nur so«, flüsterte er leise, man konnte allerdings spüren, dass er in seiner Stimme ein wenig Hoffnung aufflammte.

»Ich halte mein Wort. Entscheiden Sie schnell, bevor ich es mir wieder anders überlege!« Er hob die Schusswaffe.

Kaufmann quälte sich langsam aus dem Sessel. »Also gut. Ich habe ja wohl keine andere Wahl.«

»Man hat immer eine Wahl«, gab das Phantom zurück und warf sich einen Rucksack über die Schulter, der für Kaufmann unsichtbar neben dem Sessel gelegen hatte. »Ihr Auto steht in der Tiefgarage?«

Kaufmann nickte.

»Gut, wir steigen jetzt in den Aufzug und fahren hinunter. Sollte unterwegs jemand zusteigen oder wir jemanden in der Garage treffen, werden Sie sich absolut neutral verhalten. Beim geringsten Versuch, Schwierigkeiten zu machen, werde ich Sie auf der Stelle erschießen! Haben Sie das verstanden?«

Kaufmann nickte. Mit Einverständnis des Phantoms zog er sein Jackett an und ergriff den Autoschlüssel. Der Aufzug stand noch immer auf diesem Stockwerk. Es war also in der Zwischenzeit niemand mit dem Lift gefahren. Mit dem Revolverlauf im Rücken betraten sie einige Momente später die Tiefgarage. Das Phantom, immer noch mit Maske, folgte Kaufmann zu seinem SUV, der unweit der Aufzugtür parkte. Der Entführte setzte sich hinter das Steuer, während das Phantom hinter ihm auf dem Rücksitz Platz nahm.

»Nochmals! Keine Mätzchen! Die Projektile durchschlagen ohne Probleme den Autositz.«

Kaufmann nickte. Jetzt, da er hinter dem Lenkrad saß, entspannte er sich etwas. Während der Fahrt würde ihn der Mann sicher nicht erschießen.

Schweigend bewältigten sie die relativ kurze Strecke. Knapp dreißig Minuten später lenkte Kaufmann seinen Wagen auf einen Parkplatz.

»Hier?«, wollte das Phantom wissen.

Kaufmann nickte.

»Sie wurden hier abgeholt und auch wieder hierhergebracht?«, vergewisserte sich der Entführer.

Wieder stimmte Kaufmann zu. »Auch bei der Rückfahrt waren meine Augen verbunden. Lassen Sie mich jetzt bitte gehen.«

Das Phantom griff in die Tasche und zog den Elektroschocker hervor. Ehe Kaufmann registrierte, was auf der Rückbank geschah, schossen von seinem Nacken aus 40 000 Volt durch seinen Körper. Kaufmann brach zuckend über dem Lenkrad zusammen. Das Phantom schnappte sich seinen schwarzen Rucksack. Er öffnete die Wagentür und stieg aus. Schnell eilte er zur Beifahrerseite und stieg wieder ein. Mit wenigen Handgriffen entnahm er einem Etui eine Injektionsspritze. Er griff nach links und schob seinem Opfer den rechten Ärmel in die Höhe. Langsam stach er mit der

Nadel in den Unterarm drückte den Kolben der Spritze herunter. Gleichmäßig wurde eine ausreichende Menge des hochwirksamen Betäubungsmittels in den Blutkreislauf gepresst. Geduldig wartete er einige Zeit, dann kontrollierte er den Puls. Die Wirkung war schnell eingetreten und würde geraume Zeit anhalten. Er warf einen Blick auf seine Armbanduhr. Zeit genug, das zu erledigen, was zu erledigen war. Mit Schwung drückte er die Beifahrertür nach außen. Mit einem schnellen Griff schaltete er die automatische Innenbeleuchtung aus. Auf der Straße war zwar im Augenblick kein Verkehr, er wollte aber verhindern, dass sich irgendein doch noch zufällig vorbeikommender Autofahrer später an einen hier abgestellten Wagen erinnerte. Entschlossen beugte er sich dann über Kaufmann und zerrte den schlaffen Körper über die Mittelkonsole auf den Beifahrersitz, während er sich dabei Stück für Stück rückwärts aus dem Wagen schob. Wenig später schnappte der Sicherheitsgurt ein und Kaufmann war sicher fixiert. Von außen würde es so aussehen, als ob der Beifahrer schlief. Das Phantom atmete tief durch, schlug die Beifahrertür zu, eilte um das Fahrzeug herum und ließ sich hinter das Steuer gleiten. Energisch gab er Gas. Willig beschleunigten die zweihundertzwanzig Pferdestärken das Fahrzeug bis zur auf Landstraßen zulässigen Höchstgeschwindigkeit.

Für das Phantom war die Nacht noch lange nicht vorbei.

15

Dunkelheit lag über Karlstadt. Schwere Regenwolken verfinsterten den Mond. Lediglich der Widerschein der städtischen Beleuchtung hellte die Szene etwas auf. Es war kurz nach drei Uhr morgens, als sich Toni Kerber, die weltliche Bereitschaftsschwester, einen Kaffee aus dem Automaten für das Personal herausließ. Bis jetzt hatte sie kaum Gelegenheit gehabt, sich eine kurze Pause zu gönnen, da an der Notaufnahme des Klinikums ständig Betrieb herrschte. Es war Samstagnacht und wie an jedem Wochenende galt es, die typischen Erkrankungen und Verletzungen zu versorgen. Bis jetzt hatte sie drei Alkoholleichen, zwei Opfer von Kneipenschlägereien, eine Allergikerin mit Atemnot, einen Armbruch, ein Ehepaar mit Gesichtsverletzungen (offenbar im Streit sich gegenseitig beigebracht) und eine Schwangere mit verfrühten Wehen zu versorgen gehabt. Jetzt schien einen Moment eine Atempause eingetreten zu sein, die sie nutzen wollte. Mit der Tasse in der Hand setzte sie sich in das Schwesternzimmer, das direkt neben der Pforte lag. Hier würde sie hören, wenn ein weiterer Hilfesuchender die Klingel der Pforte läuten würde. Der diensthabende Arzt hatte sich ebenfalls mit einer Tasse Kaffee in das Ärztezimmer zurückgezogen. Dort stand eine Liege, die den Ärzten für die Nachtdienste zur Verfügung stand. Sie blies in das heiße Getränk, dann nahm sie den ersten Schluck. Dabei überlegte sie sich, ob sie nicht schon längst kaffeesüchtig war. Bei jedem Nachtdienst konsumierte sie sicher einen Liter dieses anregenden Gebräus. Als sie sich gerade im Stuhl zurücklehnte, um sich etwas zu entspannen, ertönte schrill die Nachtglocke. Seufzend nahm sie schnell noch einen zweiten Schluck, dann erhob sie sich und eilte zur Pforte. Von hier aus hatte sie freien Blick auf den Platz vor dem Eingang. Etwas verärgert verzog sie das Gesicht, weil sie draußen niemanden ausmachen konnte. Auf dem Bildschirm, der mit der Außenkamera verbunden war und den Eingangsbereich der Notaufnahme überwachte, war niemand zu sehen. Eigentlich kam es relativ selten vor, dass sich Menschen mit der mutwilligen Betätigung der Glocke einen schlechten Scherz erlaubten. Sie drückte auf den Knopf der Gegensprechanlage. Es war schon hin und wieder vorgekommen, dass Patienten zu weit auf der Seite im toten Winkel standen und so nicht von der Kamera erfasst wurden.

»Ja bitte! Hallo!«, meldete sie sich.

Keine Reaktion. Niemand tauchte im Übertragungsbereich der Kamera auf. Seufzend verließ sie die Pforte und öffnete per Knopfdruck die Eingangstür. Es war ja denkbar, dass eine betrunkene Person direkt vor der Tür lag. Ein Bereich, der ebenfalls von der Kamera nicht eingesehen wurde. Jetzt entdeckte sie die nackte Gestalt. Sie lag ein Stück außerhalb des Erfassungsradius der Überwachungskamera auf einem der für Behinderte reservierten Parkplätze. Auch die Scheinwerfer der Außenbeleuchtung des Eingangsbereichs entwickelten hier nicht mehr ihre volle Helligkeit. Mittlerweile begann es leicht zu tröpfeln. Toni Kerber warf einen kurzen Blick zum Himmel, dann drehte sie sich um, hastete zum Wartebereich der Notfallstation und holte eilig eine fahrbare Krankenliege. Im Vorübergehen klopfte sie heftig an das Ärztezimmer und rief »Notfall!«, dann schlug sie mit der flachen Hand auf den großen Schalter, wodurch die Tür erneut geöffnet wurde, und lenkte die Bahre hinaus auf den Vorplatz.

Zwischenzeitlich war Dr. Werner Wascher, ein junger Assistenzarzt, der Nachtdienst hatte, auf den Flur geeilt und konnte die Schwester mit der Liegee hinauseilen sehen. Hastig rannte er hinterher. Wenn Schwester Toni so hektisch agierte, waren Fragen erst mal unangebracht.

In der Zwischenzeit hatte der Himmel seine Schleusen geöffnet und es regnete heftig. Die nackte Gestalt, ein Mann in mittleren Jahren, lag zusammengekrümmt wie ein Embryo auf den Graspflastersteinen des Parkplatzes und gab kein Lebenszeichen von sich. Als Dr. Wascher sich hinabbeugte, weil er den offenbar Bewusstlosen untersuchen wollte, reagierte die Schwester etwas unwirsch.

»Wir müssen ihn erst einmal hineinbringen«, forderte sie und stellte die Räder der Liege fest. »Los, helfen Sie mir! Alleine bekomme ich ihn nicht hoch!«

Dr. Wascher widersprach nicht. Schwester Toni hatte recht. Er drehte den Mann ein Stück, so dass er ihm unter die Arme fassen konnte. Die Krankenschwester nahm seine Beine und sie hoben an. Fast hätten sie den Mann wieder fallen lassen, so geschockt waren sie von dem Anblick, der sich ihnen bot, nachdem sie die Vorderseite des Körpers durch die Drehung einsehen konnten. Offensichtlich hatte man den Mann genital verstümmelt. Die Wunde war zwar vernäht, trotzdem blutete sie. Auf dem Unterbauch konnte man ausgefranste dicke Linien erkennen. Es sah so aus, als wäre dort ein Wort eingebrannt. Bei genauem Hinsehen konnte man den Begriff »PERVERS« erkennen.

»Guter Gott, was ist denn das?«, stieß Schwester Toni hervor, nachdem sie beide ziemlich durchnässt die Lobby der Notfallstation erreichten. Sie hatte in ihrem langen Berufsleben schon viele schlimme Verletzungen gesehen, aber so etwas noch nicht.

145

»Ins Behandlungszimmer!«, befahl Dr. Wascher knapp und lenkte die Liege in die entsprechende Richtung. Ohne weiteren Kommentar folgte Toni Kerber der Anweisung des Arztes. Gemeinsam hoben sie den Verletzten von der Rolltrage auf die Untersuchungsliege des Behandlungszimmers. Schnell breitete Schwester Toni ein weißes Laken über den unbekleideten Mann, der flach, aber hektisch atmete.

»Sagen Sie bitte Dr. Gmeiner Bescheid, er hat Dienst auf der Intensivstation«, verlangte der junge Arzt mit unsicherer Stimme. Das war ein Fall, der seine bisherigen ärztlichen Erfahrungen an die Grenzen führte. Die Schwester griff hastig zum Telefon.

»Was ist denn das für eine Sauerei?!«, stieß Dr. Gmeiner hervor, als der junge Kollege das Tuch von dem Verletzten zog und er die Wunden sehen konnte. »Vitalwerte?«, wollte er wissen, während er die Wunde zwischen den Beinen begutachtete.

»Er hat Herzrasen und ist anscheinend infolge des Schocks ohnmächtig geworden«, erklärte Dr. Wascher.

»Die Kastrationswunde wurde zwar vernäht, aber die Naht ist anscheinend wieder aufgerissen. Die Brandwunde ist sicher schmerzhaft, aber bei entsprechender Behandlung wird sie abheilen. Allerdings werden die eingebrannten Buchstaben vernarben und weiterhin lesbar bleiben. Diesen Mann muss jemand sehr gehasst haben.« Er erhob sich. »Die Schnittwunde muss neu versorgt werden. Seine Hoden können wir ihm zwar nicht zurückgeben, aber wenigstens eine Sepsis verhindern. Lassen Sie ihn in den OP 1 bringen und alarmieren Sie das Notfall-OP-Team. Ich werde seine Wunden versorgen. Sie können mir dabei assistieren.« Zur Schwester gewandt stellte er fest: »Ich denke, da müssen wir die Kriminalpolizei verständigen. Hier liegt zweifelsfrei eine Gewalttat vor. Kümmern Sie sich bitte darum, dass morgen früh die Verwaltung die erforderlichen Schritte unternimmt.«

»Mach ich«, erwiderte Schwester Toni, dann eilte sie zum Telefon und rief ein Stockwerk höher an, um einen Pfleger aus der Normalstation in die Notaufnahme zu bitten, damit er den Verletzten in den Operationssaal brachte. Sie musste hier in Bereitschaft bleiben und konnte nicht weg.

Wenig später, als der Verletzte von ihrem Kollegen abtransportiert worden war, saß sie vor dem Computer und zerbrach sich den Kopf, welche Angaben zur Person des Mannes sie in die Erfassungsmaske eintragen sollte. Er hatte keinerlei Hinweise auf seine Identität bei sich gehabt.

Es war kurz nach fünf Uhr, Schichtwechsel auf der Intensivstation des Klinikums. Da löste der Überwachungsmonitor des unbekannten Patienten auf der Intensivstation einen Alarm in Form eines hohen Dauertons aus. Als die Krankenschwester in den Raum gerannt kam, zeigte der Monitor, der unter anderem auch die Herzfrequenz überwachte, zwei gleichmäßige, ununterbrochene Linien an. Herzstillstand! Der hinzueilende Arzt setzte sofort alle medikamentösen Möglichkeiten ein, dazu dreimal den Defibrillator. Alle seine Bemühungen blieben jedoch erfolglos. Der unbekannte Patient war gestorben, ohne noch einmal aufgewacht zu sein.

Von der Verwaltung des Klinikums verständigt, betrat Erster Kriminalhauptkommissar Eberhard Brunner zwei Stunden später das Vorzimmer des ärztlichen Direktors. Nachdem er der Sekretärin seinen Dienstausweis vorgezeigt hatte, erklärte diese: »Professor Baumann erwartet Sie bereits.« Sie erhob sich und klopfte an eine Zwischentür. Ein tiefes »Herein« ertönte, worauf sie öffnete und erklärte: »Herr Professor, Kommissar Brunner von der Polizei ist da.«

»Soll doch bitte hereinkommen.« Brunner schob sich an der Sekretärin vorbei. Der Klinikchef, ein hochgewachsener grauhaariger Mann jenseits der Lebensmitte mit Anzug und Fliege kam hinter seinem wuchtigen Schreibtisch hervor und gab Brunner die Hand.

»Bitte setzen Sie sich«, erklärte er und wies auf einen Ledersessel. Er selbst setzte sich auf die Couch gegenüber. Ohne Aufforderung begann er sofort zu berichten: »Herr Brunner, wir haben Sie informiert, weil wir hier einen höchst ungewöhnlichen Fall haben. In meiner langen klinischen Laufbahn habe ich noch nichts Vergleichbares erlebt, das können Sie mir glauben. Heute am frühen Morgen ist in unserem Hause ein Mann verstorben, den wir nicht identifizieren konnten. Ein Namenloser, den irgendjemand heute um circa drei Uhr vor unserer Notaufnahme nackt und schwer verstümmelt abgeladen hat. Ja, abgeladen, anders kann ich es nicht ausdrücken.« Er fuhr sich erregt durch das im vorderen Bereich schüttere, dafür am Hinterkopf zu einer über den Jackenkragen wallenden Mähne gekämmte Haar. »Wir haben ihn sofort notoperiert, doch kurz nach fünf Uhr erlitt er einen Herzstillstand. Alle Reanimierungsmaßnahmen waren leider erfolglos.« Er verstummte.

»Herr Professor, vielen Dank für Ihre Information. Für mich ist das ein ungeklärter Todesfall und ich muss daher die Leiche sicherstellen. Ich habe schon Dr. Karaokleos von der Rechtsmedizin in Würzburg verständigt, er ist bereits auf dem Weg hierher, um den Toten zu besichtigen. Wo befindet sich die Leiche im Augenblick?«

»Ich nehme an, meine Mitarbeiter haben den Mann in einen Raum gebracht, der für Sterbefälle vorgesehen ist.«

Brunner erhob sich. »Sie haben sicher Verständnis dafür, dass ich und meine Mitarbeiter so schnell wie möglich mit den beteiligten Ärzten und Schwestern sprechen müssen. Können Sie bitte alle in einem Raum zusammenrufen lassen, wo wir mit ihnen in Ruhe sprechen können.«

Der Klinikchef erhob sich ebenfalls. »Soweit ich informiert bin, waren die Kollegen und Schwestern der Notfallaufnahme heute Nacht mit dem Verletzten beschäftigt. Es kann sein, dass sie schon nach Hause gegangen sind.«

»Dann müsste man sie verständigen, dass sie noch einmal hierherkommen. Es geht leider nicht anders.«

Der Professor und der Kommissar begaben sich ins Vorzimmer und der Klinikchef beauftragte seine Sekretärin, Brunners Forderungen zu erfüllen.

Eine Dreiviertelstunde später beugte sich Dr. Karaokleos über die Leiche. Der Rechtsmediziner und der Kriminalkommissar standen neben dem Toten und betrachteten mit ernsten Gesichtern die Wunden. Schließlich meinte der Rechtsmediziner mit verhaltener Stimme: »Ich bedauere sehr, das sagen zu müssen, aber es sieht hier ganz nach einem Wiederholungstäter aus.«

Brunner verzog das Gesicht, als hätte er Zahnschmerzen.

»Wir müssen auf jeden Fall versuchen, die Presse vorerst noch rauszuhalten, bis wir ganz sicher sind. Wenn die herausbekommen, dass wir einen Fall mit identischen Merkmalen haben, wird sehr schnell ein Serientäter geboren. Wir müssen eine Panik unter der Bevölkerung auf jeden Fall verhindern!«

»Ich lass ihn jetzt in die Rechtsmedizin bringen. Die Kollegen hier sind zwar der Auffassung, dass der Tod die Folge des Schocks nach den Verletzungen war, aber ich sehe mir das lieber noch einmal genauer an.«

Brunner nickte, dann verließ er das Sterbezimmer. Draußen stieß er auf Kauswitz, der gerade angekommen war.

»Was haben wir?«, wollte er wissen. Brunner informierte ihn kurz. Sein Stellvertreter zog die Augenbrauen in die Höhe und sagte leise: »Sieht nach einer Serie aus.«

»Wollen wir den Teufel nicht an die Wand malen.« Er wies den Flur entlang. »Der Klinikdirektor hat alle beteiligten Ärzte und Schwestern in die Verwaltungsabteilung gerufen. Wir befragen sie kurz, dann gehen wir in Einzelvernehmungen. Das wird sowieso schwierig, weil wir ja nicht das ganze Krankenhaus lahmlegen können. Insbesondere nehmen wir uns das Personal vor, das heute Nacht den Mann vor dem Klinikum aufgefunden hat. Außerdem schicken wir eine Beschreibung des Toten an die Vermisstenabteilung. Vielleicht ist bei denen schon jemand als abgängig gemeldet, auf den die Beschreibung des Toten passt. Du weißt schon, das ganze Programm. Aber sorge dafür, dass keine Informationen an die Presse hinausgehen. Die Kollegen haben absolutes Stillschweigen zu wahren. Ich habe keine Lust, dass mir in den nächsten Tagen ständig die Meute am Haken hängt.«

Energischen Schrittes marschierten sie den Flur hinunter.

16

Eberhard Brunner parkte seinen Pkw vor Simons Haus. Vom nahen Waldrand her kam eine leichte Brise und trug ihm den Geruch feuchter Walderde zu. Es hatte in der Nacht wieder einmal einen heftigen Regenschauer gegeben. In der letzten Zeit schien die Sonne den Spessart zu meiden. Heute war es in erster Linie ein dienstlicher Anlass, der ihn nach Partenstein führte. Kerner hatte seine Ankunft anscheinend durchs Küchenfenster beobachtet, denn als Brunner die äußere Pforte durchschritt, öffnete er bereits die Haustür.

»Servus, Eberhard, schön, dich zu sehen«, begrüßte er ihn. Die beiden nahmen sich kurz in die Arme und klopften sich gegenseitig kameradschaftlich auf den Rücken.

»Grüß dich, Simon, diese Woche war wirklich die Hölle los.«

»Komm erst mal rein«, entgegnete Kerner und trat zur Seite. »Ich nehme an, du hast neue Erkenntnisse bezüglich des Leichenfunds?«

Statt zu antworten schnüffelte Eberhard Brunner hörbar. »Hier riecht es wirklich sehr verlockend!«

»Okay, gehen wir erst mal in die Küche«, beantwortete Kerner die unausgesprochene Frage. »Ich bin gerade dabei, mir mein Abendbrot zuzubereiten. Du isst doch sicher etwas mit.« Das war keine Frage, sondern eine Feststellung.

Nachdem beide gesättigt waren und die leeren Teller zurückschoben, gossen sie sich Bier in ihre Gläser. Dabei sah Kerner Eberhard prüfend an.

»Also los, mein Lieber, jetzt lass mal die Katze aus dem Sack. Du hast Neuigkeiten?«

Brunner zögerte einen Moment, dann entgegnete er: »Ja, leider nicht sehr erfreuliche.« Er suchte kurz nach Worten, dann fuhr er fort: »Wir erhielten heute das Obduktionsergebnis zur Mädchenleiche und das Untersuchungsresultat des Knochens, den wir in der Brandruine deiner Jagdhütte gefunden haben.« Er atmete tief durch. »Routinemäßig haben wir das Genmaterial mit den Proben verglichen, das uns von den Angehörigen von in der letzten Zeit als vermisst gemeldeten Mädchen dieser Altersgruppe zur Verfügung gestellt worden war. Die Vergleiche wurden dabei sicherheitshalber landesweit ausgedehnt.« Langsam drehte er das Bierglas in der Hand. »Ich muss dir leider sagen, dass es eine eindeutige Übereinstimmung mit dem Spurenmaterial der vermissten Ronja Schönbrunn gibt, der Tochter deiner Mitarbeiterin.« Er verstummte. Kerner traf diese Nachricht wie ein Blitzstrahl. Theresa Schönbrunn hatte ihm seinerzeit ein Bild ihrer Tochter gezeigt, aber das entstellte Gesicht der Leiche hatte bis auf die roten Haare keinerlei Ähnlichkeit mit diesem Foto aufgewiesen. Er hatte immer noch gehofft, dass es sich nicht um das vermisste Mädchen handelte.

Nach einem Augenblick der Sammlung fuhr Brunner fort: »Auch der Beinknochen konnte eindeutig Ronja zugeordnet werden. Eine Übereinstimmung von 99,9 % lässt keine Zweifel zu.«

Simon Kerner wirkte wie versteinert. »Mein Gott, was muss das für eine Bestie sein, die einem Kind ein Bein abschneidet!«, stieß er schließlich hervor.

Brunner rieb nachdenklich mit dem Zeigefinger über den feuchten Kringel, den sein Bierglas auf der Tischplatte hinterlassen hatte.

»Vielleicht ist es ein kleiner Trost, dass diese Amputation laut Dr. Karaokleos *post mortem* erfolgte. Die Kleine starb

durch einen gezielten Messerstich ins Herz. Allerdings ...«
Brunner zögerte, die nächsten Fakten auszusprechen. »... allerdings wurde sie – vermutlich vor der Tötung – sexuell missbraucht. Sie war noch Jungfrau.«

Kerner hob erschüttert den Kopf. »Diese verdammten Schweine! Konnte wenigstens Genmaterial sichergestellt werden?«

»Leider nein. Der Täter hat vermutlich ein Kondom verwendet. In der Scheide wurden jedenfalls Spuren eines gebräuchlichen Gleitmittels gefunden.«

»Das arme Kind«, flüsterte Kerner leise. »Was mochte sie mitgemacht haben, ehe man sie tötete.« Mit einem Schluck Bier versuchte er den bitteren Geschmack im Mund hinunterzuspülen. Erfolglos. »Ich muss dir ganz ehrlich sagen, mir kommt das Ganze irgendwie organisiert vor. Sicher ist es denkbar, dass ein Einzeltäter ein Mädchen entführt, es missbraucht und dann irgendwo entsorgt. Aber der Transport in den Wald, das Ausheben einer Grube, das Zusammensuchen der Steine ist zeitaufwendig und bedarf mindestens zweier Männer, um dies in einem überschaubaren Zeitraum erledigen zu können. Und dann haben wir ja auch noch diese völlig widersinnige Amputation des Beines und das anschließende Verbrennen. Eine sehr auffällige Aktion, die immer von irgendwelchen Waldbesuchern beobachtet werden kann. Ich habe mir seit dem Knochenfund den Kopf darüber zermartert, was diese Verbrennung für einen Sinn hatte. Für mich ist klar, dass dahinter tatsächlich eine Botschaft für mich steckt. Auch wenn ich sie im Augenblick noch nicht entschlüsseln kann.« Simon Kerner war tief erschüttert. »Das ist wirklich eine ganz üble Sache!« Schließlich fragte er: »Du hast noch andere Vermisstenfälle erwähnt. Du meinst doch sicher vermisste Kinder. Gab es in der letzten Zeit in deinem

Zuständigkeitsbereich Hinweise auf eine ungewöhnliche Anhäufung derartiger Vorfälle?«

Brunner trank einen Schluck Bier. »Ich glaube, ich weiß, worauf du hinauswillst. Ja, wir hatten tatsächlich in unserem Bezirk in den letzten drei Monaten zwei ungeklärte Fälle. Die Geschichte von dem Baby Fritz, das entführt wurde, kennst du ja aus den Medien ... und diese Sache hier mit Ronja. Hier aber schon von einer Serie zu sprechen, würde wohl zu weit führen. Es gibt allerdings im Bereich des Polizeipräsidiums Frankfurt mehrere verschwundene unbegleitete jugendliche Flüchtlinge aus Syrien. Aber auch hierbei muss man mit Spekulationen vorsichtig sein. Es ist für die Polizei nur sehr schwer entwirrbar, welche der verschwundenen Kinder Opfer von Pädophilen sind, welche als Drogenkuriere missbraucht werden oder nur bei irgendwelchen Verwandten untergekommen sind, ohne die Behörden zu verständigen.« Er schnaufte tief durch.

Die beiden hingen ihren Gedanken nach, schließlich fragte Kerner: »Habt ihr es schon der Mutter gesagt?«

Der Kriminalbeamte verneinte, dann meinte er zögernd: »Wenn ich ehrlich bin, hatte ich gehofft, du würdest es ihr irgendwie beibringen. Du bist ihr Vorgesetzter und hast dadurch sicher einen persönlicheren Bezug zu ihr als die Polizei.«

Brunner konnte sehen, dass sich sein Freund die Bitte durch den Kopf gehen ließ. Schließlich erwiderte er: »Wahrscheinlich hast du recht. Wenn mir auch davor graut, ihr sagen zu müssen, dass ihr geliebtes Kind ermordet wurde. Ich werde ihr natürlich die brutalen Einzelheiten ersparen. Man kann nur hoffen, dass keine Informationen an die Presse durchsickern und sie es nicht durch die Zeitung erfährt.«

Eberhard Brunner hob beschwörend die Hände. »Die Akten sind nur meinem Vertreter und mir zugänglich. Da rutscht nichts durch!«

Die beiden erhoben sich und räumten gemeinsam das schmutzige Geschirr in die Spülmaschine. Nachdem das Bier ausgetrunken war, öffnete Kerner einen Bocksbeutel und die beiden setzten sich hinaus auf die Veranda. Brunner hatte sich entschlossen bei Kerner zu übernachten. Ein paar Stunden Ruhe würden ihm guttun.

Während sie im schwindenden Licht ihren Überlegungen nachhingen, erklärte Kerner plötzlich übergangslos: »Es lässt mich nicht los! Hier will mir jemand mit irgendwelchen schmutzigen Tricks etwas in die Schuhe schieben.«

Brunner wusste sofort, wovon der sprach. Auch ihn ließen die Gedanken über Ronja Schönbrunn und die höchst merkwürdige Entsorgung der Leiche nicht los. »Was aber in der Konsequenz bedeutet, dass zwischen dir und dem Täter eine Verbindung besteht«, schlussfolgerte er.

»Völlig richtig. Ich habe aber keine Ahnung, welchen Zusammenhang es da zu meiner Person geben sollte. Diesem ›Jemand‹ muss doch klar sein, dass es total unsinnig ist, mich mit der Ermordung dieses Mädchens in Verbindung zu bringen. Was soll ihm das nützen?«

»Das stimmt«, gab Brunner zurück. »Aber es wird jetzt auf jeden Fall notwendig sein, dich zu vernehmen, und du musst Erklärungen abgeben. Natürlich werden auch deine Vorgesetzten davon erfahren, was wiederum Fragen auslösen wird. Unterm Strich bereitet der Täter dir nicht unerheblichen Ärger.«

Simon Kerner stimmte dem Freund zu. Danach verfielen sie eine Weile in grüblerisches Schweigen. Kerner merkte, dass den Freund noch etwas beschäftigte.

»Dir liegt doch noch etwas auf der Seele?«, fragte er vorsichtig.

»Du kennst mich einfach zu gut«, erwiderte Brunner mit einem schmalen Lächeln.

»Also, dann lass es raus!«, forderte Kerner den Freund auf.

»Wir haben heute einen Anruf vom Klinikum in Lohr erhalten. Dort wurde vergangene Nacht wieder ein Mann an der Notfallpforte des Krankenhauses abgeladen. Anders kann man es nicht bezeichnen. Der Fall ist dem Vorfall mit diesem Arzt, diesem Dr. Lohneis, praktisch gleichgelagert.«

Kerner setzte sich aufrecht. »Du meinst, ähnliche Verstümmelungen?«

Brunner nickte. »Man kann sagen identisch. Der Mann war nackt, wurde kastriert und ihm wurde das Wort ›PERVERS‹ auf dem Bauch gebrannt. So hat man ihn am Krankenhaus abgelegt.«

»Wisst ihr, um wen es sich handelt?«

Brunner schüttelte den Kopf. »Als die Schwester ihn fand, war er ohnmächtig. Er musste dann operiert werden. Wenig später ist er auf der Intensivstation verstorben, ohne nochmal zu sich gekommen zu sein. Wir haben bis jetzt nichts, was auf seine Identität oder die des Täters hinweist. Seine Fingerabdrücke sind nicht in der Datenbank. Es gibt auch keine auf ihn zutreffende Vermisstenmeldung.«

Simon Kerner war tief beeindruckt.

»Dr. Karaokleos hat ihn schon obduziert. Er meinte, auch hier sei es nicht das Ziel des Täters gewesen, den Mann zu töten. Die Wunden wurden zwar schlechter versorgt als die von Lohneis, tragen aber im Prinzip die gleiche Handschrift. Womöglich stand der Täter unter Zeitdruck. Der eigentliche Tod war dann die Folge eines Herzinfarkts.«

Die beiden Freunde tauschten sich noch einige Zeit aus, dann wurden sie immer schweigsamer. Gegen Mitternacht gingen sie schlafen.

17

Simon Kerner saß am nächsten Nachmittag voll innerer Spannung im Wohnzimmer von Theresa Schönbrunn. Seinen Besuch hatte er telefonisch bei seiner Mitarbeiterin angemeldet. Maria Vollkommner, die Vorsitzende des Personalrats, begleitete ihn bei diesem schwierigen Besuch. Draußen vor dem Haus saß für alle Fälle ein Arzt auf Abruf, was Theresa Schönbrunn aber nicht wusste. Als die Frau ihren Chef zusammen mit der Personalratsvorsitzenden mit ernsten Mienen vor ihrer Tür stehen sah, gab es ihr einen Stich ins Herz und über ihre fein geschnittenen Gesichtszüge fiel ein düsterer Schleier. Jetzt war ihr endgültig klar, was sie schon beim Anruf Kerners vermutete: Das war nicht nur ein freundlicher Krankenbesuch.

Vor zwei Wochen hatte sie der Arzt krankgeschrieben. Seit definitiv feststand, dass ihre Tochter Ronja vermisst wurde, befand sich die Frau in einem häufig wechselnden Zustand zwischen tiefer Verzweiflung und Depression. Sie stand ständig unter Beruhigungsmitteln und war natürlich absolut arbeitsunfähig. Sie heute mit dem Tod ihrer Tochter konfrontieren zu müssen, war eine Aufgabe, die Simon Kerner an die Grenze seiner Belastbarkeit brachte, da er ja selbst noch immer mit eigenen Problemen zu kämpfen hatte. Diese verzweifelte Frau brachte in ihm eine schmerzliche Saite zum Klingen. Er ließ diese Gedanken aber nicht an die Oberfläche. Das Mindeste, was er als Behördenleiter für seine Mitarbeiterin tun konnte, war, sie jetzt nicht alleine zu lassen. Sie benötigte in der wohl schwersten Stunde ihres Lebens Trost und Unterstützung. Da durften seine persönlichen Befindlichkeiten keine Rolle spielen.

»Liebe Frau Schönbrunn, Sie müssen jetzt sehr stark sein, weil ich Ihnen eine traurige Nachricht überbringen muss.« Er holte tief Luft. Ihre weit aufgerissenen blauen Augen schnitten ihm ins Herz. »Die Kriminalpolizei in Würzburg hat mir mitgeteilt, dass man die sterblichen Überreste ihrer Tochter gefunden hat. Die genetischen Tests sind eindeutig. Wir müssen also leider davon ausgehen, dass Ronja nicht mehr lebt. Es tut mir wirklich sehr, sehr leid.«

Die Frau saß ihm wie paralysiert gegenüber, den Rücken kerzengerade durchgedrückt, die Hände verkrampft im Schoß, und hielt den Atem an.

Kerner gab Frau Vollkommner einen diskreten Wink, worauf sich diese neben Frau Schönbrunn setzte und ihr vorsichtig den Arm um die Schulter legte. Plötzlich löste sich aus der Kehle der Frau ein tief aus dem Brustkorb kommender Ton, der langsam immer lauter wurde und sich schließlich zu einem fast animalisch klingenden Heulen steigerte. Die Augen quollen ihr aus den Höhlen und das Blut stieg ihr zu Kopf. Dann brach der Schrei abrupt ab und sie sackte wie eine Marionette, der man die Schnüre durchgeschnitten hat, unter den Armen der Personalratsvorsitzenden auf der Couch zusammen. Sie war ohnmächtig geworden.

Kerner erhob sich schnell. »Bleiben Sie bitte bei ihr, ich gehe raus und hole den Arzt.«

Sie nickte. Während Kerner die Wohnung verließ, legte sie die Frau der Länge nach auf die Couch und schob ihr zwei Kissen unter die Waden, so dass ihr Kopf etwas tiefer lag als die Füße.

Der Arzt spritzte Frau Schönbrunn ein starkes Beruhigungsmittel, dann meinte er: »Gibt es jemand, der bei der Patientin bleiben kann? Sie hat offensichtlich einen Schock. Man darf sie jetzt auf keinen Fall alleine lassen.«

»Mir sind keine Angehörigen bekannt«, erklärte Simon Kerner und auch die Personalratsvorsitzende schüttelte den Kopf.

»Dann bleibt mir nichts anderes übrig, als sie ins Bezirkskrankenhaus Lohr einzuweisen. Nach derart traumatischen Erlebnissen kann eine Suizidgefährdung nicht ausgeschlossen werden.«

Der Arzt griff zum Telefon und forderte einen Krankenwagen an. Während sie warteten, marschierte Frau Vollkommner kurz entschlossen ins Schlafzimmer und ins Bad und suchte einige Hygieneartikel und diverse Wäsche zusammen. Sie fand eine Sporttasche und steckte alles hinein. Fünfzehn Minuten später wurde Frau Schönbrunn von Rettungssanitätern abtransportiert. Die Personalratsvorsitzende begleitete nach Rücksprache mit Simon Kerner den Transport zum Krankenhaus. Wenn Frau Schönbrunn erwachte, sollte sie ein bekanntes Gesicht sehen. Die junge Frau tat Kerner von Herzen leid. Der Verlust musste für sie unerträglich sein.

18

Der Trianon Tower, der mit einhundertsechsundachtzig Metern sechsthöchste Wolkenkratzer in der Frankfurter City, verfügte über dreiundvierzig vermietete Stockwerke, die über fünfzehn Lifte zu erreichen waren. Die Firma *Alushi Im- und Export* hatte in der neununddreißigsten Etage eine Anzahl Büroräume angemietet, die untereinander durch Türen verbunden waren. Die als Global Player agierende Firma, die in zahlreichen europäischen und transatlantischen Ländern Geschäftsverbindungen pflegte, hatte hier in Frankfurt ihren Firmenhauptsitz. *Alushi Im- und Export* war Bestandteil eines von den Finanzbehörden kaum zu entwirrenden Firmengeflechts, was letztlich aber auch Sinn der Sache war.

Francesco Michelangelo Trospanini, gebürtiger Amerikaner und amerikanischer Staatsbürger, hatte das Unternehmen vor zwei Jahren von seinem Onkel übernommen. Im Moment saß er am ovalen Besprechungstisch seines Büros und musterte die beiden Männer, die sich mit Abstand zueinander um den runden Tisch gruppierten. Auf einem Tablett stand eine Wärmekanne mit Kaffeegeschirr. Alle drei waren schlank, sportlich und trugen maßgeschneiderte dunkle Businessanzüge. Francesco war mit zweiunddreißig Jahren zwar der Jüngste am Tisch, an der Körpersprache der beiden anderen konnte man aber deutlich erkennen, dass sie ihn als Boss respektierten. Da alle Räume von *Alushi Im- und Export* regelmäßig auf Wanzen untersucht wurden, konnte man hier offen sprechen. Nachdenklich zupfte Francesco an seiner lässig getragenen Seidenkrawatte. »Habt ihr irgendwelche Aktivitäten der Ermittlungsbehörden gegen diesen Hund feststellen können? Die Leiche haben sie doch gefunden!«

Obwohl alle drei sehr gut deutsch sprachen, unterhielten sie sich hier auf Italienisch.

Luigi Fontana, Francescos Cousin zweiten Grades, richtete sich etwas empor. Er hatte einen höheren Abschluss in Informatik und war der Computerexperte der Firma.

»Es ist alles so gelaufen, wie du es wolltest. Sie haben das Grab gefunden und den Knochen auch. Bis jetzt haben meine Quellen aber nichts von Ermittlungen gegen ihn berichtet.«

»Verdammt, das liegt an diesem Brunner, diesem korrupten Bullen. Er ist mit Kerner befreundet. Das kennt man ja, eine Krähe hackt der anderen kein Auge aus!« Zornig ließ Trospanini seine Handfläche auf die Tischplatte klatschen.

»Da müssen wir halt noch einmal nachlegen«, warf der dritte Mann ein, Romano Santorini, dreiundvierzig Jahre, Cousin von Francescos Mutter, zuständig für die schmutzigen Jobs in der Familie. »Möglichkeiten hätten wir.«

Francesco zog die Augenbrauen in die Höhe. »Ich werde es mir überlegen. Wir dürfen es nicht übertreiben. Bis jetzt haben sie keine Ahnung, dass wir dahinterstecken.«

Er nahm einen Schluck aus seiner Kaffeetasse und wechselte das Thema. »Wie sieht es mit unseren Online-Geschäften mit *HEAVEN3* aus?«

Fontana hob den Daumen. »Sie entwickeln sich im Prinzip gut. Bis gestern konnten wir einhundertzweiunddreißig User verzeichnen. Die Programme, die wir auf unserer Plattform einsetzen, sind sehr sicher. Unsere Kunden müssen sich keine Sorgen machen. Die Bezahlung mit Bitcoins minimiert das Risiko erheblich.« Er machte eine kleine Pause, dann fuhr er fort: »… allerdings … allerdings gibt es da ein gewisses Problem …« Er verstummte.

Francesco zog die Augenbrauen zusammen, bis zwischen ihnen eine steile Falte erschien. »Allerdings …?«

Luigi gab Romano ein Zeichen, die Antwort zu übernehmen.

»Wir haben bis jetzt zwei Auffälligkeiten bei unseren Kunden, die wir nicht richtig einordnen können«, warf Romano ein.

Geduld war nicht Trospaninis Stärke. »Verdammt, Romano, lass dir doch nicht jeden Wurm einzeln aus der Nase ziehen!«, fauchte er.

»Zwei unserer Kunden wurden von einem Unbekannten gekidnappt und verstümmelt.«

»… und weiter?«

»Wir wissen nicht, wer dahintersteckt. Sie wurden verschleppt, es wurden ihnen … die Eier abgeschnitten und das Wort ›PERVERS‹ auf dem Bauch eingebrannt.« Er verstummte.

Trospanini musste diese Nachricht erst einmal verinnerlichen.

»Woher wissen wir davon?«

»Die Vorfälle waren für die Presse ein gefundenes Fressen und wurden ziemlich ausgeschlachtet. Es handelt sich um einen Arzt und einen Steuerberater. Der Arzt hat sich noch im Krankenhaus umgebracht, der Steuerberater musste notoperiert werden und ist wenig später auf der Intensivstation verstorben. Die Polizei ermittelt natürlich, hat bis jetzt nach meiner Kenntnis aber noch keine Spur.«

»Woher wissen wir, dass sie unsere Kunden waren?«

»Wir machen ja sicherheitshalber in unseren Häusern Videoaufzeichnungen von den bevorzugten Praktiken unserer Kunden. Die Presse hat von den Toten Bilder veröffentlicht. Wir haben sie mit unseren Aufnahmen verglichen. Das Ergebnis ist eindeutig.«

Trospanini wandte sich an Luigi. »Wie kann es sein, dass jemand die Identität unserer Kunden ausfindig machen kann? Ich denke, unsere Programme, die wir im Darknet einsetzen, sind absolut sicher!«

Luigi Fontana zuckte mit den Schultern. »Sie befinden sich auf dem neuesten Stand der Technik. Unsere Firewall hat einen Sicherheitsgrad, der mit dem des Bundesnachrichtendienstes konkurrieren kann.« Er trommelte mit den Fingern auf die Tischplatte. »Allerdings, das muss uns klar sein, eine absolut sichere Technik gibt es nicht. Es ist zwar unwahrscheinlich, aber denkbar, dass es Hackern gelungen ist, unsere Firewall zu überwinden. Theoretisch kann man mit entsprechend hohem Programmieraufwand die Spur, die unsere Kunden hinterlassen, zu ihrem Ursprungsrechner zurückverfolgen.«

Francesco machte ein ärgerliches Gesicht.

»Wie gesagt, nur mit sehr hohem Aufwand«, versuchte Luigi seine Aussage zu relativieren.

Francesco Trospanini starrte einige Zeit nachdenklich auf die Kaffeetasse in seiner Hand. »Meines Erachtens kann man eine Ermittlungsbehörde ausschließen. Die würden niemals eine Person entführen und dann verstümmeln. Das muss etwas anderes sein. Riecht irgendwie nach Racheakt.« Er hob den Blick und sah Luigi scharf an. »Du unternimmst alles, um derartige Angriffe auf unsere Seite zu unterbinden. Du findest heraus, wer bei uns fischt! Egal, was es kostet! Wenn unsere Kunden mitbekommen, dass sie nicht sicher sind, ist das Geschäft kaputt. Das müssen wir unter allen Umständen beenden!«

Luigi nickte.

Trospanini wandte sich an Romano. »Du sorgst dafür, dass die Aktionen gegen Kerner zügig weitergehen. Ich habe meinem Onkel auf seinem Sterbebett geschworen, dass ich ihn vernichten werde. Ewig kann dieser verdammte Bulle seine Hände auch nicht über ihn halten!«

»Geht in Ordnung!«, erwiderte Romano.

Francesco Trospanini gab beiden ein Zeichen, dass die Besprechung zu Ende war. Als Francesco allein war, erhob er sich und trat ans Fenster. Aus dieser Höhe hatte er durch die großflächigen Panoramafenster einen beeindruckenden Blick über die Frankfurter Skyline. Ein hasserfüllter Zug huschte über sein Gesicht. Seit er die Geschäfte der Familie vor zwei Jahren übernommen hatte, widmete er einen erheblichen Teil seiner Energie und der ihm zur Verfügung stehenden finanziellen Mittel der Vernichtung dieses Mannes. Dieser Mensch verpasste seiner Familie damals fast den Todesstoß. Diesmal würde Kerner zugrunde gehen, dafür würde er sorgen. Er drehte sich um und startete den Laptop auf seinem Schreibtisch. In fünf Minuten hatte er eine Videokonferenz mit seinen Niederlassungen in New York, St. Petersburg und Hongkong angesetzt.

Der Mann im roten Arbeitsanzug hatte einen klaren Auftrag. Er lenkte den Kastenwagen, der laut seiner Aufschrift zu einem bekannten Kanalreinigungsunternehmen gehörte, die Straße am Waldrand entlang, die in einem Wendehammer endete. Am Ende vor dem letzten Wohnhaus der Siedlung hielt er dicht an dessen Zaun an, öffnete die Hecktüren nahe bei einem Kanaldeckel und packte sein Equipment aus. Mit einem langen Haken öffnete er den Kanal und legte den Deckel dicht daneben. Dann stellte er ein paar Warnpylonen rund um das Loch auf. Durch Beobachtungen wusste er, dass dieses Haus und das Nachbargebäude im Augenblick leer waren. Zurzeit bestand keine Gefahr, entdeckt zu werden.

Der Mann warf noch einmal einen sichernden Blick in die Runde, dann holte er ein Gerät, das große Ähnlichkeit mit einem Walkie-Talkie hatte, aus seiner Beintasche und betätigte ein paar Tasten. Anschließend hielt er den Apparat in Richtung des elektrisch betriebenen Garagentores. Irgendwann war ein leiser Piepton zu hören und das Tor schwang auf. Ein zufriedenes Lächeln huschte über das Gesicht des Mannes. Ohne Zögern verschwand er in der Garage. Mühelos öffnete er die von hier abgehende Tür zum Haus. Wie erwartet war sie nicht gesondert abgesichert. Er zog zwei Plastiküberzieher aus der Tasche und streifte sie über seine Schuhe, dann trat er ein. Rein vorsorglich zog er unter seiner Jacke eine Pistole hervor. Bei der besonderen Qualität des Bewohners wäre ein Mangel an Vorsicht purer Leichtsinn gewesen.

Es dauerte nur ein paar Minuten, dann hatte der Mann seinen Job erledigt. Auf dem gleichen Weg, den er gekommen war, verließ er das Anwesen und schloss das Garagentor. Er war sich sicher, keinerlei Spuren hinterlassen zu haben.

Wenig später verließ das Fahrzeug der Kanalreinigungsfirma das Gelände.

Simon Kerner näherte sich am späten Nachmittag seinem Grundstück. Kurz vor der Garage griff er sich die Fernbedienung aus der Ablage des PKW und drückte den Knopf mit der Aufschrift »Open«, um das Tor zu öffnen. In der Regel klappte sein Timing so gut, dass er die Einfahrt erreichte, wenn die Garage sich gerade vollständig geöffnet hatte. Auf diese Art und Weise musste er nicht anhalten, sondern konnte ungehindert einfahren. Sekunden später trat er heftig auf die Bremse, denn das Garagentor hatte sich keinen Millimeter bewegt. Verwundert betrachtete Kerner die Fernbedienung, auf der ihm eine rote Diode eine Störung anzeigte. Merkwürdig, vor wenigen Tagen hatte er erst eine neue Batterie eingelegt. Mit wenigen Handgriffen öffnete er die Fernbedienung, entnahm ihr die beiden Batterien und legte sie wieder ein. Erneut drückte er die Open-Taste. Diesmal leuchtete die grüne Diode auf und mit einem metallischen Klacken öffnete sich das Garagentor.

»Wer sagt's denn«, brummelte Kerner und rollte hinein. Hinter ihm schloss sich das Schwenktor wieder. Kerner nahm seine Aktentasche vom Beifahrersitz und betrat von der Garage aus die Wohnung. Er stellte die Tasche im Flur ab, zog gewohnheitsgemäß seine Schuhe aus und schlüpfte in seine Hausschuhe. Eine Praxis, die ihm vor Jahren Steffi beigebracht hatte, da es immer wieder vorgekommen war, dass er mit schmutzigen Jagdschuhen seine Wohnung betreten hatte und sie keine Lust hatte, hinter ihm her zu kehren. Für eine Sekunde schoss ihm die Erinnerung daran durch den Kopf. Während er seine Krawatte öffnete, betrat er die Küche. Er hatte vor, sich zunächst einmal auf der Veranda zur Entspannung ein Bier zu genehmigen. Kerner entnahm dem Kühlschrank eine gekühlte Flasche Pils, dann öffnete er die Verandatür. Obwohl ihn die Hollywoodschaukel immer wieder schmerzlich an gemeinsame kuschelige Abende mit Steffi erinnerte, brachte er es nicht übers Herz, sie zu entfernen. Er stellte die Bierflasche auf ein kleines Beistelltischchen, dann stattete er der Toilette noch schnell einen Besuch ab. Er hatte am Nachmittag im Büro ziemlich viel Kaffee getrunken.

Als Simon Kerner die Toilette betrat, blieb er abrupt stehen. Irgendwie hatte er plötzlich das Gefühl von Fremdheit. Langsam glitt sein Blick über die gesamte Inneneinrichtung. Es fühlte sich an, als würde er die Schwingungen eines anderen Menschen empfangen. Er fühlte einen leichten Schauer den Rücken hinunterlaufen. Stück für Stück überprüfte er alle Gegenstände, die hier herumstanden. Die Tür der Dusche war ordnungsgemäß geschlossen und alle Toilettenartikel standen an ihrem Platz. Am Morgen hatte er einige Kleidungsstücke neben die Waschmaschine gelegt, um sie jetzt am Abend zu waschen. Auch sie schienen unberührt. Schließlich schüttelte er den Kopf. Wurde er jetzt schon langsam paranoid? Trotzdem wurde er das Gefühl nicht los, dass etwas in seiner Wohnung die Atmosphäre störte. Normalerweise konnte er sich auf seinen Instinkt verlassen. Schließlich schob er das Gefühl beiseite. Durch die Geschehnisse der letzten Zeit war er wahrscheinlich hypersensibel.

19

Die Mutter-Kind-Sozialeinrichtung *Pro Vivo* (Für das Leben) im Würzburger Stadtteil Pleich verfügte als einzige Einrichtung in Unterfranken über eine sogenannte Babyklappe. Hierbei handelte es sich um eine Einrichtung, die es verzweifelten Müttern, die keinen anderen Ausweg sahen, als ihr Kind anonym abzugeben, erlaubte, dies hier ohne Gefahr für das Baby tun zu können.

Es war zwei Uhr in der Nacht. Bereits seit einer Dreiviertelstunde beobachtete der Mann in dem dunklen Suzuki Vitara den Eingang der Sozialeinrichtung. Die Kennzeichen des Wagens waren mit Schmutz unkenntlich gemacht. Nur der Schein einer Straßenlaterne erhellte etwas den Bereich um die Klappe. Bis auf einen angetrunkenen Spätheimkehrer hatte sich seit geraumer Zeit niemand mehr in der Gasse sehen lassen. Er hatte sich vor seinem Einsatz ausführlich informiert. Sobald er die Babyklappe öffnete, würde innen ein Licht angehen. Wenn er das Kind in das dort aufgestellte Bettchen auf die vorhandene Wärmedecke legte, wurde in der Wohnung einer Verantwortlichen, die über den Räumlichkeiten der Einrichtung wohnte, ein Alarm ausgelöst und sie kam, um das ausgesetzte Kind entgegenzunehmen. Zwischen dem Ablegen des Kindes und dem Erscheinen der Sozialarbeiterin verging genügend Zeit, dass die Person, die das Kind abgab, sich unerkannt entfernen konnte. Eine Kamera, die die Babyklappe überwachte oder gar Aufzeichnungen tätigte, gab es natürlich nicht.

Als sich der Mann sicher fühlte, nicht beobachtet zu werden, öffnete er die Wagentür. Die Innenraumbeleuchtung hatte er abgeschaltet. Schnell holte er eine Schachtel von der gut doppelten Größe eines Schuhkartons aus dem Wagen. Das Behältnis war mit Klebeband umwickelt, so dass es sich nicht öffnen konnte. Mit einem letzten sichernden Blick nach beiden Seiten huschte er zur Babyklappe. Mit einem Ruck öffnete er sie. Ein schwaches Licht ging an und erleuchtete den inneren Bereich. Es war alles so, wie man es ihm beschrieben hatte. Er beugte sich nach vorne, legte das Paket auf die Unterlage, dann schloss er die Klappe wieder. Mit wenigen Sätzen war er wieder in seinem Auto, startete den Motor und fuhr davon. Erst bei der nächsten Kreuzung schaltete er das Fahrlicht ein.

Doris Wackernagel gönnte sich heute einen aufgezeichneten romantischen Spätfilm. Es handelte sich um eine Liebesschnulze der besonderen Art, die aber zu ihrer derzeitigen Lebenssituation passte wie die Faust aufs Auge. Auch sie war, wie die Hauptdarstellerin des Films, unglücklich in einen Mann verliebt, der ihr nur Freundschaft entgegenbringen konnte, da er stockschwul war. Begleitend zum Film genoss sie einen schweren Rotwein, welcher im letzten Drittel des Filmes, als die unglückliche Protagonistin gerade wieder etwas Hoffnung schöpfte, dazu führte, dass sie tief und fest einschlief. Es dauerte daher einige Zeit, bis sie das schrille Läuten einer Glocke als das identifizierte, was es war: das Anschlagen der Alarmanlage der Babyklappe! Doris streifte die übergelegte Decke von ihren Beinen und erhob sich von ihrer Couch. Sofort war sie hellwach. Es war seit einem halben Jahr das erste Mal, dass die Glocke anschlug. Sie war etwas aufgeregt, weil sie nicht wusste, was sie erwartete. In Gedanken ging sie die Checkliste durch, die in solchen Fällen abzuarbeiten war. Jetzt musste sie den kleinen Wurm erst einmal abholen.

Die graue Schachtel in dem Babybett löste bei ihr zunächst einmal große Verwunderung aus, die sich in große Sorge verwandelte, als sie sah, dass der Karton fest mit Paketband umwickelt war. Wer um alles in der Welt transportierte einen Säugling auf diese Art und Weise? So bekam er doch keine Luft! Plötzlich wurde sie misstrauisch. War das vielleicht ein Anschlag? Diese Einrichtung war umstritten und hatte durchaus Gegner. Sie beugte sich über das Paket, ohne es zu berühren, und lauschte. Sie hoffte auf ein Geräusch, das ihr sagte, dass in der Schachtel tatsächlich ein Baby war. Sie wurde hin- und hergerissen zwischen dem Wunsch, einen möglicherweise dort eingesperrten Säugling aus dieser luftlosen Enge zu befreien, und der Angst, es könnte sich um einen Anschlag handeln. Schließlich siegte ihr soziales Gewissen und sie hob das Paket vorsichtig an. Wie ein rohes Ei stellte sie es auf einer Tischplatte ab. Immer noch drang kein Geräusch nach außen. Mit einer langen Papierschere durchtrennte sie das Paketband. Sie atmete einmal tief durch, dann hob sie den Deckel Zentimeter für Zentimeter vorsichtig ab. Zu ihrer Erleichterung geschah nichts. Ihre Erleichterung verwandelte sich aber in Entsetzen, als eine schwarze Plastikfolie zum Vorschein kam, die offensichtlich um einen Körper herumgewickelt war, der den Konturen nach der eines Säuglings sein konnte. Unter der Plastikfolie war keinerlei Bewegung zu erkennen.

Nachdem sich Doris Wackernagel so weit vorgewagt hatte, entschloss sie sich, auch den letzten Schritt zu gehen. Extrem vorsichtig setzte sie die Schere an der Plastikhülle an und schnitt einen Schlitz in die Folie. Erschrocken fuhr sie zurück, als ihr ekelhaft stechender Leichengeruch in die Nase fuhr. Sie wandte sich ab, griff sich hastig einen herumstehenden Abfalleimer und erbrach sich würgend. Als sie sich einigermaßen gefangen hatte, rannte sie aus dem Raum und ergriff das nächste Telefon.

Es dauerte etwas, bis sie dem aus dem Tiefschlaf gerissenen Leiter der Sozialeinrichtung einigermaßen klargemacht hatte, was Sache war. Daraufhin befahl er ihr, sofort die Polizei zu verständigen. Er würde sich ebenfalls umgehend auf den Weg machen.

Dr. Karaokleos und Eberhard Brunner, die von der Einsatzzentrale verständigt worden waren, beugten sich mit betroffener Miene über den Karton. Der Rechtsmediziner hatte vorsichtig die Folie weiter geöffnet, sodass der tote, unbekleidete Säugling jetzt offen vor ihnen lag. Der Verwesungsgeruch war nur schwer erträglich.

»Hat hier jemand einen unerwünschten Säugling entsorgt?«, fragte Brunner, der sich ein Taschentuch vor die Nase hielt. »Oder was ist das hier für eine unglaubliche Schweinerei? Es ist nicht zu fassen!«

Ermittlungen in Fällen gewaltsam zu Tode gekommener Kinder waren für alle Beteiligten immer extrem belastend.

»So viel kann ich jetzt schon ohne Obduktion sagen: Der Säugling ist mit Sicherheit schon einige Zeit tot. Das zeigen deutlich die einschlägigen Verwesungsmerkmale. Der Junge ist auch kein Neugeborenes. Dazu ist er schon zu gut entwickelt. Man sieht hier auch einige Brandmale, die so aussehen, als hätte man auf dem Kind Zigaretten ausgedrückt. Es ist auch für mich kaum zu ertragen.« Man konnte sehen, dass er um Fassung rang. Er drehte sich um und gab den beiden Männern vom Beerdigungsinstitut ein Zeichen. Sie nahmen den Behälter mit dem kleinen Körper, um ihn in die Rechtsmedizin zu überführen.

»Ich werde den Kleinen gleich morgen früh untersuchen«, erklärte Dr. Karaokleos, »dann kann ich ihnen mehr sagen.«

Mit versteinerten Mienen erledigten die Spurensicherer und die Kriminalbeamten ihre Arbeit. Auch für sie, die ja häufig mit dem Tod in allen möglichen Formen konfrontiert wurden und in der Regel damit professionell umgehen konnten, war die gewaltsame Tötung eines kleinen Kindes eine ganz besondere Belastung.

Schon bald stellte sich heraus, dass praktisch keine verwertbaren Spuren zu ermitteln waren. Der Täter war extrem umsichtig vorgegangen. Auch die Vernehmung von Doris Wackernagel brachte sie nicht weiter. Am nächsten Tag würden die Beamten der Mordkommission routinemäßig auch die Anwohner der Straße befragen. Vielleicht hatte jemand aus der Nachbarschaft mit leichtem Schlaf eine Person oder ein Auto beobachtet, die sich in der Nähe der Babyklappe aufhielten.

20

Wenige Stunden später legte Maria Vollkommner den Hörer ihres Diensttelefons auf. Als Vorsitzende des Personalrats stand ihr ein eigenes Dienstzimmer zur Verfügung, da sie in der Lage sein musste, mit Kolleginnen und Kollegen ungestört vertrauliche Gespräche zu führen. Die schockierende Nachricht, die sie soeben am Telefon bekommen hatte, vertrieb ihr alles Blut aus dem Gesicht. Die Stationsschwester des Bezirkskrankenhauses, in das Frau Schönbrunn nach ihrem Zusammenbruch aufgenommen worden war, teilte ihr soeben mit, dass die Patientin Theresa Schönbrunn einen Selbstmordversuch unternommen hatte. Sie hatte sich die Pulsadern aufgeschnitten. Man fand sie noch rechtzeitig und sie konnte gerettet werden. Im Augenblick sei sie medikamentös ruhiggestellt, es bestünde aktuell keine Gefahr. Frau Schönbrunn besaß offenbar keine Angehörigen, weshalb man Maria Vollkommner verständigte, die dort ihre Telefonnummer hinterlassen hatte.

Sie lehnte sich in ihrem Schreibtischsessel zurück und starrte zum Fenster hinaus. Wie verzweifelt musste diese arme Frau sein, sich zu einem derartigen Schritt zu entschließen? Mit einem Seufzer erhob sie sich und verließ ihr Büro. Wenig später klopfte sie an die Tür von Kerners Dienstzimmer.

Simon Kerner öffnete und erschrak. »Um Gottes willen, Frau Vollkommner, geht es Ihnen nicht gut?« Er trat einen Schritt zur Seite, damit sie eintreten konnte. »Setzen Sie sich doch.« Er wies auf einen Stuhl am Besprechungstisch. Die Blässe ihres Gesichtes war nicht zu übersehen.

»Es tut mir leid, Herr Kerner, aber ich bringe schlechte Nachrichten. Mich hat soeben das Bezirkskrankenhaus angerufen und mich von einem Selbstmordversuch von Frau Schönbrunn unterrichtet. Sie hat sich die Pulsadern aufgeschnitten! Zum Glück wurde sie noch rechtzeitig gefunden. Im Augenblick ist sie außer Gefahr.«

Simon Kerner ließ sich betroffen auf seinen Stuhl zurücksinken. Nach einer Weile stellte er leise fest: »Der Kummer muss für sie unerträglich geworden sein.«

»Ronja war ihr einziges Kind. Die Kollegin geht im Augenblick wirklich durch die Hölle!« Frau Vollkommner hob in einer hilflosen Geste die Hände. »Wie soll eine Mutter damit fertigwerden, wenn ihr das einzige Kind auf diese bestialische Weise genommen wird?« Sie erhob sich. »Es ist sicher auch in ihrem Sinne, wenn ich mich ihrer annehme. Sobald ich Neuigkeiten habe, informiere ich Sie.«

Simon Kerner begleitete die Personalratsvorsitzende zur Tür und bedankte sich für die Information und ihr Engagement. Nachdem sie gegangen war, trat Kerner an eines der Fenster, die ihm den freien Blick auf die Hänge des Spessarts jenseits des Mains ermöglichten. Nach dem Schock über diese Nachricht entwickelte sich in ihm ein Gefühl der Wut. Was mussten das für Menschen sein, die Kinder missbrauchten, um ihre perversen Neigungen zu befriedigen, und sie dann beseitigten wie Müll? Er wurde immer mehr in dem Gefühl bestärkt, dass sich hier im Spessart eine pädophile Szene etabliert hatte. Er öffnete die Tür zu seinem Vorzimmer. Frau Huber, die gerade einen Brief tippte, drehte sich am Schreibtisch um.

»Frau Huber, bitte seien Sie so nett und organisieren Sie für morgen Nachmittag einen schönen Blumenstrauß. Ich werde Frau Schönbrunn einen Krankenbesuch abstatten.«

»Mache ich gerne«, erwiderte sie. Diskret, wie sie war, stellte sie keine Fragen.

Kerner kehrte an seinen Schreibtisch zurück. Er würde mit Eberhard reden, ob er nicht irgendetwas zur Aufklärung dieser Fälle beitragen konnte. Aufgrund seiner speziellen beruflichen Situation standen ihm zeitliche Ressourcen zur Verfügung, die er nun sinnvoll nutzen konnte. Da Kerner die Umsetzung einer Entscheidung nicht gerne auf die lange Bank schob, griff er zum Telefonhörer. Eberhard Brunner war allerdings nicht zu erreichen. Wie ihm seine Sekretärin mitteilte, war er wegen dringender Ermittlungen außer Haus. Kerner bedankte sich und legte auf. Aufgeschoben war nicht aufgehoben.

21

Es war am frühen Nachmittag des nächsten Tages, als Eberhard Brunners Diensttelefon läutete. Es meldete sich Dr. Karaokleos.

Brunner ließ ihn erst gar nicht zu Wort kommen: »Hallo, Doc, haben Sie schon irgendwelche Ergebnisse bezüglich des Säuglings?«

»Ja …«, kam die Antwort etwas langgezogen. »… aber ich denke, es wäre besser, Sie kämen mal zu mir ins Institut.«

»Wieso, gibt es Probleme?«

»Kommen Sie doch bitte her! Das ist nichts fürs Telefon«, erklärte Karaokleos mit dringlichem Unterton. Brunner merkte, dass Karaokleos nicht weiter darüber reden wollte. Ein eher ungewöhnliches Verhalten des Rechtsmediziners. Der Leiter der Mordkommission sagte seinem Stellvertreter Bescheid, dann verließ er eilig das Haus. Mit einem zivilen Dienstwagen fuhr er zügig zur Versbacher Straße.

Innerlich wappnete sich Brunner schon, von Karaokleos im Sektionssaal neben der Säuglingsleiche empfangen zu werden. Er war erleichtert, aber auch ein wenig verwundert, als die Sekretärin ihn zum Büro des Rechtsmediziners bat.

»Lieber Brunner«, empfing ihn Karaokleos und kam hinter seinem Schreibtisch vor, »nehmen Sie doch bitte Platz.« Er wies auf einen Polsterstuhl an seinem Besprechungstisch.

Der Kriminalkommissar ließ sich nieder. Seine innere Anspannung stieg, als er die ernste Miene des Mannes sah.

»Was haben Sie herausgefunden?«

Karaokleos räusperte sich. »Das Kind ist schon vor einiger Zeit getötet worden. Der Zeitpunkt ist nicht mehr genau zu ermitteln. Meiner Ansicht nach war es zwischenzeitlich einmal eingefroren. Vermutlich wurde es erstickt. Die Verletzungen, die wir gesehen haben, stammen tatsächlich von Zigaretten. Hinweise auf sexuellen Missbrauch gibt es nicht.«

Brunner beobachtete ihn genau. Um ihm das zu eröffnen, hätte er ihn nicht hierherbitten müssen. Wortlos wartete er. Karaokleos rieb sich über das Gesicht.

»Da gibt es etwas, was mich sehr betroffen macht. Wir haben an der Leiche mehrere menschliche Haare sicherstellen können. Sie waren für einen DNA-Test geeignet. Wie immer haben wir das Untersuchungsergebnis mit unserer Datenbank verglichen. Es gab tatsächlich einen Treffer!«

»Das ist ja super!«, freute sich Brunner einen Moment, bis er registrierte, dass die Miene des Rechtsmediziners mitnichten freudig war.

»Das kann man so oder so sehen«, fuhr Karaokleos fast niedergeschlagen fort. Brunner sah ihn angespannt an.

»Das Untersuchungsmaterial stammt eindeutig von Dr. Simon Kerner, dem Direktor des Amtsgerichts Gemünden! Seine DNA ist in der Datenbank. Wir haben sie vor einiger Zeit registriert, weil die Notwendigkeit bestand, ihn von den Spuren an Tatorten ausschließen zu können.«

Im Büro herrschte eine derart beklemmende Stille, dass man eine Stecknadel hätte zu Boden fallen hören. Nach einer längeren Pause fragte Brunner: »… und da gibt es keinen Zweifel?«

Karaokleos verneinte. »Wir haben das Ergebnis mehrfach überprüft. Es gibt eine 99,9 %ige Übereinstimmung!«

Eberhard Brunner schüttelte den Kopf. »Es ist ja klar, dass das völliger Unsinn ist!« Er merkte, dass Dr. Karaokleos ihn etwas befremdet ansah. »Natürlich nicht das Untersuchungs-ergebnis, aber eine Beteiligung von Simon Kerner am Tod des Säuglings. Da ist unter Garantie irgendwie manipuliert wor-den!«

Der Rechtsmediziner zuckte mit den Schultern. »Ich sehe das genauso. Aber das ist meine private Einschätzung. Die hat bei meinem Gutachten über die Obduktion nichts zu su-chen. Es wird mir nichts anderes übrigbleiben, als das in mei-nem Bericht zu vermerken. Früher oder später wird die Staatsanwaltschaft davon Kenntnis bekommen und dann ...«

Brunner erhob sich. »Doc, ich bin Ihnen wirklich sehr dankbar, dass Sie mich vorab informiert haben. Vielleicht können Sie mir eine kleine Bitte erfüllen. Es wäre hilfreich, wenn dieser Obduktionsbericht noch etwas Zeit benötigen würde, um in unseren Akten zu landen. Ich muss vorher drin-gend ein paar Sachen abklären, ohne dass mir die Staatsan-waltschaft Stress macht.«

Karaokleos klopfte mit seinem Kugelschreiber auf die Tischplatte. Er überlegte einen Moment, dann nickte er.

»Ich habe den kleinen Jungen sowieso sehr schnell unter-sucht. Neben Kerners DNA habe ich noch anderes genetisches Material gefunden, das wir nicht zuordnen konnten. Viel-leicht gelingt es der Polizei zwischenzeitlich, die Identität des Kindes zu ermitteln. Wir sollten auf jeden Fall zu Vergleichs-zwecken die Speichelproben der Eltern zur Verfügung haben, damit wir eine Familientragödie ausschließen können. Ich gebe Ihnen noch ein paar Tage, dann muss ich allerdings lie-fern. Strengen Sie sich also an!«

Brunner nickte, dann bat er: »Vergleichen Sie die Spuren bitte auch mit der unbekannten Leiche, die wir im Kranken-haus sichergestellt haben. Die Verstümmelungen dieses To-ten sind identisch mit denen von Dr. Lohneis. Ich habe den

Verdacht, dass diese beiden Fälle und die Kinderleichen eng zusammenhängen.«

Dr. Karaokleos sagte das zu, dann verabschiedeten sich die beiden und Brunner stürmte hinaus. Ihm war klar, worauf Karaokleos anspielte. Beim ungeklärten Tod von Kleinkindern sind immer auch die Eltern und nahe Verwandte im Fokus der Ermittlungsbehörden. Opfer häuslicher Gewalt sind oft Kinder, wobei die Täter mit allen Mitteln versuchen, ihre Straftaten unter der Decke zu halten. Und es gab schon mehrfach Fälle in der Kriminalistik, in denen Eltern als Täter versuchten, ihre Untaten zu vertuschen, indem sie behaupteten, ihr Kind sei entführt worden. Das war ein routinemäßiger Ermittlungsansatz. Was die Hinweise auf eine Verbindung zu Kerner betraf, war er sich absolut sicher, dass in beiden Fällen, Ronjas und des Säuglings, ganz massiv manipuliert worden war, um ihn in falschen Verdacht zu bringen. Richtig wütend machte ihn die Tatsache, dass es keinerlei Hinweise gab, wer hinter diesen perfiden Verbrechen stecken könnte.

Simon Kerner hatte die Sitzung des Präsidiums des Amtsgerichts Gemünden gerade beendet. Das Präsidium eines Gerichts war ein von allen Richtern dieses Gerichts gewähltes Gremium, das darüber befand, wie die verschiedenen Verfahren, für die dieses Amtsgericht zuständig war, auf die diesem Gericht angehörenden Richter zu verteilen waren. Auf diese Art und Weise wurde dem Grundgesetz Rechnung getragen, wonach keine Person ihrem gesetzlichen Richter entzogen werden darf.

Alle Mitglieder des Gremiums waren bereits gegangen, lediglich Andreas Becker, seinen Vertreter, hatte Kerner gebeten, noch einen Moment zu bleiben. Kerner goss dem Richter und sich selbst Kaffee nach, dann begann er zu sprechen.

»Andreas, ich wollte mich mal nach Herrn Hansen, unserem neuen Kollegen, erkundigen. Du hast ja seine Einarbeitung übernommen und kannst am besten beurteilen, wie er sich bei uns eingelebt hat. Der Präsident wird mich sicher in der nächsten Zeit danach fragen.«

Andreas Becker trank einen Schluck Kaffee, während er nach den richtigen Worten suchte.

»Wie soll ich sagen. Er ist ein freundlicher, etwas introvertierter Mann, der keine großen Worte macht. Wie es den Anschein hat, bearbeitet er seine Fälle zügig. Seine Erledigungszahlen sind trotz der kurzen Zeit, die er erst bei uns arbeitet, bemerkenswert gut. Als Kollege ist er hilfsbereit, öffnet sich aber über die dienstlichen Belange hinaus nicht. Mehr kann ich dazu leider nicht sagen.«

Kerner nickte nachdenklich, dann meinte er: »Nun ja, er muss sich halt noch eingewöhnen. Das wird schon noch.« Er lehnte sich im Stuhl zurück. »Jetzt etwas anderes. Andreas, ich habe dir ja schon mehrfach für deine Vertretung während meiner Abwesenheit gedankt. Glaube mir, ich weiß, was ich dir da zugemutet habe.«

Becker machte eine abwehrende Handbewegung.

»Doch, doch, was wahr ist, muss wahr bleiben. Du hast ja sicher bemerkt, dass ich seit meiner Rückkehr nicht mehr der bin, der ich einmal war. Die Ereignisse um den Tod meiner Lebensgefährtin haben mich massiv mitgenommen. Ich hatte daher vor einiger Zeit ein Gespräch mit dem Landgerichtspräsidenten. Der hat mir empfohlen, von Gemünden wegzugehen. Die Geschehnisse im Zusammenhang mit dem Mörder Hasenstamm und meine Beteiligung bei der Vernichtung der Terrorzelle haben in der Bevölkerung hohe Wellen geschlagen, und die Presse hat mich teilweise in ein schiefes Licht gebracht. Kurzum, ich bin als Richter für dieses Gericht regelrecht verbrannt. Deshalb habe ich mich entschlossen, bei nächster Gelegenheit Gemünden zu verlassen. Ich sage dir das, weil ich möchte, dass du es von mir persönlich erfährst und nicht über die Gerüchteküche. Bis jetzt weiß noch niemand davon, und ich würde dich auch sehr bitten, über diese Information Stillschweigen zu bewahren.«

Becker zog betroffen die Augenbrauen in die Höhe. »Da erwischst du mich jetzt aber ziemlich kalt! Bist du der Meinung, das ist der richtige Weg?«

Kerner lächelte leicht. »Ich weiß nur, dass ich so nicht weitermachen möchte. Dafür bitte ich um Verständnis. Du kannst dich darauf verlassen: wenn meine Nachfolge hier zur Sprache kommt, werde ich für dich eine nachdrückliche Empfehlung aussprechen.«

Becker sah Kerner in die Augen. »Ich danke dir natürlich dafür. Lieber wäre es mir aber, du würdest hierbleiben. Es hat schon lange keinen Direktor mehr gegeben, der dieser Behörde so gutgetan hat wie du. Das ist meine ganz ehrliche Meinung.«

»Da bin ich mir nicht ganz so sicher«, gab Kerner etwas skeptisch zurück, »aber ich freue mich, wenn du so denkst. Du kannst dich darauf verlassen, ich werde dich über die weiteren Entwicklungen auf dem Laufenden halten.«

Kerner erhob sich zum Zeichen, das Gespräch beenden zu wollen. Sie gaben sich die Hand und Kerner brachte seinen Kollegen zur Tür. Dort verharrte er. »Andreas, ich werde jetzt noch einen Krankenbesuch bei Frau Schönbrunn im Bezirkskrankenhaus machen. Ich bin also den Rest des Nachmittags nicht mehr in der Behörde.«

Andreas Becker war natürlich über die Geschehnisse informiert. »Richte bitte Frau Schönbrunn meine besten Grüße aus und gute Besserung.«

Dies sagte Simon Kerner gerne zu.

Kurz nach siebzehn Uhr betrat Simon Kerner sein Haus. Während der ganzen Heimfahrt vom Bezirkskrankenhaus grübelte er über diesen Krankenbesuch nach. Es erschütterte ihn, wie diese Frau, die ihm bisher im Job als besonders lebenslustig und humorvoll vorgekommen war, zerbrechlich und hilflos im Bett lag. Zeichen ihrer Verzweiflung waren die Verbände um ihre beiden Handgelenke. Vor seinem Besuch hatte ihn die Stationsschwester darauf aufmerksam gemacht, dass die Patientin nach wie vor unter Beruhigungsmitteln stand. Er solle sich also nicht darüber wundern, wenn sie entsprechend verhalten reagieren würde. So war es dann auch. Theresa Schönbrunn lag in einem Einzelzimmer, in dessen Tür sich eine kleine Glasscheibe befand, durch die die Patientin noch regelmäßig beobachtet wurde. Kerner setzte sich zu ihr ans Bett. Die Schwester stellte seinen Blumenstrauß in eine Vase, die sie auf einen Tisch in Sichtweite der Patientin stellte. Er überbrachte die Grüße der Mitarbeiter. Dabei zog der Schimmer eines Lächelns über ihr blasses Gesicht und ihre großen blauen Augen verloren für einen Moment ihre Stumpfheit. Doch schon einen Augenblick später sah er Tränen über ihre Wangen laufen. Das war kein lautes Weinen, kein Schluchzen, nur diese Tränen. Ganz spontan, ohne darüber nachzudenken, ergriff Simon Kerner ihre Hand. Er musste ganz einfach etwas tun, um ihr ein wenig Trost zu spenden. So saß er wortlos einige Zeit. Was sollte er auch sagen? Für irgendwelche wohlgemeinten Floskeln war hier kein Raum. Irgendwann versiegten die Tränen und Theresa Schönbrunn schlief ein. Vorsichtig, um sie nicht aufzuwecken, löste er seine Hand aus der ihren und schlich auf Zehenspitzen aus dem Krankenzimmer. Er stellte sich die Frage, ob diese Frau jemals wieder am normalen Leben teilhaben konnte.

Zuhause angekommen holte Kerner sich ein Bier aus dem Kühlschrank und setzte sich auf die Veranda. Obwohl er außer einem kleinen Frühstück und mehreren Tassen Kaffee bei der Präsidiumssitzung noch nichts Ordentliches zu sich genommen hatte, verspürte er keinen Hunger. Er wunderte sich über sich selbst, dass er heute seinem Stellvertreter reinen Wein eingeschenkt hatte. Bis jetzt hatte er seine Entscheidung noch niemals so eindeutig formuliert.

Seine Gedanken wanderten zu den Umständen, unter denen man Ronja in seinem Revier auffand. Für ihn stand nach den Ausführungen von Brunner fest, dass das Mädchen Opfer von organisierten Menschenhändlern geworden war, die das arme Kind an perverse Pädophile verkauften. Das war die eine Seite des Verbrechens. Die andere war die offensichtliche Konstruktion einer wie auch immer gearteten Verbindung zu seiner Person. Die Organisation, die hinter dieser Kindesentführung steckte, stellte diesen Bezug zu ihm eindeutig bewusst her. Fragte sich nur warum? Er fühlte, dass er von bedrohlichen Elementen unaufhaltsam in den gefährlichen Strudel eines Verbrechens hineingezogen wurde und nichts dagegen tun konnte.

22

Der Leiter der Würzburger Mordkommission saß in seinem Büro und grübelte. Seine Mitarbeiter nahmen zur Kenntnis, dass ihr Chef im Augenblick nicht angesprochen werden wollte, und ließen ihn in Ruhe. Sie kannten derartige Zustände bei ihm, insbesondere dann, wenn sie an einem besonders kniffligen Fall arbeiteten.

Nachdem Brunner von der Rechtsmedizin zurückgekommen war, hatte er seinen Vertreter gebeten, zur Familie Hallhuber zu fahren. Der kleine Fritz Hallhuber war zurzeit das einzige Baby, das vermisst wurde. Kauswitz hatte den schweren Auftrag, einerseits die Familie davon zu informieren, dass man eine Babyleiche aufgefunden hatte, und andererseits Speichelproben zu entnehmen, um entsprechendes Vergleichsmaterial für die Identifizierung zu haben. Natürlich bekam man auf diese Art und Weise auch die Möglichkeit, die Eltern als Verursacher der unbekannten Spuren auf dem Leichnam auszuschließen. Kauswitz sollte dabei unter allen Umständen verhindern, dass die Presse von diesen Ermittlungsmaßnahmen Kenntnis erlangte. Man wollte damit verhindern, dass ein Tornado durch den Blätterwald tobte, dessen Opfer in erster Linie die Familie sein würde. Ein Job, den Kauswitz nur mit sehr gemischten Gefühlen in Angriff nahm.

Aber auch Eberhard Brunner hatte einen schweren Gang vor sich. Langsam griff er zum Telefon und wählte die Büronummer von Simon Kerner. Einen Moment später teilte ihm Kerners Sekretärin mit, dass ihr Chef heute nicht mehr ins Büro kommen würde. Daraufhin wählte Brunner die Privatnummer seines Freundes. Als Kerner abnahm, erklärte er ihm, dass er dringend mit ihm persönlich sprechen müsse. Kerner freute sich natürlich, dass ihn Eberhard Brunner schon wieder aufsuchen wollte, eine gewisse Anspannung in der Stimme seines Freundes war ihm aber nicht entgangen. Sein Gefühl sagte ihm, dass hier etwas Schwerwiegendes in der Luft lag.

Mit ernster Miene und knappem Gruß betrat Eberhard Brunner das Haus seines Freundes. Als Simon ihm ein Bier anbot, lehnte er dankend ab, stattdessen marschierte er ins Wohnzimmer und ließ sich auf der Couch nieder.

»Simon, setz dich bitte. Ich muss mit dir reden. Es gibt verdammt ernste Entwicklungen.«

Wortlos folgte Kerner der Aufforderung des Freundes.

Übergangslos begann Brunner. »Es ist noch nicht öffentlich, aber wir haben vor ein paar Tagen die Leiche eines männlichen Säuglings gefunden. Sie wurde in der Babyklappe der Würzburger Sozialstation *Pro Vivo* abgelegt. Dr. Karaokleos vertritt die Auffassung, dass der Kleine misshandelt wurde und dann durch äußere Gewalteinwirkung zu Tode kam. Der Körper weist auch entsprechende Verletzungen auf, die daran keinen Zweifel lassen. Wie es aussieht, handelt es sich dabei um das schon seit längerer Zeit vermisste Baby Hallhuber. Wir sind allerdings noch dabei, die Identität eindeutig zu bestätigen.« Er atmete schwer durch, dann sah er seinen Freund durchdringend an. »Karaokleos hat auf der Leiche des Kindes unterschiedliches Genmaterial sicherstellen können, das wir noch nicht eindeutig zuordnen konnten … bis auf eine Spur.« Wieder machte er eine Pause, in der er seinen Freund scharf beobachtete. Kerner war voller Konzentration und wartete darauf, dass er fortfuhr.

»Auf der Leiche wurden menschliche Haare gefunden, deren DNA wir in der Datenbank gespeichert haben ... Die Haare stammen ohne Zweifel von dir!« Jetzt war es heraus. Brunner verstummte.

Simon Kerner saß da und sah seinen Freund verständnislos an. Er hatte die Bedeutung dieser Aussage offenbar noch gar nicht begriffen.

»Wie ... von mir?«, fragte er schließlich zögerlich.

Brunner hob hilflos die Hände. »Laut Karaokleos hafteten am Körper des ermordeten Kindes Haare von dir!« Er hatte bewusst deutlich und akzentuiert gesprochen.

»Aber ... aber, ich habe das Kind noch nie gesehen oder berührt«, erklärte Kerner schließlich fassungslos. »Das kann also gar nicht sein!«

Brunner erhob sich und machte einige Schritte in Richtung Verandatür. Vor der Scheibe blieb er stehen und starrte in den Garten hinaus. Schließlich drehte er sich wieder um.

»Die Fakten sprechen aber eindeutig dagegen!« Er ließ sich wieder auf seinem Platz nieder. »Karaokleos hat sich bestimmt nicht geirrt. Er hat diese Haare sicher mehrmals geprüft, ehe er das Ergebnis bestätigte. Obwohl das natürlich absoluter Quatsch ist, muss er dieses Untersuchungsergebnis in seinen Bericht hineinschreiben. Die Staatsanwaltschaft wird verlangen, dass wir, die Mordkommission, überprüfen, was an der Sache dran ist. Das heißt, du wirst dann als Verdächtiger eingestuft werden müssen, bis deine Unschuld bewiesen ist. Aber das muss ich dir doch nicht erklären.«

»Glaubst du etwa auch ...«, wollte Kerner leise wissen, der langsam erfasste, in welchem Schlamassel er sich aufgrund dieses Untersuchungsergebnisses befand.

»Blöde Frage!«, erwiderte Brunner heftig. »Wenn ich dem irgendeine Bedeutung beimessen würde, dann wäre ich jetzt mit einer Streife hier und hätte dich festgenommen!«

»Entschuldige bitte«, gab Kerner zurück, »ich bin jetzt wirklich total durcheinander. Erst die Sache mit dem verbrannten Knochen und der Kinderleiche in meinem Revier und jetzt das!« Er ließ sich in den Sessel zurückfallen und legte seinen Kopf auf die Rückenlehne, die Augen hielt er geschlossen.

»Für mich sieht das so aus: Hinter diesen Kindstötungen steckt eine Organisation, die aus welchen Gründen auch immer dich als Ablenkungsmanöver für ihre Verbrechen nutzen will. Vielleicht denken sie, dass die Polizei nicht näher nachbohren wird, wenn du als Täter in Frage kommst. Durch den Blätterwald der Gazetten würde ein Sturm fegen! Es würde alle Ermittlungen so lange von ihnen ablenken, bis sich dann irgendwann deine Unschuld herausgestellt hat.«

Ganz langsam wechselte Simon Kerners Stimmung von Betroffenheit in Verärgerung. »Eberhard, du hast sicher Recht. Mir ist in diesem Zusammenhang schon mehrmals ein Gedanke durch den Kopf gegangen, der jetzt konkretere Formen annimmt. Ich werde mich sicher nicht von irgendwelchen verbrecherischen Organisationen vorführen lassen. Denn dass da eine organisierte Bande dahintersteckt, ist mir klar.« Jetzt erhob er sich und nahm eine Wanderschaft durch das Zimmer auf. »Wenn ich richtig informiert bin, agieren derartige Verbrecherorganisationen häufig im Netz.« Er warf Eberhard Brunner einen fragenden Blick zu.

»Das ist zutreffend«, bestätigte der Kriminalbeamte, »meistens im Darknet. Das ist für sie eine ziemlich sichere Sache, weil Ermittlungen gegen einzelne Nutzer dieser Seiten, wegen der zahllosen Irrwege, die diese Userkontakte über die weltweit vernetzten Serversysteme nehmen, nur mit erheblichem technischem Aufwand möglich sind …, über den wir in Würzburg leider noch nicht verfügen.«

»Das Spezielle an diesen beiden Fällen ist doch, dass sie die Opfer nicht spurlos beseitigt haben, wie das nach meiner Kenntnis üblicherweise geschieht. So hinterlassen sie doch Spuren! Das Verschwinden von Kindern führt jedes Mal zu einem Aufschrei der Medien, wie wir gesehen haben. Es ist doch sicher nicht im Interesse dieser Verbrecher, die Öffentlichkeit auf ihr Tun aufmerksam zu machen. Diese Subkultur gedeiht doch im Geheimen, in absoluter Anonymität und Verschwiegenheit. Welcher Pädophile begibt sich freiwillig in die Gefahr, entdeckt zu werden? Meines Erachtens ist das Ziel dieses Verhaltens meine Person. Man will mich fertigmachen!«

Eberhard Brunner bestätigte: »Darüber habe ich auch schon nachgegrübelt. Vielleicht müssen wir das Geschehen differenziert betrachten. Womöglich hängen diese Ereignisse nur oberflächlich miteinander zusammen.«

»Du hast eine Theorie?« Kerner wartete angespannt auf seine Erläuterungen.

»Da haben wir einmal eine Plattform im Darknet, die von einer Organisation betrieben wird, die Pädophilen die Erfüllung ihrer kranken Wünsche verspricht. Natürlich gegen entsprechende Bezahlung. Dafür versprechen sie Anonymität und Sicherheit, einschließlich der Beseitigung der Opfer.

Zum Zweiten haben wir offensichtlich einen Unbekannten, der es sich zur Aufgabe gemacht hat, derartige Täter zu identifizieren, zu bestrafen und an den öffentlichen Pranger zu stellen. Es muss ein Mensch sein, dem es gelungen ist, irgendwie an die Identität von Usern einer derartigen Plattform zu kommen.«

»… und drittens?«, wollte Kerner wissen.

»Drittens hat irgendjemand in dieser Verbrecherorganisation, der für die Beseitigung der armen Opfer dieser Schweine verantwortlich ist, ein Interesse daran, diese Toten und die an ihnen begangenen Missbräuche mit dir in Verbindung zu bringen. Mit Punkt eins und zwei hat das nur insoweit zu tun, als hierdurch die Opfer anfallen, die man dir dann anhängen will. Wenn man zynisch ist, für diese Verbrecher eine Art Win-win-Situation.«

Simon Kerner starrte einen Augenblick vor sich hin. Man konnte sehen, wie Brunners Theorie in ihm arbeitete.

»Diese These ist in der Konsequenz zwar schrecklich, aber leider nicht von der Hand zu weisen«, stimmte Kerner ihm schließlich zu. »Müssen wir nur noch die Organisation finden, die hinter der Website im Netz steckt.«

»Wenn das nur so einfach wäre …« Brunner zögerte einen Moment, dann überlegte er laut: »Ich müsste mal mit unserem Präsidenten sprechen … Wir haben im Präsidium eine neue Abteilung in Planung, die sich ausschließlich mit Cyberkriminalität beschäftigen soll. Da wurden Programmierer und Netzexperten eingestellt, die sich unter anderem mit der Aufklärung von Angriffen auf Behörden- und Firmennetzwerke auseinandersetzen sollen. Wahrscheinlich können die uns auch in Bezug auf das Darknet behilflich sein. Ich kenne einen von den Typen ganz gut. Er ist der Sohn eines guten Bekannten und ich habe ihn bei der Einstellung empfohlen. Dadurch ist er bei der neuen Cybercrimekommission gelandet.«

Simon Kerner bekam einen grimmig entschlossenen Gesichtsausdruck. »Man müsste eine Art Trojanisches Pferd einsetzen, das diese Organisation von innen heraus infiltriert. Gewissermaßen einen auf den ersten Blick ganz normalen User, der aber computertechnisch undercover ermittelt. Das ist zumindest meine laienhafte Vorstellung.«

»So entschlossen, wie du das formulierst, klingt das für mich wirklich beängstigend! Du willst mir doch damit nicht sagen, dass du dich ermittlungstechnisch engagieren willst? Weißt du, wie gefährlich das ist? Erfahrungen aus dem Ausland haben gezeigt, dass diese Verbrecher jeden gnadenlos umbringen, der ihre Geschäfte gefährdet. Im Verschwinden von Leichen haben die reichlich Praxis! Das muss man unbedingt den Experten überlassen!«

Simon Kerner verzog das Gesicht. »Mein Gott, Eberhard, offensichtlich will mir irgendjemand ein Verbrechen anhängen! Da muss ich mich doch wehren! Ich kann doch nicht zusehen, wie man versucht, meine Existenz zu vernichten. Bitte bring mich mit diesem IT-Spezialisten zusammen. Wenn der sagt, dass meine Vorstellungen nicht zu realisieren sind, werde ich einen anderen Weg suchen müssen. Falls aber eine Chance besteht … Ich weiß, dass so eine Aktion verteufelt gefährlich ist. Aber für mich ist etwas anderes ausschlaggebend. Mein Leben ist seit Monaten aus den Fugen. Gerade als ich dachte, ich würde etwas Ruhe erfahren, geht es schon wieder los. Dann ist da diese arme Frau, die mir in der Seele leidtut. Theresa Schönbrunn war vor dem Mord an ihrer Tochter ein lebenslustiger, fröhlicher Mensch. Wenn du sie heute, wie ein verzweifeltes Häuflein Elend im Bett hättest liegen sehen, ruhiggestellt mit jeder Menge Medikamenten, würdest du genauso handeln. Im Übrigen will die Chefetage doch, dass ich mich als Richter zurückhalte. Ich hätte also Zeit.«

Die beiden Freunde diskutierten noch eine ganze Weile Kerners Vorschlag. Schließlich gab sich der Leiter der Mordkommission geschlagen. Er versprach, noch heute mit dem IT-Mann zu sprechen. Wenn sie eine derartige Undercover-Aktion durchziehen wollten, mussten sie schnell handeln.

Sobald das Gutachten des Gerichtsmediziners offiziell zu den Akten gelangt war, würden die Mühlen der Ermittlungsbehörden in Gang kommen und Kerner keinen Spielraum mehr haben, etwas zu unternehmen. Der erste Schritt wäre mit Sicherheit, ihn zunächst einmal vom Dienst zu suspendieren.

Ivo Stöber war ein junger Mann, der gerade vor vier Jahren seinen Master in Informatik abgeschlossen hatte. Auf eine Stellenausschreibung des bayerischen Innenministeriums hin hatte er sich als IT-Experte für eine der in verschiedenen Polizeipräsidien Bayerns entstehenden Cybercrime-Divisions beworben. Er war dank Brunners Empfehlung eingestellt worden und hatte beim Landeskriminalamt eine entsprechende Zusatzausbildung absolviert. Jetzt war er dem Präsidium in Würzburg zugeteilt worden, das in der unterfränkischen Metropole eine entsprechende Abteilung aufbauen sollte. Er fühlte sich gegenüber Eberhard Brunner verpflichtet und schob daher alle Bedenken beiseite, als ihn der Leiter der Mordkommission bat, ihm bei einem speziellen Problem zu helfen.

Einen Tag später saß Ivo in Kerners Wohnzimmer und hatte seinen leistungsfähigen Laptop vor sich auf dem Tisch. Die beiden hatten von vornherein vereinbart, sich zu duzen.

»Um in das Darknet zu kommen, benötigt man einen speziellen Tor-Browser, den ich bereits installiert habe. Um deine IP-Adresse unkenntlich zu machen, ist es sinnvoll, zusätzlich eine Secret-Software zu verwenden, die das ermöglicht.«

Simon Kerner saß neben dem jungen Mann, der mit großem Enthusiasmus seine Finger über die Tastatur huschen ließ.

»Ivo, es ist ja schön, dass du mir das alles erklärst, aber unterm Strich bin ich deshalb nicht schlauer. Mir genügt es, wenn du es mir ermöglichst, mich anonym auf *HEAVEN3* anzumelden. Eberhard hat dir ja erklärt, um was es bei dieser ganzen Aktion geht.«

»Ich weiß Bescheid«, gab Ivo zurück. »Eine ziemlich riskante Aktion, wenn du mich fragst.«

Kerner zuckte mit den Schultern. »Stimmt schon, aber irgendwie muss man diesen Verbrechern doch das Handwerk legen.« Er beobachtete, wie auf dem Bildschirm verschiedene Ansichten wechselten, bis schließlich der Eröffnungsbildschirm von *HEAVEN3* erschien. Ein weißer Würgeengel auf dunkelrotem Hintergrund. Dazu ertönte aus dem Lautsprecher die düstere Melodie einer Synthesizer-Komposition. Nach knappen zehn Minuten lehnte sich der junge IT-Mann zurück.

»Ich habe dich jetzt unter der Kennung *Hades* bei *HEAVEN3* offiziell angemeldet. Das Kennwort ist Hades246. Du kannst jetzt auf der Seite surfen.« Er klickte auf ein Icon, das mit »Regularien« beschriftet war. »Hier kannst du dich mal einlesen.« Er grinste leicht. »Wahrscheinlich ist das so etwas Ähnliches wie die allgemeinen Geschäftsbedingungen, die du beachten musst.«

»… und du bist sicher, dass man mich über die Kennung nicht identifizieren kann?«

»Mit den üblichen Mitteln nicht. Anonymität für Nutzer ist ja der Sinn des Darknets. Es gibt aber Software, die das ermöglicht. Die ist aber nicht so einfach zugänglich. Wir setzen zurzeit eine Beta-Version eines solchen Programms probeweise bei unserer Ermittlungsarbeit ein. Das ist aber topsecret!«

Kerner überlegte einen Augenblick, dann erwiderte er: »Ist es möglich, mit Hilfe dieses Programms auch die Personen zu identifizieren, die hinter einer Website, beispielsweise *HEAVEN3*, stecken?«

Ivo sah ihn durchdringend an. »Es ist ein Programm, das vom Bundesnachrichtendienst entwickelt wurde und in einer abgespeckten Version den Ermittlungsbehörden zur Verfügung gestellt werden soll. Tatsächlich kann man mit Hilfe dieses Programms den Standort eines Rechners ermitteln, auch über die Schranken einer üblichen Firewall hinweg. Aber wie gesagt, das ist in einer Erprobungsphase und die Entwickler haben noch Probleme mit der Genehmigung durch den Datenschutzbeauftragten. Wir dürfen es offiziell noch nicht einsetzen.«

Simon Kerner sah den jungen Mann prüfend an. »Entnehme ich deinen Worten, dass es, natürlich nur zur Erprobung, doch schon eingesetzt wird?«

Ivo verzog das Gesicht. »Mann, du bringst mich in Teufels Küche!« Er zögerte einen Augenblick, dann fuhr er fort: »Tatsächlich haben einige ausgewählte Mitglieder der Cyber-Units eine Erprobungsversion erhalten. Wir mussten unterschreiben, dass wir absolutes Stillschweigen wahren.«

Kerner überlegte einen Moment, dann erklärte er: »Ich kann natürlich verstehen, dass man bei der Erprobung strengste Sicherheitsstandards einhalten muss. Wie wäre es aber, wenn ein junger Cyber-Cop im Rahmen eines Testlaufs den Standort eines bestimmten Rechners einer Plattform im Darknet ermitteln würde? Dieser junge Polizist würde darüber natürlich absolutes Stillschweigen wahren, weil er ja nur seinen Job als Testprogrammierer erledigt …«

Den Rest ließ Kerner unausgesprochen. Ivo dachte einen Augenblick nach, dann meinte er: »Der junge Polizist würde dabei natürlich erheblich seine Kompetenzen überschreiten …, aber … irgendwie muss man die Software ja testen. Da kann man schon mal übers Ziel hinausschießen.«

»Das habe ich mir doch gedacht«, gab Simon Kerner zurück und brachte Ivo zur Tür. Kurz bevor der junge Mann sein auf der Straße geparktes Auto erreichte, drehte er sich noch einmal um. »Wir hören voneinander. Falls du zwischenzeitlich Hilfe benötigst, du hast ja meine Handynummer.« Er winkte und fuhr davon.

Kurz darauf saß Kerner vor der Tastatur und starrte auf den Bildschirm. Plötzlich empfand er Skrupel, sein Vorhaben in die Tat umzusetzen. Er hatte das Gefühl, unaufhaltsam auf einen Sumpf zuzulaufen in der Gewissheit, von diesem verschlungen zu werden. Kerner wusste, wenn er diesen Weg beschritt, würde er viele unkalkulierbare Risiken eingehen. Wenn er an die Verbrecher herankommen wollte, musste er als User *Hades* eine Bestellung aufgeben, die irgendwann eine persönliche Kontaktaufnahme mit ihm erforderlich machte. Das so hinzubiegen, dass er durch seine Aktivitäten kein Kind in Gefahr brachte, entsprach der Berechnung der Quadratur des Kreises. Das konnte und durfte er nicht blauäugig im Alleingang durchziehen. Er klappte den Laptop zu. Zunächst würde er abwarten, ob Ivo etwas herausfinden konnte.

23

Einen Tag später. Das Phantom unternahm wieder seinen täglichen Routinecheck von *HEAVEN3*. Geschützt von dem Programm des befreundeten Hackers bewegte er sich wie ein gefährlicher Raubfisch unter einer Tarnkappe durch das Netz, auf der Suche nach Beute auf *HEAVEN3*. Über sein letztes Opfer hatte er bisher noch nichts in den Medien gelesen. Durch persönliche Kontakte zur Polizei war ihm bekannt, dass man den Mann, den er vor dem Klinikum abgesetzt hatte, noch nicht identifiziert hatte. Dass er verstorben war, ärgerte ihn. Der Mann hatte keine Familie, so dass eine Veröffentlichung seiner Schandtaten nach seinem Tod aus Rachegesichtspunkten nicht sinnvoll war. Er würde den Ermittlern noch etwas Zeit geben, wenn sie bis dahin nicht fündig wurden, wollte er wieder einige Informationen an die Presse streuen. Er hoffte damit wenigstens die Verbrecherorganisation, die sich hinter der Plattform verbarg, aufzuscheuchen. Vor seinem Transfer von Norddeutschland nach Franken hatte er durch seine Aktivitäten einige dieser Perversen und ihrer Organisatoren zur Strecke gebracht und sich als Zeuge bei Gerichtsprozessen zur Verfügung gestellt. Bedauerlicherweise konnte nur ein Teil der Verbrecher verurteilt werden, einige kamen schadlos davon. Alles Menschen mit Einfluss und Geld. Irgendwann hetzten sie ihm schließlich einen Killer auf den Hals. Er war nur knapp dem Tod entronnen. Schließlich musste er sich in ein Zeugenschutzprogramm begeben. Dadurch war er hier in Thüngersheim gelandet. Zunächst wollte er hier nur sein neues Leben leben und für immer Ruhe zu haben. Nachdem er aber festgestellt hatte, dass auch in dieser Region Kinder Opfer von Pädophilen wurden, beschloss er das Recht wieder in seine eigenen Hände zu nehmen. Allerdings nahm er sich vor, seine speziellen Aktivitäten nur im engeren Bereich der Region Main-Spessart zu praktizieren. Sein Hackerfreund sicherte ihm weiterhin seine Unterstützung zu.

Langsam scrollte er durch die Liste der User von *HEAVEN3,* die er sich mit seinen technischen Möglichkeiten ansehen konnte. Ihn interessierte, ob es neue Benutzer aus der Main-Spessart-Region gab. Sein Ziel war es, diese Menschen auszuschalten, bevor sie eine Bestellung tätigten. Bei den beiden, die er bisher ermitteln konnte, war er zu spät gekommen. Zwei Opfer hatte er leider nicht verhindern können. Dass er die Verbrecher im Nachhinein eliminierte, war Rache für die beiden unschuldigen Kinder. Sicher kein Trost, aber vielleicht eine Warnung an potentielle Täter.

Einige der User waren ihm bereits bekannt. Sie stammten aus dem europäischen Ausland und waren für ihn leider nicht erreichbar. Ziemlich am Ende der Liste stoppte er abrupt mit der Maus die Scrollfunktion. Es gab einen neuen User! *Hades* war erst seit gestern online. Das Phantom verzog sein Gesicht. Diese Bezeichnung reizte seine Neugierde. Wenn sich ein Mensch den Namen des Gottes der Unterwelt aus der griechischen Mythologie gab, brachte er damit seine finsteren Absichten zum Ausdruck. Der Jagdtrieb des Verfolgers war geweckt. Er schloss das Programm. Für die weiteren Schritte musste er den Rechner wechseln. Für die nun notwendigen Recherchen benötigte er einen Computer mit einer höheren Rechnerleistung, der mit einer speziellen Schutzsoftware ausgestattet war. Diese verhinderte, dass die Betreiber der Plattform seine Aktivitäten bis zu ihm zurückverfolgen konnten. Bei dem Rechner, den er nun benutzte, handelte es sich um einen High-End-Computer. Nachdem sich der Rechner hochgefahren hatte, rief er ein spezielles Suchprogramm auf. Mit flinken Fingern gab er in eine Maske den Namen des Users *Hades* ein. Nach dem Start wechselte der Bildschirm von einer grafischen Darstellung in eine Listenfunktion. In rasender Geschwindigkeit rollten zeilenweise verschiedene Zahlen- und Buchstabencodes über den Bildschirm, die für das menschliche Auge nicht zu verfolgen waren. Das Phantom wusste, dass das Programm nun versuchte die IP-Nummer des Users *Hades* zu ermitteln. Das Darknet hatte die Eigenschaft, Aktivitäten von Benutzern über zahllose Server weltweit laufen zu lassen, deren IP-Adressen ständig wechselten. Dadurch war es praktisch nicht möglich, die ursprüngliche IP-Adresse eines Nutzers des Darknets zurückzuverfolgen. Das galt nicht für die Spionagesoftware, die das Phantom benutzte. Trotzdem dauerte es manchmal Stunden, bis ein Erfolg zu verzeichnen war. Das Phantom beobachtete einige Zeit fasziniert die rotierenden Zeichenkolonnen, dann schaltete er den Bildschirm aus. Der Rechner würde weiterarbeiten und ihn, sobald er ein Ergebnis hatte, durch ein Klingelgeräusch darauf aufmerksam machen. Er erhob sich und ging in die Küche, um sich eine Kleinigkeit zuzubereiten.

Luigi Fontana saß im Rechenzentrum von *Alushi Im- und Export,* das im Keller des Trianon Tower untergebracht war. Es handelte sich dabei um einen mit allen technischen Raffinessen ausgestatteten Rechnerraum, der mit mehreren modernen Hochleistungsrechnern ausgerüstet war. Es herrschte eine konstante Temperatur von 18 Grad Celsius, die von einer leistungsfähigen Klimaanlage konstant gehalten wurde. Der Raum wurde weitgehend von zwei Racks ausgefüllt. In dem einen war die EDV-Anlage untergebracht, mit der das ganze Geschäftsimperium von *Alushi Im- und Export* gesteuert wurde. Das Rack daneben enthielt den Server, der ausschließlich für *HEAVEN3* genutzt wurde.

Fontana hämmerte in die Tastatur des *HEAVEN3*-Rechners. Zum wiederholten Male hatte ihm die Firewall des Systems einen aktuellen Angriff auf die Plattform gemeldet. Bis jetzt konnte er aber die oder den Angreifer nicht identifizieren, da auch dieser Angriff über eine Vielzahl von Servern geführt wurde, so dass der Ursprung für Luigi nicht feststellbar war. Das Sicherungssystem, das die Plattform schützte, war offenbar nicht in der Lage, den Zugriff abzuwehren. Es gab Sicherheitslücken, die Luigi bisher noch nicht ausfindig machen konnte. Der Italiener hatte den Verdacht, dass ihnen irgendjemand einen Trojaner eingeschleust hatte, der die Schutzfunktion der Firewall umging. Luigi hatte große Sorgen, weil er nicht feststellen konnte, auf welche Daten die unbekannten Eindringlinge Zugriff nahmen. Er musste irgendwie versuchen, das Sicherheitsloch zu stopfen. Bis jetzt hatte er Francesco Trospanini nichts von dem Problem erzählt. Francesco war ein sehr aufbrausender Mensch und wenn es darum ging, Fehlleistungen zu bestrafen, ziemlich rigoros. Da half Luigi sein Verwandtschaftsgrad auch nicht viel.

Wieder erschien auf dem Bildschirm die Meldung, dass im Augenblick wieder ein unautorisierter Zugriff auf *HEAVEN3* erfolgte. Trotz der Kühle im Raum stand Luigi der Schweiß auf der Stirn. Es würde ihm wohl nichts anderes übrigbleiben, als den sprichwörtlichen Gang nach Canossa anzutreten und Francesco von dem Problem zu berichten.

Francesco befand sich gerade in einer Videokonferenz mit einem Geschäftspartner in Washington, wie ihm seine Sekretärin mitteilte. Eine Störung war im Augenblick nicht möglich. Nervös bat Luigi die junge Frau, ihm sofort Bescheid zu geben, sobald das Gespräch beendet war.

Eine halbe Stunde später saß Luigi seinem Cousin am Besprechungstisch gegenüber. Als er Francesco das Problem schilderte, blieb der erstaunlich ruhig.

»Wie lange geht das schon?«, wollte er wissen.

»Das Problem ist ziemlich neu. Der letzte Angriff erfolgte vor einer halben Stunde. Unsere Firewall ist sehr komplex und für alle gängigen Angriffe gewappnet, gegen die aktuellen aber machtlos. Meines Erachtens muss hinter diesen Aktionen eine Organisation stecken, die das entsprechende Know-how hat. Das können nur Spezialisten.«

Francesco erhob sich und trat ans Fenster. Stumm wartete Luigi auf seine Reaktion. Schließlich drehte er sich wieder um.

»Willst du damit sagen, dass eine Behörde dahintersteckt ... oder etwa die Konkurrenz?«

»Beides ist nicht auszuschließen.«

»Was schlägst du vor?« Francesco sah seinen Cousin durchdringend an.

»Es gibt da eine Gruppe von Hackern, die sich *Digital Busters* nennt. Das sind absolute Freaks, die sich auf Erpressung von Regierungen und Konzernen spezialisiert haben. Verrückte, die sich in NATO-Rechner hacken und Waffensysteme manipulieren. Wenn man denen eine entsprechende Summe bietet, könnten sie sicher herausfinden, wer uns da angreift. Ich habe da einen Kontakt, den ich mal ansprechen könnte.«

»Wer sagt uns, ob die uns dann nicht erpressen? Welche Alternative haben wir?«

Luigi zuckte mit den Schultern. »Wir könnten dann nur noch *HEAVEN3* abschalten. Aber selbst dann blieben unsere Spuren erhalten. Das Netz vergisst nichts.«

Francesco verzog das Gesicht. »Sprich mit deinem Kontakt und checke mal die Optionen ab. Wir müssen das Problem unter allen Umständen unterbinden! Biete ihnen genug Geld an. Von mir aus hast du freie Hand. Ich erwarte aber auch Ergebnisse! Du verstehst, was ich meine?«

Luigi verließ das Büro. Ganz wohl war ihm bei der Sache nicht. Diese Hackertypen waren ziemlich gefährlich und unberechenbar.

Das Phantom saß vor dem Fernseher und sah sich eine späte Talkshow an. Er hatte das Gerät ziemlich leise gestellt, um das Signal seines Rechners nicht zu überhören, wenn der ihm die Beendigung des Suchlaufs mitteilte. Etwa eine Stunde nach Mitternacht schreckte ihn ein Klingelton aus seinem Schlummer. Das Phantom sprang auf und eilte zum Computer. Die Zahlenreihen standen still. Auf der letzten Zeile stand eine IP-Adresse, die das Suchprogramm als Ursprungsrechner von *Hades* identifiziert hatte. Das Phantom kopierte diese IP-Adresse und gab sie in ein anderes Rechercheprogramm ein, das im Internet für jedermann frei zugänglich angeboten wurde. Einen Sekundenbruchteil später konnte er den Standort des Rechners mit der ermittelten IP-Adresse einsehen. Ein weiterer Klick öffnete eine Landkarte, auf der der Standort markiert war. Nachdem er die Bildschirmdarstellung vergrößert hatte, zog er ungläubig die Augenbrauen in die Höhe. Mit allem hätte er gerechnet, nur nicht damit. Als er sich wieder etwas gefangen hatte, dachte er nach. User *Hades* hatte sich auf *HEAVEN3* zwar registrieren lassen, aber bisher noch keine Ware bestellt. Er konnte sich zwar nicht vorstellen, dass Hades tatsächlich in derartige menschliche Abgründe verstrickt war, aber seine Erfahrung belehrte ihn eines Besseren. Menschliche Abgründe gab es in jeder Bevölkerungsschicht.

Das Phantom überlegte, wie er vorgehen sollte. Wenn er abwartete, bis *Hades* tatsächlich bestellte, ging er das Risiko ein, dass die Betreiber der Plattform die Bestellung auch ausführten und er nicht rechtzeitig eingreifen konnte, um Kinder vor Schaden zu bewahren. So war es in den beiden Fällen geschehen, in denen er seine Strafaktionen durchgeführt hatte. Dass er die Opfer nicht hatte retten können, bedrückte ihn sehr. Noch einmal würde er das unter allen Umständen zu verhindern wissen.

Er aktivierte wieder das Suchprogramm, das auch eine Funktion beinhaltete, mit deren Hilfe man die Aktivitäten bestimmter User überwachen konnte. Sobald *Hades* in irgendeiner Form auf *HEAVEN3* aktiv werden würde, bekam er eine Nachricht. Er ging ins Bad und legte sich ins Bett. Die Tür seines Schlafzimmers ließ er offen, damit er das Signal nicht überhörte. Er hatte den leichten Schlaf eines Jägers.

Sein erster Weg am nächsten Morgen führte ihn zum Computer. Er war in der Nacht nicht geweckt worden, folglich waren von dem Wächterprogramm keine Aktivitäten von *Hades* registriert worden. Was hatte das zu bedeuten? Weswegen hatte sich dieser User auf *HEAVEN3* registriert, wenn er die Möglichkeiten der Plattform nicht nutzte? Das Phantom machte sich fertig, um zur Arbeit zu gehen. Er ließ den Computer weiterlaufen, da dadurch das Wächterprogramm weiter aktiv blieb. Über sein Smartphone hatte er die Möglichkeit, eventuelle Warnungen des Wächters zu empfangen.

24

Simon Kerner war den ganzen nächsten Tag intensiv beschäftigt. Am Morgen besuchte er eine Dienstbesprechung der Polizeidienststellen im Landkreis Main-Spessart in Lohr, die fast bis zum Mittag dauerte. Anschließend besuchte er Theresa Schönbrunn im Krankenhaus, da dies in unmittelbarer Nähe lag. Noch immer war sie stark sediert, erkannte ihn aber offensichtlich, denn sie schenkte ihm ein schwaches Lächeln. Obwohl eine Kommunikation fast nicht möglich war, erzählte ihr Kerner ein bisschen aus dem Büroalltag und richtete ihr Grüße von den Kollegen aus. Zwischendurch liefen ihr Tränen über die Wangen, ohne dass sie ein Wort sprach. Kerner wusste nicht so recht, wie er sich verhalten sollte. Regte sie seine Anwesenheit zu stark auf? Er blieb noch einen Moment, dann streichelte er ihr, einem spontanen Impuls folgend, über den Handrücken und verabschiedete sich mit dem Versprechen wiederzukommen. Als er die Tür öffnete, war Frau Schönbrunn bereits eingeschlafen. Er warf ihr einen letzten Blick zu. Im Schlaf hatten sich ihre Gesichtszüge etwas entspannt. Für einen Augenblick hatte er so etwas wie ein Déjà-vu. Steffis Gesicht hatte beim Schlafen einen ähnlich sanften Ausdruck gehabt. Er schob den Gedanken energisch beiseite und verließ das Krankenzimmer.

Auf dem Flur stieß Kerner zufällig auf den behandelnden Arzt. Er sprach ihn an und fragte ihn, ob die Gesundung der Patientin Fortschritte mache. Der Mediziner wusste, dass die junge Frau keine Angehörigen hatte, und entschied sich daher, seine ärztliche Schweigepflicht etwas zu lockern.

»Die Patientin ist nach wie vor stark traumatisiert. Sie schläft viel, was wesentlich zur Gesundung beiträgt. Wir haben die Dosis der Medikamente etwas reduzieren können. Es wird aber noch geraume Zeit dauern, bis wir darauf völlig verzichten können.«

»Ist es gut, sie zu besuchen? Oder regt man sie dadurch zu sehr auf?«

»Besuche sind schon in Ordnung, zumal sie, wie ich weiß, keine Verwandten hat, die sich kümmern könnten. Sie sollten dabei aber keine problematischen Themen berühren. Früher oder später wird sie sich mit ihrem Verlust auseinandersetzen müssen, aber das wäre jetzt auf jeden Fall zu früh.«

Simon Kerner bedankte sich bei dem Arzt, dann verließ er das Krankenhaus. Bei jedem Besuch merkte er, wie sehr ihn das Schicksal der jungen Frau berührte. Lag es vielleicht daran, dass er selbst sich mit einem schwerwiegenden Verlust auseinandersetzen musste? Der Tod seiner Lebensgefährtin war sicher schwerwiegend, aber um wie viel schrecklicher musste für eine Mutter der Verlust eines Kindes sein? Kerner setzte sich in sein Auto und fuhr nach Gemünden zurück. In einer Stunde traf er sich mit dem Kollegen Hansen. Da der neue Kollege einige Prozessverfahren von ihm übernahm, wollte er mit ihm den jeweiligen Stand durchsprechen.

Während der Fahrt beschäftigten sich seine Gedanken unwillkürlich wieder mit *HEAVEN3*. Er hatte einen Entschluss gefasst. Bevor er einen Alleingang wagte, musste er herausfinden, ob Ivo etwas erreicht hatte. Kerner wollte nicht drängeln, aber wenn das rechtsmedizinische Gutachten von Dr. Karaokleos an die Staatsanwaltschaft hinausging, würde er mit Einschränkungen rechnen müssen. Im Gerichtsgebäude angekommen ging er in das Vorzimmer seines Büros, da er wissen wollte, ob für ihn Anrufe gekommen waren.

»Herr Kerner«, sagte seine Sekretärin zu ihm, »Herr Hansen hat mich gebeten, Ihnen auszurichten, dass er den Termin mit Ihnen nicht wahrnehmen kann, da er kurzfristig einen Termin bei seiner Kfz-Werkstatt erhalten hat. Bei seinem Wagen sei der TÜV fällig. Er bittet um Verständnis.«

Kerner nahm das zur Kenntnis und verschwand in seinem Büro. Die Besprechung mit Hansen hatte keine hohe Priorität.

Kerner schenkte sich eine Tasse Kaffee ein und griff zum Mobiltelefon. Es war sonst nicht seine Art zu drängeln, aber die Angelegenheit brannte ihm auf den Nägeln.

Ivo Stöber nahm schnell ab. Als er Kerner erkannte, senkte er die Stimme.

»Ich kann im Augenblick nicht sprechen. In einer halben Stunde mache ich eine Pause, dann werde ich dich zurückrufen.«

»Das ist o. k. Sag mir nur so viel: Hast du etwas ausrichten können?«

»Ja«, kam knapp die Antwort, dann wurde das Gespräch unterbrochen.

Diese kurze Silbe ließ Kerner wie elektrisiert zusammenfahren. Bedeutete »JA«, dass der Computerspezialist dieses spezielle Suchprogramm benutzt hatte? Oder bedeutete es darüber hinaus, dass er auch etwas herausgefunden hatte? So schwer es Kerner fiel, er musste sich gedulden. Sein Blick huschte über den Schreibtisch auf der Suche nach einer Arbeit, mit der er dreißig Minuten sinnvoll verbringen konnte. Eine größere Sache wollte er nicht anfangen, da ihm hierzu die Konzentration fehlte. In diesem Augenblick klingelte sein Diensttelefon auf dem Schreibtisch. Kerner zuckte zusammen, aber sofort war ihm klar, dass das nicht Ivo sein konnte, da der ihn sicher nicht auf dem Dienstanschluss anrufen würde. Auf dem Display erkannte er die Nummer von Eberhard Brunner. Er nahm ab. Sie begrüßten sich kurz, dann erklärte der Leiter der Mordkommission ernst: »Dr. Karaokleos hat mich gerade angerufen. Der Staatsanwalt sitzt ihm im Nacken. Er kann das Gutachten nicht länger zurückhalten. Morgen gibt er es in die Post. Spätestens ab übermorgen musst du also mit einer Reaktion des Landgerichtspräsidenten rechnen. – Es tut mir leid.«

Simon Kerner atmete tief und hörbar durch. »Kann man nichts machen. Ich danke dir auf jeden Fall für die Information.«

»Hat Ivo schon etwas ausrichten können?«, wollte Brunner wissen.

Kerner überlegte eine Sekunde, dann verneinte er die Frage. Er wollte den Freund nicht mit hineinziehen.

»Wenn du in irgendeiner Form Unterstützung brauchst, lass es mich wissen.« Brunner klang besorgt. »Wenn es klappt, werde ich dich morgen nach Dienstschluss mal wieder besuchen.«

Kerner äußerte seine Freude, dann beendeten sie das Gespräch.

Endlich meldete sich Kerners Mobiltelefon. Laut der Nummernanzeige handelte es sich um den erwarteten Anruf von Ivo. Hastig ging er dran.

»Also, ich will mich kurzfassen«, erklärte Ivo ohne Begrüßung, »weil ich hier im Hof des Präsidiums stehe und nicht weiß, wie lange ich noch ungestört bin.« Er machte eine kleine Pause, dann fuhr er fort: »Ich konnte die bewusste Recherche durchführen. Es gab einige computertechnische Schwierigkeiten, auf die ich nicht näher eingehen will, da sie für dich nicht relevant sind. Jedenfalls habe ich schon einmal ein Zwischenergebnis. Du solltest dich bei deinen Überlegungen einmal mit Frankfurt am Main beschäftigen.«

»Geht es noch genauer?«

»Ich komme heute am späten Nachmittag mal vorbei, dann können wir alles besprechen.«

Kerner vernahm durch den Hörer plötzlich Stimmen im Hintergrund.

»Ich muss jetzt Schluss machen!«, sagte Ivo. Das Gespräch wurde unterbrochen.

Simon Kerners Herz schlug deutlich heftiger. Beiläufig warf er einen Blick auf die Armbanduhr. Er hatte noch ein paar Verwaltungsangelegenheiten zu erledigen, dann konnte er gehen.

Als Ivo vor dem Haus vorfuhr, war es kurz nach achtzehn Uhr. Wenig später fanden sie sich im Wohnzimmer wieder. Während Kerner seinem Gast ein Glas Wasser anbot, fuhr dieser seinen Laptop hoch und startete ein Programm.

»Wenn herauskommt, dass ich mir eine Kopie des Programms auf meinen Laptop gezogen habe, bin ich meinen Job los«, erklärte er, grinste dabei aber verschmitzt.

»Im Büro kann ich die erforderlichen Suchläufe nicht durchführen, da jede Programmnutzung protokolliert wird. Das Anfertigen einer Kopie erstaunlicherweise nicht. Ich habe schon mal zuhause einen Suchlauf durchgeführt, will dies hier aber noch einmal wiederholen. Das Ergebnis war zu ungenau.«

Kerner bewunderte die Risikobereitschaft des jungen Mannes. Ivo begann wie wild die Tastatur zu bearbeiten. Das Geschehen auf dem Bildschirm wechselte so schnell, dass Kerner dem nicht folgen konnte. Irgendwann lehnte sich Ivo zurück.

»… und?« Kerner musste zugeben, dass seine Geduld ziemlich strapaziert wurde.

»Wenn das Programm keinen Fehler gemacht hat, gehört die gefundene IP-Adresse zu einem Rechner im Trianon Tower, einem Geschäftshochhaus im Frankfurter Bankenviertel.«

Simon Kerner zog erstaunt die Augenbrauen in die Höhe. »Das heißt, er steht mitten in Deutschland! Das hatte ich nicht erwartet.« Er dachte angestrengt nach, dann fuhr er fort: »In diesem Gebäude gibt es doch sicher jede Menge Banken, Firmen und dergleichen. Lässt sich der Standort im Gebäude nicht näher eingrenzen?«

Ivo schüttelte den Kopf. »Der Rest ist Ermittlungsarbeit.«

Simon Kerner wies mit dem Finger auf den Bildschirm. »Könntest du bitte mal nachsehen, ob das Netz über die im Trianon Tower ansässigen Firmen etwas hergibt?«

Der junge Mann zuckte mit den Schultern und gab unter Google den Namen als Suchbegriff ein. Es dauerte nur einen Sekundenbruchteil, dann wurde das Ergebnis angezeigt. Langsam drehte er den Laptop zu Kerner herum, damit der die Seite lesen konnte.

Als Simon Kerner unter den ansässigen Firmen auf *Alushi Im- und Export* stieß, dachte er sich noch nichts Besonderes dabei. Wenig später fiel sein Blick aber auf den Namen des Inhabers: Francesco Michelangelo Trospanini. Der Schock, der daraufhin durch seinen Körper raste, war so brutal, dass er für einen Moment nicht mehr klar denken konnte. Eines war für Kerner sicher: Hierbei handelte es sich nicht um einen Zufall. Wie im Zeitraffer sausten die Bilder aus der Vergangenheit durch seinen Kopf. Seit den Ereignissen um die Ausschaltung der Main-Spessarter Mafiafamilie des Paten Don Francesco Emolino durch ihn waren Jahre vergangen. Das Auftauchen des Familiennamens des damaligen Consigliere des Paten, Michelangelo Trospanini, traf ihn wie ein Schlag in die Magengrube. Die Zusammenhänge waren aber unübersehbar: Der Geschäftsführer von *Alushi Im- und Export* trug den Vornamen des Paten und den seines Vaters. Kerner fiel es wie Schuppen von den Augen. Jetzt wusste er, weswegen bei den ermordeten Kindern seine DNA gefunden wurde. Trospanini war offensichtlich mit *HEAVEN3* in den Menschenhandel eingestiegen. *Alushi Im- und Export* diente anscheinend als Tarnung. Der Nachkomme von Michelangelo Trospanini hatte sich offenbar vorgenommen, an Simon Kerner Rache zu üben und ihn beruflich und gesellschaftlich zu zerstören. Es gab keine andere Erklärung!

Ivo sah Kerner besorgt an. Diesem war alle Farbe aus dem Gesicht gewichen und er starrte wie hypnotisiert auf den Bildschirm.

»Alles okay?«, wollte Ivo wissen.

Kerner wurde aus seinem Schock herausgerissen.

»Ja …, ja … alles klar«, gab er stotternd zurück. »Ich war nur etwas überrascht, dass der Server für *HEAVEN3* nur eine knappe Autostunde von uns entfernt steht. Das ist ja praktisch vor der Haustür.«

»Wie geht's jetzt weiter? Soll ich Eberhard Brunner informieren?«

Kerner verneinte hastig. »Nein, nein, das lassen wir vorerst mal. Eberhard ist in Frankfurt nicht zuständig. Derartige Informationen muss er an die dortige Kripo weitergeben. Wenn die dann das Ermitteln anfängt, wird das scheue Wild vielleicht vergrämt. Ich denke, ich werde mich erst mal ganz diskret dort umsehen. Und ich wäre dir dankbar, wenn du gegenüber Eberhard ein paar Tage Stillschweigen wahren würdest. Zumindest, bis ich mehr weiß.«

Ivo zog die Augenbrauen in die Höhe. Man merkte ihm an, dass er mit Kerners Entscheidung nicht ganz einverstanden war. »Gut, achtundvierzig Stunden«, erklärte er schließlich, »danach muss gehandelt werden.«

Für Simon Kerner gab es keinen Zweifel, er war im Begriff, wieder einmal ein hohes Risiko einzugehen. Er surfte etwas auf *HEAVEN3* herum, dann loggte er sich wieder aus. Kerner beschloss, am nächsten Tag nicht ins Büro zu gehen. Morgen würde er dem Trianon Tower in Frankfurt einen Besuch abstatten. Wenig später betrat er sein Arbeitszimmer. Den Waffenschrank hatte er nach seiner Rückkehr von der Pilgerreise nur einmal geöffnet, um nachzusehen, ob alles in Ordnung war. Mit einem saugenden Geräusch öffnete sich die schwere Tresortür und gab den Blick auf Kerners gesamtes Waffenarsenal frei. Die Jagdwaffen ließ er unbeachtet. Er griff sich seinen Revolver, öffnete die Trommel und ließ sie surrend rotieren. Die Waffe war nicht geladen. Noch immer verfügte er über die dienstliche Waffenerlaubnis, die es ihm gestattete, diesen Revolver zum Eigenschutz zu führen. Ihm war klar, dass er sich mit seinem Vorhaben am Rande des Rechts bewegte. Es war ein Schritt in die Höhle des Löwen. Simon Kerner nahm zwar nicht an, dass Trospanini ihn offen körperlich angreifen würde, aber mit Sicherheit verfügte er über ausreichend Helfer, die ihm die Drecksarbeit abnehmen würden. Ohne Waffe konnte er das nicht riskieren. Er nahm eine Patronenschachtel aus einem innenliegenden Munitionsfach und schob sechs Patronen in die Trommel des Revolvers. Seine Wahl fiel auf Hohlspitzgeschosse, die sich durch eine hohe mannstoppende Wirkung auszeichneten. Anschließend stecke er die Waffe in das Holster zurück, das er sich hinter den Gürtel schob. Dann schloss er den Gewehrschrank, setzte sich ins Wohnzimmer und legte den Revolver auf den Tisch. Das Gefühl, etwas tun zu können, baute ihn auf. Kerner griff nach der Fernbedienung und schaltete die Nachrichten ein. Die Worte des Sprechers rauschten an ihm vorüber.

25

Das Phantom hatte sich an seinem Arbeitsplatz telefonisch entschuldigt. Nachdem er nun wusste, wer sich hinter dem User *Hades* verbarg, war er nicht in der Lage, zur Tagesordnung überzugehen. Den ganzen Tag über ließ er den Bildschirm nicht aus den Augen. Sobald *Hades* sich einloggte, würde er handeln. Seine Geduld wurde auf eine harte Probe gestellt. Es war kurz nach achtzehn Uhr, als der Wächter ein Alarmsignal auslöste. Das Phantom stürzte sich auf die Tastatur und kontrollierte *Hades'* Aktivitäten. Gab er eine Bestellung auf? Längere Zeit tat sich gar nichts. *Hades* surfte nur auf der Seite herum. Nach einer guten Stunde verschwand *er* wieder von *HEAVEN3*, ohne eine für das Phantom relevante Aktion durchgeführt zu haben.

Das Phantom traf eine Entscheidung. Die Zeit des Abwartens war vorbei. Er musste wieder handeln. Während er auf die Nacht wartete, packte er seine Utensilien zusammen. Er bereitete sich auf alle Eventualitäten vor. Schließlich wusste er nicht, wie seine Zielperson reagieren würde. Es war ihm schon zu Ohren gekommen, dass sich der Mann wehren konnte. Als er aufbruchbereit war, sah er auf die Armbanduhr. Eine Stunde Schlaf konnte er sich noch genehmigen. Das Phantom legte sich auf die Wohnzimmercouch, stellte die Weckfunktion seines Smartphones und schloss die Augen. Es ging nur darum, ein bisschen zu entspannen. Für sein Vorhaben benötigte er ausgeruhte Nerven und musste absolut wach sein. Nach wie vor lief das Wächterprogramm auf seinem Computer. Von *Hades* kam keine weitere Meldung. Der User war wieder völlig inaktiv.

Luigi gelang es erstaunlich schnell, einen ersten Kontakt zu dem ihm bekannten Mitglied der *Digital Busters* herzustellen. Hierzu besuchte er einen Computer-Store in der Nähe des Rathauses in Frankfurt und fragte nach Bit. Der Ladeninhaber sah ihn mit zusammengekniffenen Augen an und erklärte, er würde keinen Bit kennen. Luigi ignorierte das, nannte seinen Namen und bat um einen eiligen Anruf auf sein Handy. Die Nummer hinterließ er auf einem Zettel, dann ging er wieder. In der Nacht, weit nach Mitternacht, läutete sein Handy. Bit war dran und wollte wissen, was Sache sei. Nachdem Luigi sein Anliegen umrissen hatte, ohne ins Detail zu gehen, verlangte der Hacker ein Treffen zwei Stunden später im Glacis in Würzburg in der Nähe der Löwenbrücke. Der Italiener verspürte eigentlich keine große Lust, mitten in der Nacht von Frankfurt nach Würzburg zu fahren, sah aber keine Alternative. Eine halbe Stunde später setzte er sich in seinen Porsche Cheyenne und raste über die fast leere Autobahn in die unterfränkische Metropole.

Bit ließ ihn geraume Zeit warten. Nervös marschierte Luigi über den Sandweg der genannten Grünanlage, die kurz nach zwei Uhr völlig menschenleer war. Plötzlich tauchte wie aus dem Nichts kommend, eine dunkel gekleidete Gestalt neben ihm auf.

»Bleib stehen! Heb die Arme!«, zischte der Hacker, dessen Gesicht unter einer Kapuze im Dunkeln lag. Luigi befolgte verwundert die Aufforderung, woraufhin der Mann ihn gründlich filzte. Offenbar suchte er nach Waffen oder einem Abhörgerät. Da er nichts fand, gab er ein zufriedenes Brummen von sich und zeigte auf eine nahe Parkbank. Sie stand an der finstersten Stelle zwischen zwei Laternen.

»Weshalb hast du mich kontaktiert?«, fragte Bit knapp.

Luigi schilderte ihm die Problematik. »Ich wüsste gerne, wer uns da angreift. Außerdem hätte ich gerne eine Verstärkung unserer Firewall, damit wir nicht mehr angreifbar sind. Und zwar möglichst schnell.«

»Zwei Millionen in Bitcoins im Voraus. Wenn ihr nicht zahlt, werden wir uns eure Rechner etwas genauer ansehen. Du weißt, was das bedeutet?«

Luigi verstand die Drohung. Er begab sich gerade in die Hand des Teufels und musste nun nach dessen Pfeife tanzen. Da gab es nichts zu verhandeln.

»Einverstanden«, erklärte er knapp.

»Du bekommst noch heute Nacht eine verschlüsselte E-Mail, in der du die Bankverbindung erfährst. Sobald das Geld eingegangen ist, werde ich mich mit dir in Verbindung setzen. Wir benötigen dann freien Zugang zu eurem System.«

Bit erhob sich und verschwand in der Dunkelheit. Luigi blieb noch einen Moment sitzen. Der Preis war hoch, aber immer noch besser, als von irgendwelchen anderen Hackern erpresst zu werden. Luigi erhob sich und eilte zurück zu seinem Auto. Sobald er die Mail erhielt, würde er umgehend den Betrag überweisen.

Simon Kerner erwachte mitten in der Nacht. Wieder riss ihn der schreckliche Traum aus dem Schlaf. Er versuchte in die Realität zurückzufinden. Sehr schnell wurden die Traumbilder von den belastenden Geschehnissen der letzten Tage verdrängt. Er warf einen Blick auf den Wecker. Vier Uhr. An Schlaf war nicht mehr zu denken. Kerner erhob sich und schlüpfte in seinen Jogginganzug. Nachdem er sich an der offenen Kühlschranktür an einer Flasche Mineralwasser erfrischt hatte, öffnete er die Verandatür und trat ins Freie. Die Beleuchtung ließ er aus, stattdessen entzündete er eine Kerze, deren sanfter Schein nicht blendete. Die Nacht war angenehm lau. Kerner setzte sich auf die Hollywoodschaukel, legte den Kopf auf das Rückenkissen und starrte in den Himmel, wo sich die Sterne deutlich abzeichneten. Hin und wieder erkannte man die Blinklichter eines Flugzeugs. Kerners Entschluss, am nächsten Morgen dem Trianon Tower einen Besuch abzustatten, stand fest. Er war nicht bereit, die Bedrohung durch Trospanini einfach so hinzunehmen. In diesem Fall wählte er den Angriff, da dies die beste Verteidigung darstellt. Es stand ihm bis oben hin, manipuliert und bedroht zu werden. Bei diesen Gedanken sank sein Kopf langsam zur Seite. Der Schlaf holte ihn ein.

Das Phantom lenkte seinen Wagen ein Stück in die Straße hinein, in der seine nächste Beute wohnte, dann parkte er ihn etliche Meter vom Haus entfernt, da er die Aufmerksamkeit nicht auf sich lenken wollte. Es war noch dunkel. Bis die Sonne aufging, würden noch ein paar Stunden vergehen. Seine Utensilien trug er in einem Rucksack, den Elektroschocker hatte er griffbereit in der Außentasche seiner Jacke. Das Phantom musste sich eingestehen, sehr nervös zu sein. Diese Beute war sehr speziell. Wesentlich spezieller als alle davor. Fehler durfte er sich nicht erlauben, denn eine zweite Chance würde er wohl nicht bekommen. Wenn er seinen Einsatz erfolgreich abschloss und dieser Mensch die verdiente Bestrafung erhalten hatte, würde der Donnerhall dieses Skandals durch das ganze Land ziehen. Das Phantom folgte der einseitig bebauten Wohnstraße auf der Waldseite. Oberhalb einer mit Büschen und Sträuchern bewachsenen Böschung folgte er im Schutz der ersten Bäume einem parallel verlaufenden Waldweg. So hatte er einen guten Blick auf die Häuser. Nach ungefähr hundert Schritten lag das Eigenheim seines Opfers unter ihm. Es war das letzte Gebäude in dieser Sackgasse. Danach folgte nur noch ein Wendehammer. Das Phantom ließ sich Zeit. Alle Fenster waren dunkel. Der stille Beobachter setzte sich oberhalb der Böschung auf den Waldboden und musterte das Gebäude eingehend. Er durfte bei seinem Vorhaben kein Risiko eingehen. Nach einer halben Stunde gewöhnten sich seine Augen so an die Dunkelheit, dass er in der Lage war, alleine durch das Sternenlicht die nähere Umgebung des Hauses in allen Einzelheiten wahrzunehmen. Irgendwann glaubte er an der Seite des Gebäudes einen leichten Lichtschimmer zu erkennen. Dieser war so schwach, dass er einige Zeit dachte, einem Irrtum erlegen zu sein. Schließlich erhob er sich und machte einige Schritte nach rechts, so dass er die Seite des Hauses, die in Richtung Wald wies, besser einsehen konnte. Jetzt sah er es deutlicher. Auf der Rückseite des Hauses, wo sich vermutlich ein Garten befand, schimmerte ein schwacher, aber konstanter Lichtschein. Das Phantom, das ursprünglich vorhatte, das Grundstück von der Straßenseite her zu betreten, verwarf diesen Plan. Stattdessen schob er sich durch die Büsche, bis sich ihm der freie Blick auf den Garten und eine Veranda bot. Jetzt sah er auch die Lichtquelle. Eine Kerze, die einen Mann erhellte, der auf einer Hollywoodschaukel saß und offenbar schlief. Seine Beute! Das Phantom fühlte Jagdfieber! Dann aber zwang er sich zu kühlem Denken. Eigentlich war es ein positiver Wink des Schicksals, den Mann so problemlos greifen zu können. Trotzdem durfte er sich nicht zum Leichtsinn verführen lassen. Er nahm seinen Rucksack von der Schulter und holte ein Etui heraus. Schnell entnahm er eine Spritze, deren Kanüle mit einer Plastikhülle geschützt war, und steckte sie in die Brusttasche seiner Jacke. Der Elektroschocker steckte griffbereit daneben. Am Ende zog er sich noch Gummihandschuhe an und die Maske über das Gesicht. Mit einer geschmeidigen Bewegung warf er sich den Rucksack über den Rücken, dann näherte er sich dem Zaun des Grundstücks.

Das Sternenlicht reichte aus, um eine geeignete Stelle zu finden, wo er den Zaun übersteigen konnte. Das Hindernis war zwar nicht höher als seine Beine lang, aber beidseitig dicht bewachsen. Schließlich wurde er fündig und konnte auf die andere Seite klettern. Dort ging er sofort in der Deckung einiger Büsche in die Hocke. Seine Beute schlief offensichtlich immer noch tief und fest. Der Eindringling ließ seinen Blick über das Grundstück gleiten. Er suchte eine Möglichkeit, sich dem Schlafenden zu nähern, damit er ihn mit dem Schocker lähmen konnte. Das wäre der halbe Sieg. Der Inhalt der Spritze würde dann schnell den Rest erledigen. Das Phantom entschloss sich, die Veranda über den Grünbereich des Grundstücks zu umrunden und den Schocker von hinten am Hals seines Opfers anzusetzen. Kurz entschlossen setzte das Phantom seinen Plan in die Tat um. Völlig geräuschlos huschten seine Schuhe über die Grasnarbe, dabei ließ er seine Beute keinen Augenblick aus den Augen. Wenig später hockte er in der Deckung der Hollywoodschaukel hinter dem Schlafenden und griff nach dem Elektroschocker. Er atmete tief durch, dann erhob er sich und presste die Kontakte des Geräts zielsicher gegen den Hals des Opfers. Der Mann bäumte sich kurz auf, gab einige röchelnde Geräusche von sich und brach in sich zusammen. Das Phantom stieß heftig die Luft aus, dann griff er sich den Arm des Bewusstlosen, schob den Ärmel des Jogginganzugs nach oben, befreite die Nadel der Spritze mit den Zähnen von ihrer Schutzhülle und stach sie ihm in den Arm. Gleichmäßig injizierte er eine hohe Dosis *Propopholium*. Von dem Betäubungsmittel hatte er sich im Darknet einen reichlichen Vorrat besorgt. Jetzt trat er aus seiner Deckung und stellte sich vor seine Beute. Es wollte ihm nicht in den Kopf, dass ein Mann mit einer derartigen Reputation bei solchen Abartigkeiten seine Befriedigung fand. Er zuckte mit den Schultern. Eigentlich war er schon seit

Jahren desillusioniert, was die Moral auch der gehobeneren Bevölkerungsschichten betraf. Er würde ihn später danach fragen. Zunächst musste er ihn aber erst einmal von hier wegschaffen. Die Kontrolle des Pulses war zufriedenstellend. Er fesselte ihm die Hände und Füße mit Kabelbinder, dann trug er ihn über die Verandatür ins Haus. Das Gewicht seiner Beute war beachtlich. Drinnen warf er ihn auf die Couch. Zeit, sein Auto zu holen. Während er auf die Straße eilte, zog er sich die Maske vom Gesicht. Mit dem zwischen die Tür geklemmten Fußabstreifer sicherte er sich den Zugang zum Haus. Der Kangoo wartete an der Stelle, wo er ihn verlassen hatte. Den Rucksack ließ er auf den Rücksitz fallen. Ohne das Licht einzuschalten, drehte er das Fahrzeug am Wendehammer und stoppte direkt vor dem Haus seines Opfers. Er öffnete den Kofferraum, dann betrat er das Gebäude. Der Mann lag noch immer regungslos an Ort und Stelle. Er wuchtete den schweren Körper erneut über die Schultern und verstaute ihn im Gepäckraum des Kangoo. Mit einer Decke tarnte er die leblose Gestalt, dann drückte er die Tür mit den Schultern zu, so dass sie nur leise klackte. Sicherheitshalber machte er noch einen Kontrollgang, ob er irgendwelche Spuren hinterlassen hatte. Anschließend zog er die Haustür zu, setzte sich hinters Steuer und fuhr los. Er musste sein Opfer noch während der Dunkelheit zu seinem geheimen Raum bringen. Es handelte sich dabei um einen Rübenkeller unter einer alten, etwas heruntergekommenen Scheune, die er von einer verwitweten Bäuerin in Stetten, einem kleinen Dorf, angemietet hatte. Die alte, alleinstehende Frau war froh gewesen, diese Scheune für ein paar Euro vermieten zu können, wodurch sie ihre Rente ein wenig aufbesserte. Das Phantom erklärte ihr, er wolle den Keller als Fitnessraum ausbauen. Der alten Frau war das gleichgültig. Die Scheune stand am Ende ihres ehemaligen landwirtschaftlichen Gehöfts, ein ganzes

Stück vom Wohnhaus entfernt, und war von hinten befahrbar. So konnte er problemlos dort auch nachts ein- und ausfahren, ohne dabei beobachtet zu werden. Während der Fahrt achtete er darauf, sich korrekt an die Geschwindigkeitsregeln zu halten. Eine Kontrolle durch eine Polizeistreife konnte er jetzt wirklich nicht gebrauchen. Einige Zeit später erreichte er Stetten. Eine herumstreunende Katze war das einzige Lebewesen, das ihm begegnete. Er bog auf einen Feldweg ab, der ihn nach gut hundert Metern an einem Streuobstgrundstück vorbei zum Hintereingang der Scheune brachte. Das Fahrlicht löschte er. Schnell stieg er aus und öffnete das große Scheunentor, das zwar etwas schief und verzogen in den Angeln hing, aber dank der gut gefetteten Scharniere keinerlei Geräusche verursachte. Nachdem er den Kangoo hineingefahren hatte, schloss er die Tore und verriegelte sie von innen. Im Dunkeln tastete er sich zu einer schweren, breiten Tür an der Seitenwand der Scheune. Er betätigte einen Lichtschalter und öffnete. Gedämpfter Lichtschein erhellte eine breite Steintreppe, die mit zwei Dutzend Stufen hinunter in die Tiefe führte. Unten stand er vor einer weiteren Tür modernerer Bauart, die an den Zugang zu einem Kühlraum erinnerte. Er legte den Schwenkhebel um, so dass sie sich mit einem saugenden Geräusch öffnen ließ. Im Inneren schaltete eine Automatik helle Leuchtröhren an. Mit einem Keil sorgte er dafür, dass sie nicht zufallen konnte, dann eilte er die Stufen hinauf, um seine Beute zu holen. Sicherheitshalber zog er sich wieder die Maske über den Kopf.

26

Simon Kerner spürte eine leichte Schaukelbewegung, die er sich nicht erklären konnte, da er sich ziemlich benebelt fühlte. Doch sein Bewusstsein kam erstaunlich zügig zurück. Er wehrte sich gegen das lähmende Gefühl, das den Körper noch immer gefangen hielt. Das pelzige Gefühl auf der Zunge erinnerte ihn heftig an den Moment, als er sich vor geraumer Zeit in den Händen von Organhändlern befand. Sie hatten ihn ebenfalls mit einem Narkosemittel betäubt.

Mühsam sammelte er Speichel im Mund, damit er schmerzfrei schlucken konnte. Das waren wahrscheinlich die Nachwirkungen des Elektroschocks, der ihn am Hals getroffen hatte. Noch ehe er die Augen öffnete, war ihm klar, hier hatte man ihn zusätzlich zu dem Stromschlag mit einem Betäubungsmittel ausgeschaltet. Nun nahm er das Motorengeräusch wahr. Langsam öffnete er die Augen. Er lag offenbar unter einer Decke im Kofferraum eines Autos und seine Hände und Füße waren gefesselt, die Hände zum Glück vor dem Körper. Er schob die Decke vorsichtig zur Seite. Nach wie vor umgab ihn Finsternis. Bei dem Fahrzeug handelte es sich anscheinend um einen Kastenwagen oder etwas Ähnliches. Kerner durchlebte die letzte Szene, an die er sich erinnern konnte. Vermutlich war er auf der Hollywoodschaukel auf seiner Veranda eingeschlafen. Der nächste Eindruck war der lähmende Schlag des Elektroschockers. Der Angriff hatte ihn völlig überrascht. Keine Ahnung, wer ihn da überfallen hatte. Seine sich steigernde Erregung vertrieb die letzten Schleier der Betäubung. Er zwang sich zu kühlem Denken.

Im Augenblick ging sein Entführer sicher davon aus, dass er unschädlich war. Er konnte ja nicht wissen, dass er schon immer eine Narkoseintoleranz gegenüber gängigen Betäubungsmitteln hatte. Bei der Bundeswehr war dieses Phänomen deutlich geworden, als er bei einem Spezialeinsatz eine Schussverletzung am Oberschenkel abbekam und er anschließend operiert werden musste. Sehr zum Schrecken des Operateurs wurde er während des Eingriffs plötzlich wach. Es musste während der OP eine sehr starke Dosis eines anderen Narkosemittels zusätzlich verabreicht werden, um ihn wieder ins Land der schmerzfreien Träume zu schicken. Später stellte man dann bei ihm eine Intoleranz gegen das gängige Narkosemittel *Propopholium* fest. Vermutlich hatte ihm sein Entführer dieses Mittel gespritzt. Mit jeder Minute wurde Simon Kerner klarer. Was blieb, waren heftige Kopfschmerzen, die er zu ignorieren versuchte. Kerner überlegte, wie er weiter agieren wollte. Er trug noch immer seinen Jogginganzug, in dem er sich auf seine Hollywoodschaukel gelegt hatte. In seiner Jeans hätte er ein Taschenmesser gehabt, das war hier natürlich nicht der Fall. Das Fahrzeug wurde langsamer und begann heftig in den Stoßdämpfern zu schaukeln. Vielleicht befuhr sein Entführer nun einen Feldweg, was auf das Ende der Fahrt hindeuten könnte. Natürlich machte sich Kerner Gedanken, wer ihn hier überwältigt hatte. Für diese Frage gab es eigentlich nur eine Antwort: Hinter der Attacke steckte Francesco Michelangelo Trospanini! Er hatte die Beweise bei den ermordeten Kindern manipulieren lassen, um ihn zu diskreditieren. Wahrscheinlich ging ihm das nicht schnell genug, so dass er ihm jetzt einen seiner Killer auf den Hals hetzte. Anders konnte es nicht sein! Es war allerdings nicht ganz verständlich, warum ihn der Kerl nicht schon auf der Veranda ermordet hatte. Wollte sich Trospanini vielleicht selbst an seiner Tötung beteiligen? Fragen, die er jetzt nicht beantworten konnte. Kerner musste zusehen, dass er den Vorteil, den er durch sein vorzeitiges Erwachen erlangt hatte, für sich nutzte. Wenn sein Entführer das Fahrzeug öffnete, war das Überraschungsmoment auf seiner Seite. Der Wagen hielt an. Der Motor lief weiter. Kerners Körper spannte sich. Jemand verließ das Auto. Würde jetzt der Kofferraum geöffnet werden? Einen Moment später stieg dieser Jemand jedoch wieder ein und der Wagen fuhr ein Stück weiter. Dann erlosch der Motor. Die Fahrertür öffnete sich wieder und schlug erneut zu. Dann drang plötzlich schwacher Lichtschein durch die hinteren Seitenfenster des Fahrzeugs. Weitere Geräusche waren zu hören, die er sich nicht erklären konnte. Seine Anspannung stieg. Er schob die Decke, die ihn bei seiner Aktion nur gestört hätte, in eine Ecke des Gepäckraums. Plötzlich tauchte hinter den Fenstern ein dunkler Schatten auf und näherte sich den Hecktüre. Kerner zog die Beine an. Der erste Tritt musste sitzen! Bedauerlicherweise trug er nur leichte Joggingschuhe, deren Sohlen ziemlich weich waren.

Das Türschloss klackte, beide Türen wurden gleichzeitig geöffnet. Sofort erfasste Kerner den Vorteil dieser Situation. Sein Entführer hatte beide Hände an den Türen und war auf den Angriff nicht gefasst. Ehe er sich's versah, schnellten Kerners Füße nach vorne. Der Tritt traf den maskierten Mann voll in die Genitalien, worauf dieser mit einem heiseren Aufschrei nach vorne sackte. Kerner hob die gefesselten Hände und ließ sie wie einen Hammer auf den Nacken des Mannes niedersausen, wodurch der Kopf des Entführers auf das Blech des Kofferraums knallte. Wie ein gefällter Baum brach er zusammen und regte sich nicht mehr. Hastig rutschte Kerner aus dem Kofferraum, um auf die Füße zu kommen. Hoffentlich hatte er dem Angreifer nicht das Genick gebrochen. Als er festen Stand hatte, merkte er, dass sich der Brust-korb seines Widersachers hob und senkte. Folglich war er nur besinnungslos. Kerner musste irgendwie seine Fesseln loswerden, um dann den Entführer zu fixieren. Er ließ sei-nen Blick durch die Scheune schweifen. Weit und breit war kein geeignetes Werkzeug zu sehen. Ihm war klar, dass die Wirkung seiner Hiebe nicht ewig anhalten würde. Gerade, als er sich wieder dem Betäubten zuwandte, gab der ein lei-ses Stöhnen von sich. Offenbar kam er wieder zu sich. Has-tig beugte sich Simon Kerner über seinen Entführer, um den Elektroschocker zu finden. Damit würde er ihn wieder ei-nige Zeit ruhigstellen können. Gerade als er seine Taschen durchsuchen wollte, machte der Mann unvermutet eine schnelle Bewegung und Kerner fühlte eine harte Berührung am Bauch. In gleicher Sekunde durchfuhr ihn ein Stromstoß, der ihn völlig lähmte. Halb ohnmächtig brach er über sei-nem Gegner zusammen.

Das Phantom kämpfte sich mühsam unter dem nun wider-standslosen Kerner hervor. Er hatte Mühe, den Schwindel zu überwinden, Folge des Schlages gegen seinen Kopf. Der Schmerz in der Leistengegend war erheblich und rang ihm ein Stöhnen ab. Die aggressive Reaktion seines Opfers hatte ihn völlig überrascht. Er konnte nicht nachvollziehen, wieso Kerner nicht betäubt war. Bei der Dosis des Narkosemittels, die er ihm gespritzt hatte, hätte der Mann noch mindestens zwei Stunden schlafen müssen. Es traf also zu, dass dieser Simon Kerner ein harter Bursche war, den man mit äußers-ter Vorsicht behandeln musste.

Das Phantom kämpfte sich mühsam auf die Beine. So-lange die Wirkung des Stromstoßes anhielt, musste er seine Beute an Ort und Stelle bringen und fixieren. Mit zusam-mengebissenen Zähnen packte er sein Opfer und zerrte es hastig die Treppe hinunter, wobei dessen Füße von Stufe zu Stufe holperten. Dabei löste sich die Fußfessel. Im Keller angekommen, versuchte er die schlaffe Gestalt Kerners auf den Behandlungstisch zu heben. Als er es endlich geschafft hatte, musste er einen Augenblick keuchend innehalten. Die Schmerzen im Genitalbereich waren durch die Anstrengung wieder aufgeflammt und raubten ihm die Kraft. Um sich Erleichterung zu verschaffen, ging er einen Moment in die Hocke. Dann ging es wieder. Er legte mit wenigen Handgriffen zwei der Fixiergurte über den Körper seines Gefangenen und zog sie lockerzu. Anschließend schleppte er sich zu dem Tisch an der Seite, auf dem seine Instrumente lagen. Hier lagen auch mehrere vorbereitete Betäubungsspritzen, von denen er sich eine griff. Bevor er sein Opfer auszog und mit den Gurten richtig fixierte, musste er auf Nummer sicher gehen. Er trat an Kerner heran, schob den Ärmel des Jogginganzugs nach oben und musterte die Armbeuge.

Das Holpern seiner Füße über die Treppenstufen hatten Simon Kerner schneller aus seiner Lähmung erwachen lassen. Da sein Entführer ihn in einer Art Rettungsgriff die Stufen hinunterzerrte, konnte Kerner unbemerkt seine Umgebung begutachten. Problematisch war, dass seine Hände noch immer gefesselt waren. Er wollte mit einem Angriff warten, bis seine Extremitäten ihm wieder vollständig gehorchten. Die Nachwirkungen des Elektroschocks schwanden dank des ausgeschütteten Adrenalins ziemlich zügig. Kerner merkte, dass der Mann nur einen Teil der Gurte zuzog, nachdem er ihn auf den Tisch gehoben hatte. Es blieb ihm noch genügend Spielraum. Durch die Augenschlitze beobachtete Kerner, wie der Kerl nach einer aufgezogenen Spritze griff. Offenbar wollte er ihn wieder betäuben. Als der Mann seinen Ärmel nach oben schob, kam für Kerner der Augenblick des Angriffs. Heftig bäumte er sich auf und führte einen wuchtigen Kopfstoß gegen das verdeckte Gesicht seines Peinigers, der daraufhin mit einem heiseren Aufschrei nach hinten taumelte. Die Spritze fiel zu Boden, die Nadel brach ab.

Wieder im Vollbesitz seiner Kraft löste Kerner mit seinen gefesselten Händen blitzschnell die Gurte und glitt vom Tisch. Sofort rückte er gegen seinen Entführer vor und attackierte ihn mit Karatetritten. Die momentane Schwäche seines Gegners nutzte er gnadenlos aus. Dabei achtete er darauf, dass dieser nicht nach seinem Elektroschocker greifen konnte. Kerner versetzte ihm einen harten Tritt in die Magengrube, worauf sein Widersacher nach Luft ringend zusammenbrach. Mit einem Blick erfasste Kerner seine Umgebung. Er nahm sich allerdings nicht die Zeit, sich über die Einrichtung des Raumes zu wundern. Es gab andere Prioritäten! Schnell ergriff er eines der Skalpelle, die auf dem Tisch neben den Spritzen lagen. Wie Butter durchtrennte das scharfe Messer Kerners Handfessel und er war frei. Sein Gegner bekam mittlerweile wieder einigermaßen Luft und wollte sich auf die Füße kämpfen.

»Rühren Sie sich nicht!«, fauchte Kerner ihn an. »Ich habe ein Skalpell in der Hand und keine Skrupel, es auch einzusetzen, wenn Sie eine falsche Bewegung machen!«

Mit einem resignierenden Laut ließ sich der Mann wieder in die sitzende Position sinken.

»Los, die Larve runter, ich will dein Gesicht sehen!«

Der Mann zögerte einen Augenblick, dann griff er langsam nach oben und zog sich die Maske vom Kopf. Von dem Nasenstoß war die untere Gesichtshälfte blutverschmiert. Trotzdem hatte Kerner keinerlei Probleme, ihn zu erkennen.

»Herr Hansen, Sie ...?«, dehnte er schockiert. Finstere Blicke schienen ihn zu durchbohren. Es trat eine längere Pause ein, in der sich Kerner erst einmal damit auseinandersetzen musste, dass sein Richterkollege offenbar ein kriminelles Doppelleben führte. Nachdem er sich wieder etwas gefasst hatte, stellte er nüchtern fest: »Sie sind also der große Unbekannte, der den Tod zweier Männer verschuldet hat. Es ist Ihnen wohl klar, dass das hier und jetzt ein Ende hat.«

Die Stimme Hansens klang bitter. »Ich habe lediglich zwei menschliche Bestien ihrer gerechten Strafe zugeführt. Ohne mich wären ihre Schandtaten niemals aufgedeckt worden. Das Gleiche gilt für Sie! Ich hätte niemals geglaubt, dass Sie genauso ein Schwein sind!« Er spuckte voller Ekel vor Kerner auf den Boden.

Kerner sah ihn eine Weile durchdringend an, dann meinte er: »Ich verstehe. Sie haben meinen Account auf *HEAVEN3* geknackt und daraus geschlossen, dass ich dort als Kunde aktiv bin.« Er schüttelte den Kopf. »Es ist nicht immer so, wie es auf den ersten Blick scheint.«

Kerner überlegte. Wenn er jetzt Brunner anrief, würde ziemlich viel Zeit vergehen und womöglich würde der Freund die von ihm, Kerner, geplante Fahrt nach Frankfurt unterbinden. Er musste einen halben Tag Zeit gewinnen. Kerner fasste einen Entschluss. Um Hansen nicht aus den Augen zu lassen, bewegte er sich langsam rückwärts auf den Tisch zu und hob eine Spritze auf. Nachdenklich betrachtete er den kleinen, durchsichtigen Zylinder, in dem eine gelbliche Flüssigkeit zu erkennen war.

»Ihr Pech und mein Glück war, dass ich eine Betäubungsmittelintoleranz habe. Sonst wäre ich jetzt wahrscheinlich genauso verstümmelt wie ihre beiden anderen Opfer.« Er warf die Spritze seinem Gegner in den Schoß. »Spritzen Sie sich das Zeug freiwillig oder muss ich Gewalt anwenden? Ich muss

Sie leider für einige Zeit ruhigstellen, weil ich noch etwas zu erledigen habe.«

Hansen dachte eine Sekunde nach. Offenbar wog er seine Möglichkeiten ab. Schließlich gab er auf. Er wusste, dass er gegen Kerner keine Chance hatte. Ja, wenn er seinen Revolver gehabt hätte. Aber der befand sich für ihn unerreichbar oben im Rucksack in seinem Wagen.

Simon Kerner wurde langsam ungeduldig. »Jetzt machen Sie schon! Meine Geduld hat Grenzen!«

Hansen gab einen knurrenden Laut von sich, dann schob er seinen Ärmel in die Höhe und stach sich die Nadel in die Armbeuge. Langsam drückte er den Kolben der Spritze hinunter. Es dauerte nur wenige Sekunden, dann sackte er in sich zusammen. Kerner wartete noch einen Moment, dann legte er das Skalpell zur Seite und packte den Mann von hinten über der Brust. Schwer atmend zerrte er Hansen zur Tür hinaus und die Treppe hinauf. Er musste dabei mehrmals absetzen, denn der schlaffe Körper war schwer zu transportieren. Oben angekommen hievte er Hansen in den Kofferraum des Kangoo. Auf der Suche nach einer Möglichkeit, seinen Gefangenen zu fesseln, stieß er auf dessen Rucksack, der auf dem Beifahrersitz des Wagens lag. Mit schnellen Handgriffen durchsuchte er ihn und fand dabei einen Revolver mit Schalldämpfer und ein Bündel Kabelbinder. Er pfiff leise durch die Zähne. Hätte Hansen seine Schusswaffe greifbar gehabt, wäre die Auseinandersetzung wohl anders ausgegangen. Kerner fesselte Hände und Füße des Mannes und vergewisserte sich, dass er sich nicht befreien konnte. Nachdem er den Wagenschlag zugeworfen hatte, eilte er die Treppe noch einmal hinunter, griff sich nach kurzer Überlegung noch zwei aufgezogene Spritzen, dann löschte er das Licht, schloss die Sicherheitstür und machte auch oben die Kellertür zu. Nach einem nochmaligen kurzen Kontrollblick auf Hansen setzte er sich in den Kangoo, startete den Motor und fuhr rückwärts aus der Scheune. Kerner löschte auch hier das Licht und schloss die Tore. Wenig später rollte er von dem Grundstück und lenkte das Fahrzeug in Richtung Partenstein. Er musste zuhause noch einige Sachen erledigen, ehe er sich auf den Weg nach Frankfurt machen konnte.

Noch knapp drei Stunden, dann würde die Nacht vom Tag abgelöst werden. Ein Tag, der für Simon Kerner schicksalhaft sein sollte.

Während der Heimfahrt bemerkte Kerner leichte Gleichgewichtsstörungen. Jetzt, wo sich der Adrenalinlevel in seinem Blut langsam absenkte, begann er die Nebenwirkungen des Narkosemittels zu spüren. Er war froh, dass auf der Straße praktisch kein Verkehr herrschte.

Vor seiner Garage hielt er an und stieg aus. Leichter Schwindel machte sich bemerkbar. Er öffnete das Garagentor und schob sich an dem Leihwagen vorbei. Wenn er Hansen über diesen Eingang transportierte, ersparte er sich das Jonglieren über den verwinkelten Flur. Mit einem Blick überzeugte er sich davon, dass in der Nachbarschaft alles ruhig war. Hansen lag noch immer völlig betäubt an Ort und Stelle. Bei ihm entwickelte das *Propopholium* seine volle Wirkung. Schwer atmend richtete Kerner den Mann in eine sitzende Position auf, dann stemmte er ihn sich über die Schulter. Keuchend trug er ihn ins Haus. Zuerst überlegte er, ihn in seinem Wildkeller einzusperren, sah aber dann davon ab. Er schleppte Hansen ins Wohnzimmer zu einem Sessel und setzte ihn dort ab. Es gab einen weiteren triftigen Grund, weswegen er ihn nicht sofort der Polizei übergab. Kerner wollte sich mit dem Mann unterhalten. Er wollte verstehen, was einen fähigen Juristen bewog, das Recht selbst in die Hand zu nehmen und sich als Rächer aufzuspielen. Vielleicht waren es ähnliche Motive, die auch ihn handeln ließen. Simon Kerner überprüfte sorgsam die Fesselung. Sicherheitshalber fixierte er die Beine noch an den Füßen des Sessels. Jetzt war er zufrieden. Wieder griff der Schwindel nach ihm und es deutete sich eine gewisse Schwäche an. In seinem Kopf dröhnte ein Presslufthammer. Kerner drückte die Hand gegen den Kopf. Ihm war klar, in diesem Zustand konnte er keine Konfrontation mit Trospanini wagen. Er musste sich erst etwas ausruhen. Im Bad fand er eine Schachtel Ibuprofen, ein Schmerzmittel, das Steffi immer vorrätig gehabt hatte, da sie häufiger unter Menstruationsschmerzen litt. Kerner nahm zwei, dann betrat er sein Arbeitszimmer, um seinen Revolver an sich zu nehmen. Die Waffe gab ihm ein Gefühl von Sicherheit. Danach ging er ins Wohnzimmer zurück. Er würde sich noch eine Stunde auf der Couch ausruhen, bevor er aufbrach. Wenn er auf Trospanini stieß, musste er fit sein. Sicherheitshalber würde er Hansen dann noch eine geringere Dosis des Betäubungsmittels nachspritzen, damit der Mann während seiner Abwesenheit auch sicher außer Gefecht blieb. Kerner stellte den Countdown seines Handys auf eine Stunde, dann legte er sich nieder und schloss die Augen. Innerhalb von einer Minute war er tief und fest eingeschlafen.

Francesco Trospanini saß in seinem Büro am Schreibtisch. Luigi besetzte den Stuhl ihm gegenüber. Wegen der Eilbedürftigkeit hatte er den Boss noch in der Nacht aus dem Bett geholt. Francesco war ausgesprochen schlecht gelaunt. Sein Cousin berichtete ihm gerade von der Verpflichtung des Hackers zum Schutz von *HEAVEN3*. Als ihm Luigi die Summe nannte, die der Bursche von ihm für seine Dienste verlangte, zog er nur die Augenbrauen in die Höhe.

»Wenn das Ergebnis stimmt, soll es mir recht sein«, erklärte er dann, womit er aber auch eindeutig kundtat, dass er bei unbefriedigendem Ergebnis entsprechend unfreundlich reagieren würde.

»Es war schon erstaunlich«, beeilte sich Luigi seinen Boss friedlich zu stimmen, »wie schnell der Kerl zu einem Ergebnis gekommen ist. Nach ungefähr fünf Litern Kaffee und drei Schachteln Zigaretten wurde er fündig.«

»Jetzt mach es nicht so spannend!« Francesco zeigte sich ungeduldig.

»Es handelt sich um zwei unterschiedliche Attacken! Ein Angriff kommt regelmäßig von einem Rechner aus Thüngersheim. Wir haben auch die Anschrift, kennen aber noch nicht den Besitzer. Der Hacker meint, man habe von dort in unser System einen Trojaner eingeschleust, der diese Zugriffe ermöglicht.«

»... und im anderen Fall?«

»Das ist leider das schwerwiegendere Problem. Der Angriff kommt von einem Rechner in Partenstein. Unerfreulich ist, dass mein Mann gegen diesen Zugriff nichts unternehmen kann. Nachdem er das festgestellt hatte, zog er sich sofort aus dem besagten Computer zurück. Seiner Meinung nach wird von dort mit einer Spionagesoftware gearbeitet, die eigentlich nur speziellen Behörden zur Verfügung steht. Gegen diesen Angriff kann er nichts machen. Er ist nur etwas in Sorge, dass diese Spionagesoftware seinen Zugriff registriert hat und dieser Angreifer den Standort seines Rechners zum Zeitpunkt des Zugriffs feststellen konnte.«

Trospanini stieß einen Fluch aus. »Verdammter Mist! Also Partenstein! Klar, da steckt mit Sicherheit dieser verfluchte Kerner dahinter! Weiß der Teufel, wie er an eine derartige Software gekommen ist. Irgendwie muss es diesem Kerl gelungen sein, dass die Ermittlungsbehörden die DNA-Spuren ignorierten, die wir hinterlassen haben. Das haben wir bestimmt diesem Brunner zu verdanken.« Er drosch wütend mit der Faust auf seine Schreibtischplatte.

Luigi wartete einen Moment, bis der Wutanfall etwas abgeebbt war, dann erklärte er leise: »So wie ich das einschätze, ist unsere Situation sehr kritisch. Auch der Hacker war sich sicher, dass diese Software uns entlarvt hat. Ich denke, der sicherste Weg wäre, *HEAVEN3* umgehend abzuschalten und schleunigst von hier zu verschwinden. Wenn es wirklich die Bullen waren, die sich da eingeschlichen haben, wird es nicht lange dauern und sie stehen vor dieser Tür.«

»Du meinst, wir sollen dieses Büro einfach aufgeben?« Eine tiefe Zornfalte grub sich oberhalb seiner Nasenwurzel ein.

Luigi Fontana zuckte mit den Schultern. »Wir können unsere offiziellen Geschäfte mit *Alushi Im- und Export* doch problemlos von einer unserer anderen Niederlassungen außerhalb der EU tätigen. *HEAVEN3* ist allerdings gestorben. Aber es ist sicher kein Problem, dieses Geschäft nach einiger Zeit auf einer anderen Plattform von einem sicheren Standort aus erneut zu betreiben. Perverse Pädophile gibt es überall.«

Francesco beherrschte sich nur mühsam. »Dieser Rückzug würde ja bedeuten, dass dieser Kerner schon wieder über uns triumphiert! Das ertrage ich nicht! Ich hatte gehofft, seine berufliche und gesellschaftliche Existenz vernichten zu können. Nachdem dies aber offenbar nicht der Fall ist, werden wir anderweitig klare Verhältnisse schaffen. Wen haben wir, der das final erledigen kann?«

»Ich werde Romano fragen«, erwiderte Luigi. »Er hat einige Männer fürs Grobe in der Hinterhand, die auch die Probleme lösen, die sich aus *HEAVEN3* ergeben.«

Trospanini wusste, was er meinte. »Er soll den Besten schicken! Noch heute Nacht!«, befahl er knapp. »Dieser Kerner ist ein harter Brocken und ausgesprochen gefährlich! Diesmal muss er aber endgültig erledigt werden!«

Luigi verabschiedete sich. Wenig später rief er Romano über ein unregistriertes Prepaidhandy an. Er gab Francescos Anweisung weiter, dabei wies er sehr eindringlich auf die Gefährlichkeit Kerners hin und betonte ausdrücklich die Dringlichkeit der Angelegenheit. Luigi gab die Adresse des Zielobjekts durch und Romano sagte zu, diesen Job umgehend, noch in dieser Nacht, erledigen zu lassen. Er war an überraschende Einsätze gewöhnt.

27

Einige Minuten später läutete in einer Parterrewohnung am Stadtrand von Frankfurt ein Smartphone. Gregori stieß die junge Frau, die gerade mit schrillen Lustschreien auf ihm ritt, mit einer schwungvollen Handbewegung zur Seite. Ärgerlich kreischend landete sie neben dem Bett auf dem Boden.

»Spinnst du!«, schimpfte sie und rieb sich die schmerzenden Pobacken.

Gregori achtete nicht auf sie. Er griff sich das Smartphone vom Nachttisch und nahm das Gespräch an. Wenn dieses Telefon läutete, gab es nur diese Option. Er lauschte einen Moment in den Hörer, dann brummte er: »Einen Moment, ich rufe dich sofort zurück.« Sein Gesprächspartner wusste nun, dass er nicht sprechen konnte.

Gregori öffnete die Schublade des Nachttisches und entnahm ihr dreihundert Euro. Mit einer lässigen Handbewegung warf er das Geld der jungen Frau, die sich mittlerweile aufgerappelt hatte, vor die Füße.

»Verschwinde! Aber ein bisschen plötzlich!«

Schnell griff sie sich die Scheine und schlüpfte hastig in die wenigen Kleidungsstücke, die neben dem Bett auf dem Boden verstreut lagen. Sie verkniff sich eine spitze Bemerkung, da sie den Jähzorn und die Gewalttätigkeit des Russen kannte. Kostproben davon durfte sie schon mehrmals am eigenen Leib erfahren. Sie hatte ihr Geld und damit war die Angelegenheit für sie erledigt.

Die Eingangstür fiel hörbar ins Schloss und Gregori wählte sofort die bekannte Nummer. Er lauschte geraume

Zeit in den Hörer und machte sich gedankliche Notizen. Nachdem sein Gesprächspartner fertig war, bestätigte er den Auftrag mit einem knappen »да«, dann legte er auf. Als ehemaliges Mitglied einer russischen Sondereinheit benötigte er nur wenig Zeit, um sich fertig zu machen, da der Rucksack mit seiner Ausrüstung immer gepackt neben seinem Bett stand. Fehlte noch die Nachtsichtbrille, die er in einer Außentasche seines Rucksacks verstaute. Das Magazin der Makarov war gefüllt. Die Pistole selbst und den Schalldämpfer steckte er in die Beintasche seiner schwarzen Motorradkombi. Ein paar Minuten später verließ er das Gebäude, stülpte sich den Motorradhelm über und schwang sich auf seine schwarze Honda TransAlp. Knappe zehn Minuten später bog er auf die A3 ein und beschleunigte. Die frisierte Maschine schaffte fast 200 Km/h. Da die Autobahn um diese Uhrzeit praktisch leer war, konnte er lange Zeit voll aufdrehen. Er wollte noch vor Anbruch der Morgendämmerung vor Ort sein, da die Ausführung seines Auftrags in der Dunkelheit leichter fallen würde.

Sein Navi-App im Handy brachte ihn zielgenau an Ort und Stelle zu dem Haus am Ende einer Sackgasse. Er stoppte den Motor ein ganzes Stück entfernt, weil das Motorengeräusch in der Nacht weit zu hören war. Er hob die Maschine in Fluchtrichtung auf den Ständer und legte seinen Helm auf den Sitz. Vielleicht hatte er es nachher eilig, von hier wegzukommen. Er zog die Makarov aus der Beintasche und schraubte den Schalldämpfer auf. Mit wenigen Schritten verschwand er hinter der Waldgrenze und bewegte sich parallel zur Straße. Sein Ziel musste zuhause sein, denn sein Wagen, ein Kangoo, parkte vor dem Garagentor. Gregori zog verächtlich die Luft durch die Nase. Wie ein Mensch, der in einer derart gehobenen Wohnlage lebte, solch ein Auto fahren konnte, war ihm rätselhaft. Der Russe näherte sich dem Gebäude von der Waldseite, weil man von dort aus die bessere Übersicht über das Grundstück hatte. Er zog sich das Nachtsichtgerät über die Augen, dann überstieg er den Zaun. Er umrundete das Haus ein Stück und besah es sich von hinten. Als er die Verandatür entdeckte, brummte er zufrieden. Normalerweise waren diese Türen Schwachstellen und leicht zu knacken. Georgi näherte sich ihr schräg von der Seite, damit ihn eine eventuell im Raum befindliche Person nicht sehen konnte. Die Vorhänge waren vorgezogen, weshalb er nicht hineinblicken konnte. Aus dem toten Winkel heraus musterte er das Schloss der Tür. Innerlich fluchte er. Die Tür verfügte über ein Sicherheitsschloss, das nur von innen geöffnet werden konnte. Höchstwahrscheinlich war sie auch mit Sicherheitsglas ausgestattet. Ein lautloses Eindringen an dieser Stelle war somit nicht möglich. Blieb nur der Weg über den Hauseingang. Vermutlich verfügte dieser ebenfalls über ein anspruchsvolles Sicherheitsschloss, aber Gregori hatte vorgesorgt. Sein elektronisches Einbruchsgerät öffnete die Tür fast lautlos in nicht einmal einer Minute. Er ließ das Teil wieder in seiner Beintasche verschwinden. Die Makarov schussbereit mit beiden Händen haltend, drang er langsam in die Wohnung ein. Zunächst musste er das Parterre sichern. Die Treppe ins Obergeschoss ignorierend, passierte er Küche, Esszimmer, Arbeitszimmer; alle Räume waren leer. Immer wieder lauschte er, aber seine empfindlichen Ohren vermittelten ihm kein Geräusch, das auf die Anwesenheit des Bewohners schließen ließ. Seiner räumlichen Vorstellung nach lag jetzt das Wohnzimmer vor ihm, von dem aus man auf die Veranda kam. Schritt für Schritt schlich er sich in den Wohnraum. Kaum hatte er die Türschwelle überschritten, zuckte er zusammen. Er blickte auf die Rückseite einer

Couch, der zwei Sessel gegenüberstanden. In einem saß ein Mann und schlief. Für Georgi war die Lage klar. Das war sein Ziel! Blitzschnell gab er auf die Person zwei schnell aufeinanderfolgende Schüsse ab. Der Schalldämpfer reduzierte den Schussknall auf zwei vernehmliche Ploppgeräusche, die aber nicht lauter waren, als der Knall eines herausfliegenden Sektkorkens. Die getroffene Person zuckte zweimal, dann rührte sie sich nicht mehr.

Simon Kerner schlief auf der Couch zwar tief und fest, aber sein Unterbewusstsein, von zahlreichen Einsätzen bei der Bundeswehr und von der Jagd geschult, registrierte irgendwann Gefahr und weckte ihn auf. Von einem Moment auf den anderen schoss Adrenalin ein und versetzte ihn in den Kampfmodus. Bewegungslos blieb er liegen und lauschte. Seine Hand tastete nach dem Griff seines Revolvers, der neben ihm auf dem Polster lag. Gerade als er hochschnellen wollte, hörte er das unverkennbare Geräusch zweier schallgedämpfter Schüsse. Sie waren direkt hinter der Couch abgefeuert worden. Irgendein Teil seines Hirns stellte fest, dass er nicht getroffen war. Er schnellte in eine sitzende Position und riss den Revolver herum. Der Schütze stand nur einen guten Meter von ihm entfernt. Die Waffe noch immer erhoben. Das Überraschungsmoment war allerdings auf Kerners Seite. Ehe der Angreifer erfasste, dass er sich in höchster Gefahr befand, drückte Kerner zweimal ab. Der ohrenbetäubende Knall der beiden Schüsse raubte ihm für einen Moment das Gehör. Wegen der Nahkampfsituation war ein Zielen praktisch nicht erforderlich gewesen. Kerner musste nur mitten auf den Brustkorb halten. Die Wucht der beiden Hohlspitz-Geschosse riss den Mann brutal nach hinten. Der letzte Schuss, den dieser durch das Zusammenkrampfen seines Fingers noch auslöste, ging schräg über Kerner hinweg in die Decke. Dabei stürzte er zu Boden. Simon Kerner sprang hinter der Couch hervor und schlug auf den Lichtschalter. Grell sprang die Deckenbeleuchtung an und blendete ihn einen Moment. Der in einen schwarzen Motorraddress gekleidete Angreifer lag auf dem Rücken und röchelte. Die Pistole war seinen Händen entglitten. Mit einem schnellen Tritt kickte Kerner sie außer Reichweite. Er vermutete, dass das Nachtsichtgerät, welches der Mann trug, wegen des Lichtes den Betrieb eingestellt hatte. Vorsichtig, die Waffe in Bereitschaft, beugte sich Kerner herab und zog ihm die Nachtsichtbrille vom Kopf. Hasserfüllte Augen in einem schmerzverzerrten Gesicht starrten ihn an. Aus dem Mundwinkel lief ein Blutfaden. Kerners Erfahrung mit Schussverletzungen sagte ihm, dass diese beiden dicht beieinanderliegenden Einschüsse im Brustbereich kaum Hoffnung auf Überleben ließen. Wahrscheinlich blieben dem Mann nur noch wenige Minuten. Nachdem hier keine Gefahr mehr bestand, eilte Kerner zu Hansen. Er lebte. Die beiden Schüsse des Killers hatten ihn in die Brust und etwas höher in die Schulter getroffen. Durch die Wirkung des Narkotikums nahm er die Verletzungen noch gar nicht wahr. Sein Puls ging flatterhaft, aber spürbar. Kerner hastete zum Telefon und alarmierte den Notarzt und die Polizei. Anschließend versuchte er Eberhard Brunner zu erreichen, landete aber nur auf dessen Mailbox. Danach kniete er sich neben dem Killer auf den Boden. Kerner war sicher, der Mann würde das Eintreffen des Notarztes nicht mehr erleben. Er hatte schon mehrfach Blut erbrochen und atmete nur noch röchelnd.

»Sag mir, wer dich geschickt hat!«, forderte Kerner laut. Vielleicht konnte er dem sterbenden Mann noch einen Hinweis abringen. »Du hast nicht mehr lange zu leben!«, sagte er eindringlich.

Der Mann stieß gurgelnd einige russisch klingende Worte hervor, die Kerner nicht verstand.

»Wer ist dein Auftraggeber?«, versuchte es Kerner nochmals. Der Sterbende flüsterte nur noch. Kerner beugte sich über seinen Mund, um ihn zu verstehen. Mit einem letzten Kraftakt stieß der Killer ein Wort hervor. Es klang wie Trospanini. Schließlich bäumte er sich ein letztes Mal auf und ein starker Schwall Blut schoss aus seinem Mund. Er zuckte einige Male, dann lag er ruhig.

Simon Kerner erhob sich. Das war die Bestätigung für das, was er schon vermutete. Trospanini schickte ihm diesen Killer auf den Hals und er hatte nur überlebt, weil der Mann den im Sessel sitzenden Hansen für ihn hielt. Einen Moment sah sich Kerner betroffen um. Ein Toter und ein Schwerverletzter! Wohin sollte das alles noch führen? Kurz entschlossen entfernte er bei Hansen alle Fesseln. Sie würden nur zu unnötigen Fragen führen. Hansen atmete schwer, aber vernehmlich. Vielleicht schaffte er es, wenn der Notarzt rechtzeitig eintraf. Kerner ging in die Küche und goss sich ein Glas Wasser ein. Plötzlich wurde ihm bewusst, dass er noch immer den Jogginganzug trug. Schnell eilte er ins Schlafzimmer und zog sich Jeans und T-Shirt an. Anschließend setzte er sich auf die Couch und wartete auf die Einsatzkräfte. Im Augenblick konnte er nicht mehr tun. Nachdem er ruhiger geworden war, spürte er eine tiefe Leere. Wieder einmal hatte er einen Menschen töten müssen.

28

Der frühe Morgen des nächsten Tages brachte für den Leitenden Oberstaatsanwalt Armin Rothemund einen schweren Gang. Mit einem Aktenumschlag in der Hand betrat er das Vorzimmer des Landgerichtspräsidenten. Die Sekretärin nickte ihm freundlich zu.

»Sie werden schon erwartet«, erklärte sie, erhob sich hinter ihrem Schreibtisch und öffnete die Verbindungstür zum Büro des Präsidenten. »Herr Kräuter, der Herr Rothemund ist da.«

Der Chef des Landgerichts Würzburg begrüßte seinen Kollegen und bot ihm einen Platz am Besprechungstisch an. »Herr Rothemund, Sie wollten mich dringend sprechen. Hoffentlich nichts Unangenehmes?«

Der Chefermittler legte den Aktenumschlag vor sich auf den Tisch.

»Es tut mir leid, aber ich habe äußerst unschöne Nachrichten«, erklärte er.

Der Präsident zog die Augenbrauen in die Höhe.

»Ich höre.«

»Es geht um Simon Kerner«, kam Rothemund gleich zur Sache. »Ich habe heute das Obduktionsergebnis der beiden Kinderleichen bekommen, die kürzlich in unserem Zuständigkeitsbereich aufgefunden wurden. Eine davon, die eines Teenagers namens Ronja Schönbrunn, Kind einer Angestellten des Amtsgerichts Gemünden, ihre Leiche mysteriöserweise im Jagdrevier von Herrn Kerner aufgefunden.«

»Ich habe davon gehört«, gab Kräuter zurück. Auch ihm war eine gewisse Anspannung anzumerken.

»Das maßgebliche Problem in den beiden Fällen ist die unerklärliche Tatsache, dass Dr. Karaokleos an den Leichen DNA von Simon Kerner gefunden hat!« Er verstummte. Diese Aussage stand bleischwer im Raum. Ohne weitere Ausführungen schob der Oberstaatsanwalt die aufgeschlagene Akte über den Tisch. Bestimmte Stellen des darinliegenden mehrseitigen Gutachtens waren mit rotem Marker gekennzeichnet.

Der Landgerichtspräsident erhob sich und trat an die raumhohe Fensterfront, die ihm einen weiten Blick über die Dächer von Würzburg gestattete. Rothemund ließ ihn die Sache erst einmal ein wenig verinnerlichen und schwieg. Schließlich drehte sich der Mann langsam um.

»Was halten Sie von der Angelegenheit?«

»Für mich wurde hier zweifellos in irgendeiner Form manipuliert. Simon Kerner ist nie und nimmer pädophil! Das ist zumindest meine Überzeugung. Das heißt aber nicht, dass wir nicht die erforderlichen Ermittlungen einleiten müssen. Auch bei einem renommierten Richter gilt das Legalitätsprinzip, das heißt, dass Staatsanwaltschaft und Polizei möglichen Straftaten nachzugehen haben, unabhängig vom Ansehen der jeweiligen Person.« Er atmete tief durch. »Ich werde also die Mordkommission beauftragen, entsprechende Ermittlungen gegen Simon Kerner einzuleiten.«

Präsident Kräuter wiegte schwer den Kopf. »Als Dienstvorgesetzter bleibt mir nichts anderes übrig, als Herrn Kerner vorläufig vom Dienst zu suspendieren. Eine Tatsache, die ich selbstverständlich dem Oberlandesgericht Bamberg mitteilen muss, das wiederum das Justizministerium informieren wird. Ich muss ihnen nicht erklären, was das bedeutet.«

Rothemund nickte bedrückt. »Unsere Planungen für die Karriere von Simon Kerner können wir damit in den Wind schreiben. Damit ist er für Jahre verbrannt, egal, wie letzt-

lich das Ermittlungsverfahren ausgehen wird. Sagen Sie ihm
Bescheid?«

Kräuter machte eine resignierte Handbewegung. »Das ist
dann wohl meine Aufgabe. – Eine beschissene Aufgabe, wenn
ich das mal in aller Deutlichkeit sagen darf! Gegenüber der
Presse werden wir aber absolutes Stillschweigen wahren. Die
würden Kerner schlachten, bevor irgendein offizielles Ergebnis vorliegt.«

Rothemund war der gleichen Meinung. Er würde die Polizei entsprechend instruieren. Die beiden gingen auseinander.
Kräuter bat seine Sekretärin, den Direktor des Amtsgerichts
Gemünden für den morgigen Tag zu einem Gesprächstermin
einzuladen. Sie griff sofort zum Telefon und rief Kerners
Dienstnummer in Gemünden an. Es meldete sich Frau Huber, Kerners Sekretärin, und erklärte, dass Direktor Kerner
heute noch nicht zum Dienst erschienen sei, sie ihm die Nachricht aber sofort übermitteln würde.

Frau Huber sah besorgt zum Fenster hinaus. Es war eigentlich ungewöhnlich, dass ihr der Chef nicht Bescheid gab,
wenn er einmal nicht zum Dienst erschien. Sie überlegte einen
Augenblick, dann griff sie zu ihrem Smartphone und schickte
Simon Kerner eine SMS. Irgendwie hatte sie das Gefühl, der
Anruf aus dem Vorzimmer des Landgerichtspräsidenten
könnte sehr wichtig sein.

Kriminalhauptkommissar Ludwig Kauswitz legte den Telefonhörer verwundert auf den Apparat zurück. Soeben hatte er ein
Gespräch mit dem Leitenden Oberstaatsanwalt der Staatsanwaltschaft Würzburg geführt. Rothemund hatte ihn gebeten,
ihn umgehend in einer dringenden Ermittlungssache aufzusu-
chen. Kauswitz war erstaunt. Normalerweise führte der Chef
der Staatsanwaltschaft derartige Gespräche mit Brunner als

dem Leiter der Mordkommission. Kauswitz war klar, hier musste etwas Besonderes vorliegen. Er verließ eilig sein Dienstzimmer und wechselte über den Flur hinüber zu Brunners Büro. Eberhard Brunner saß am Computer und las gespannt in einer E-Mail, die ihm Dr. Karaokleos gerade zugeschickt hatte. In der Anlage der Mail befanden sich die Gutachten über die Obduktionen der beiden tot aufgefundenen Kinder.

»Du, Eberhard, entschuldige, wenn ich dich störe, aber ich hatte gerade ein Gespräch mit dem Leitenden Oberstaatsanwalt. Er hat mich zu sich beordert. Hast du eine Ahnung, um was es da geht? Rothemund sprach von einer dringenden Ermittlungssache. Wieso …?«

Brunner schob seinen Bürostuhl zurück. »Ich weiß Bescheid. Die Angelegenheit ist vertraulich. Es geht um Simon Kerner.«

Kauswitz zog die Augenbrauen in die Höhe.

»Rothemund wird dich vermutlich auffordern, gegen Simon ein Ermittlungsverfahren einzuleiten. Karaokleos hat bei den Leichen von Ronja Schönbrunn und dem kleinen Fritz Hallhuber DNA von Simon Kerner gefunden. Rothemund hat mich wegen Befangenheit von den Ermittlungen gegen Simon ausgeschlossen, da wir beide befreundet sind. Das ist in Ordnung. Jetzt ist das dein Job.«

Kauswitz war absolut perplex. »Du sagst das so. Hast du schon davor von dem Obduktionsergebnis gewusst?«

»Ja, Dr. Karaokleos hat mich im Vorfeld darüber informiert.«

»… und du hast es an Kerner weitergegeben?«

»Was hättest denn du an meiner Stelle gemacht? Für mich steht außer Frage, dass an den Leichen manipuliert wurde, um Simon eine Falle zu stellen. Ihn der Pädophilie zu verdächtigen ist totaler Schwachsinn. Durch mein vorläufiges Schweigen wollte ich ihm die Chance geben, herauszufinden, wer hinter dieser Schweinerei steckt.«

Brunners Stellvertreter blies die angehaltene Luft aus. »Verdammt und ich habe jetzt den Schwarzen Peter! Ist Rothemund bekannt, dass du schon länger informiert warst und Kerner Bescheid weiß?«

Brunner schüttelte den Kopf. »Er muss es auch nicht wissen. Ermittlungen werden dadurch ja nicht beeinträchtigt. Simon steht jederzeit zur Verfügung. Er wollte vor der erwarteten Suspendierung noch etwas Luft haben, um selbst Nachforschungen zu betreiben.«

»Oh Mann, oh Mann«, stöhnte Kauswitz, »was für eine verfahrene Situation! Meinst du, ich habe Lust, Simon Kerner was ans Zeug zu flicken?«

»Musst du ja nicht«, gab Brunner zurück. »Du nimmst ganz ordnungsgemäß und objektiv die Ermittlungen auf.«

Kauswitz erhob sich und verließ wortlos das Büro seines Chefs. In seinem Zimmer zog er sich noch schnell sein Jackett an, dann machte er sich auf den Weg zur Staatsanwaltschaft.

Während Kauswitz in die Tiefgarage eilte, um sich ein Dienstfahrzeug zu holen, klopfte es erneut an Eberhard Brunners Tür. Kriminalhauptkommissar Werner trat ein. Werner war, wie Brunner wusste, diese Woche Chef des Kriminaldauerdienstes. Nachdem die beiden sich begrüßt hatten, legte der Beamte eine dünne Akte auf Brunners Schreibtisch und ließ sich auf dem Besucherstuhl nieder.

Brunner zog die Akte, zu sich heran, ohne sie zu öffnen, dabei sah er seinen Kollegen fragend an.

»Hattet ihr heute Nacht einen Einsatz? Ein Fall für die Mordkommission?«

»Das kann man wohl sagen«, gab Werner zurück. »Wir wurden in den frühen Morgenstunden nach Partenstein gerufen …«

Als Werner den Ortsnamen nannte, zuckte Brunner innerlich zusammen und alle Alarmglocken fingen an zu läuten.

»Der Direktor des Amtsgerichts Gemünden, Dr. Simon Kerner, hat die Einsatzzentrale darüber verständigt, dass bei ihm ein männlicher Attentäter eingedrungen sei und es einen Schusswechsel gegeben habe. Als wir vor Ort eintrafen, fanden wir ein ziemliches Chaos vor. Eine männliche Person, nach Kerners Aussage der Eindringling, war tot. Laut Kerner von ihm in Notwehr erschossen. Eine zweite männliche Person zeigte ebenfalls lebensgefährliche Verletzungen durch zwei Schüsse. Nach Kerners Einlassung soll diese Schüsse der Attentäter abgegeben haben in der irrigen Annahme, es handele sich um ihn, Kerner. Dieser Verletzte war laut Kerner mit einem Betäubungsmittel ausgeschaltet worden. Es soll sich dabei um den Richter am Amtsgericht Gemünden, Christian Hansen, handeln. Angeblich sei dieser in die beiden Todesfälle verstrickt, die es in der letzten Zeit in Main-Spessart im Pädophilenmilieu gegeben hat.« Werner schüttelte den Kopf. »Ich kann dir sagen, ich habe schon lange keine solche wirre Aussage mehr gehört. Wir haben den Tatort erkennungsdienstlich behandelt und die Waffen sichergestellt. Nachdem der schwerverletzte Hansen vom Notarzt versorgt und ins Krankenhaus abtransportiert worden war, hat Dr. Karaokleos die Leiche dieses vermeintlichen Killers untersucht und in die Rechtsmedizin abfahren lassen. Er meint, die beiden Schüsse seien, jeder für sich, tödlich gewesen.«

»Was ist mit Simon Kerner? Wurde er verletzt?«

Werner schüttelte den Kopf. »Ihm ist nichts passiert, außer dass er ziemlich mitgenommen war. Wir haben seine Hände auf Schmauchspuren untersucht. Er hat tatsächlich geschossen. Ansonsten haben wir das Wohnzimmer als Tatort versiegelt und Kerner mitgenommen. Im Augenblick sitzt er unten im Vernehmungszimmer 2, um seine Aussage zu Protokoll zu geben.« Er erhob sich. »Das ist jetzt dein Fall. Ich beneide dich wirklich nicht.« Er gab Brunner die Hand und verließ das Dienstzimmer.

Eberhard Brunner lehnte sich zurück und starrte an die Decke. Was um alles in der Welt war da vorgefallen? In was hatte sich Simon da wieder hineingeritten? Er schnappte sich Werners Bericht, da läutete sein Telefon. Am Apparat war ein Reporter der Mainpostille und bat um Auskunft wegen eines angeblichen Gewaltverbrechens, das vergangene Nacht in Partenstein geschehen sein sollte. »Ist es richtig, dass es in dem Wohnhaus des dort lebenden Direktors des Amtsgerichts, Dr. Simon Kerner, zu einer Schießerei gekommen ist?«

Brunner fluchte innerlich. Es war einfach nicht zu verstehen, wie die Presse schon wieder von der Sache Wind bekommen hatte. Vermutlich haben die Nachbarn den Auftrieb von Notarzt und Polizei mitbekommen und die Zeitung angerufen. Das war natürlich nicht zu verhindern.

»Dazu kann ich Ihnen leider keine Auskunft geben«, knurrte er in den Hörer. »Warten Sie bitte die Presseerklärung des Polizeipräsidenten ab.« Ehe der Mann weiterbohren konnte, legte Brunner auf. Er hatte jetzt andere Probleme! Schwungvoll knallte er seine Bürotür von außen zu und eilte die Treppe hinunter zu dem genannten Vernehmungszimmer.

29

Etwa zur gleichen Zeit saßen Francesco Trospanini und
Luigi Fontana am Besprechungstisch von *Alushi Im-
und Export* und starrten auf Romano Santorini, der sichtlich
unter Stress stand.

»… und was ist nun mit deinem angeblich besten Mann?
Hat er nun seinen Job erledigt oder was ist …?« Francesco,
der Boss, funkelte seinen Cousin wütend an. »Hast du ihm
nicht gesagt, dass er unverzüglich Meldung machen muss,
wenn die Sache erledigt ist?«

»Das habe ich selbstverständlich«, gab Romano zurück.
»Ich habe schon mehrmals versucht, ihn zu erreichen, aber er
geht nicht ans Handy. Ich kann das nicht verstehen, Gregori
ist normalerweise zuverlässig wie eine Schweizer Uhr.«

Erregt sprang Francesco auf und nahm eine unruhige Wan-
derung durch das Zimmer auf.

»Normalerweise, normalerweise«, äffte er Romano nach.
»Hast du ihm nicht gesagt, dass dieser Kerner gefährlicher
als eine Klapperschlange ist?«

»Sehr nachdrücklich«, bestätigte Romano. »Außerdem ist
Gregori ein hervorragender Mann, der kampftechnisch mit
allen Wassern gewaschen ist. Ich kann mir nicht vorstellen,
dass ein harmloser Richter ihm gewachsen ist.«

»Du Idiot! Kerner ist mitnichten harmlos, er ist eine Kampf-
maschine! Er hat schon einige Leute auf dem Gewissen, die alle
nicht auf der Milchsuppe dahergeschwommen waren. Jedes Mal
angeblich in Notwehr. Dem Kerl ist nur schwer beizukommen.
Dann steckt er noch mit einem leitenden Kriminalbeamten

unter einer Decke, der verhindert, dass der Mensch zur Rechenschaft gezogen wird. Kerner hat nach meiner Auffassung den Sohn des Paten meines Vaters, Don Emolino, erschossen. Nach den Ermittlungen dieses Kommissars Brunner war er es aber nicht. Kerner war schuld daran, dass mein Vater die Geschäfte in Main-Spessart aufgeben und sich in die Vereinigten Staaten zurückziehen musste.« Francesco starrte mit hassverzerrtem Gesicht zum Fenster hinaus. Schließlich fuhr er herum. »Romano, was gedenkst du zu tun?«

»Ich habe bereits vor mehr als einer Stunde einen meiner Männer nach Partenstein geschickt. Er soll vorsichtig nachsehen, ob sich beim Haus von Kerner etwas tut. Egal, ob Gregori erfolgreich war oder nicht, vielleicht kann man vor Ort etwas erfahren. Ich erwarte eigentlich jeden Moment seinen Anruf.«

Trospanini überlegte einen Moment mit gesenktem Kopf, dann befahl er: »Romano, du wartest in deinem Büro, bis dein Mann dich informiert. Du, Luigi, arbeitest weiter an der Löschung von *HEAVEN3*.« Mit einer Handbewegung entließ er seine Cousins. Als die beiden draußen waren, ließ er sich in seinen Bürostuhl fallen. Falls der Anschlag auf Kerner fehlgeschlagen war, wovon er insgeheim ausging, würde dieser Mistkerl sicher weitere Schritte gegen ihn und *Alushi Im- und Export* unternehmen. Er steckte mit Sicherheit hinter dem Hackerangriff gegen *HEAVEN3* und wusste daher, wer sich hinter dem Menschenhandel für die pädophilen Kunden von *HEAVEN3* verbarg. Deshalb musste ihm auch klar sein, wer Kerners DNA-Spuren bei den Leichen der beiden Kinder hinterlassen hatte. Kerner würde das nicht auf sich beruhen lassen. Falls Gregori vielleicht versagt hatte, würde Francesco die Sache selbst in die Hand nehmen. Er war ein ausgezeichneter Scharfschütze und hatte in den Staaten im Auftrag seines Vaters mehrere Morde begangen. Gegen eine gezielte Kugel aus der Ferne kam auch dieser Simon Kerner nicht an.

Es klopfte an der Tür. Romano trat ein. Er trug eine betretene Miene zur Schau. Die Botschaft, die er überbrachte, stand ihm schon ins Gesicht geschrieben.

»Mein Mann hat mich gerade angerufen. Vor Kerners Haus treiben sich Presseleute herum. Von ihnen erfuhr er, dass es heute Nacht in Kerners Wohnung eine Schießerei gegeben haben soll. Ein Toter und ein Verletzter seien abtransportiert worden.«

Über Francescos Gesicht zog ein Zug freudiger Erwartung, aber Romano erstickte die Hoffnung mit einem Kopfschütteln im Keim.

»Die Nachbarn haben erzählt, Kerner sei von der Polizei mitgenommen worden. Wie es aussieht, ist er unbeschadet.«

Trospanini stieß einen wütenden Fluch aus. Hatte dieser Kerl das ewige Leben? Als er sich wieder etwas im Griff hatte, wollte er wissen: »Wer ist der Tote und wer der Verletzte?«

»Gregori ist auf jeden Fall tot. Der Verletzte scheint ein Besucher gewesen zu sein. Die Presseleute vermuten, dass es in der Wohnung einen Schusswechsel gegeben hat, wobei er möglicherweise angeschossen wurde. Das sind aber nur unbewiesene Spekulationen.«

Francesco reichte das. Mit einer Handbewegung entließ er seinen Cousin. Der war froh, dass der Boss die schlechte Nachricht offenbar sehr gefasst aufnahm. Francesco war aber keineswegs gelassen! Ihn erfüllte kalte Wut, die dringend ein Ventil benötigte. Für ihn war klar: Jetzt war die Stunde seiner Rache gekommen! Zuhause in seinem Bungalow in einem der gehobenen Wohnvierteln von Frankfurt wartete in einem Stahlschrank im Keller ein hochpräzises Scharfschützengewehr, das dringend wieder einmal Arbeit benötigte.

30

Der in nüchternem Grau gestrichene Raum, den Brunner betrat, maß höchstens 3 × 4 m. Er besaß keine Fenster, lediglich die linke Seitenwand bestand zu einem großen Teil aus einem Spiegel. Simon Kerner wusste, es handelte sich um einen Einwegspiegel, durch den man ihn aus einem Nebenraum heraus beobachten konnte. Im Raum standen ein Tisch und vier Stühle. In der Mitte des Tisches sah man ein versenktes Mikrofon, dessen Zweck eindeutig war. In einer Ecke an der Decke erkannte man das Auge einer Kamera.

Nachdem Brunner die Tür hinter sich geschlossen hatte, erhob sich Simon Kerner und blieb abwartend stehen. Brunner eilte auf ihn zu und nahm ihn kurz in die Arme. Sein ganzes Wesen strahlte Besorgnis aus.

»Mein Gott, Simon, was ist denn da passiert? Der Kollege vom Kriminaldauerdienst hat mir berichtet, dass man auf dich einen Anschlag ausgeführt hat. Dabei gab es einen Toten und einen Verletzten. Du musstest schießen …«

Simon Kerner nickte. »Ja, diesmal bin ich um Haaresbreite einer Exekution entkommen. Ich vermute, dass mir die Betreiber von *HEAVEN3* diesen Killer auf den Hals geschickt haben.« Er machte eine Handbewegung, die den ganzen Raum umfasste. »Wird das jetzt eine Beschuldigtenvernehmung?«

Brunner schüttelte den Kopf. »Nein, aber wir müssen natürlich deine Zeugenaussage aufnehmen Das erledigen wir allerdings oben in meinem Büro.« Er öffnete die Tür und hielt sie auf, damit Kerner an ihm vorbei den Raum verlassen konnte.

Eberhard Brunner bot seinem Freund den Besucherstuhl an seinem Schreibtisch an, dann ging er hinüber in das Büro der Schreibkräfte und kam mit zwei Tassen Kaffee zurück.

»Hier, trinke erst einmal, du hast mit Sicherheit heute noch keinen Kaffee bekommen.«

Kerner bedankte sich und nahm die Tasse entgegen, dabei sah er den Kommissar prüfend an. Sie beide kannten sich mittlerweile so gut, dass er sicher war, Brunner lag etwas auf dem Herzen. Nachdem er von dem bitteren Gebräu einen Schluck genommen hatte, sah er seinen Freund fragend an. Brunner begann schließlich zu sprechen.

»Simon, ich muss dir etwas Unangenehmes mitteilen. Dr. Karaokleos hat auf Drängen der Staatsanwaltschaft seine Obduktionsergebnisse übersandt. Daraufhin hat der Leitende Oberstaatsanwalt meinen Vertreter zu sich beordert. Ich gehe davon aus, dass er Kauswitz beauftragen wird, wegen der gefundenen DNA von dir Ermittlungen gegen dich einzuleiten. Ich bin in diesem Fall wegen Befangenheit ausgeschlossen. Du weißt, das ist das Routinevorgehen in solchen Fällen.«

»Ich habe mir so etwas Ähnliches fast schon gedacht. Als ich unten im Vernehmungszimmer wartete, las ich die Nachrichten auf meinem Handy. Da war eine Mitteilung meiner Sekretärin drauf, dass ich mich umgehend beim Landgerichtspräsidenten melden soll. Was ich aber wegen der Ereignisse der vergangenen Nacht natürlich noch nicht machen konnte.«

»Apropos letzte Nacht. Was mich in diesem Zusammenhang besonders interessiert: Was hat es mit diesem Hansen auf sich, der in deiner Wohnung angeschossen wurde? Der Kollege vom Kriminaldauerdienst sagte mir, er sei Richter in Gemünden. Also ein Kollege von dir?«

»Dann mal der Reihe nach«, erklärte Kerner und begann mit den Aktivitäten Ivo Stöbers und dem Einsatz einer Testversion eines bis dato geheimen Programms des Landeskriminalamts und den damit erzielten Erfolgen.

»Wir haben herausgefunden, dass der Server, von dem aus *HEAVEN3* gesteuert wird, zu einer Firma namens *Alushi Im- und Export* gehört, die von einem Geschäftsführer mit Namen – und jetzt halte dich fest – Francesco Michelangelo Trospanini geleitet wird.« Kerner legte eine kurze Pause ein, um die Information wirken zu lassen.

Eberhard Brunner stieß er einen leisen Pfiff aus.

»Du meinst, das ist ein Nachkomme von Michelangelo Trospanini, der damals die Nachfolge von Don Emolino, dem Paten der Main-Spessarter Mafiafamilie, angetreten hat und dann wegen deiner Ermittlungserfolge seine Zelte hier abbrechen musste?«

Simon Kerner zuckte mit den Schultern. »So viele Zufälle auf einmal kann es nicht geben. Vermutlich will der Nachfolger Rache an mir nehmen, dafür, dass ich seinerzeit der Familie gewissermaßen das Genick gebrochen habe.«

Eberhard Brunner war wie elektrisiert. »Damit ergibt es auch einen Sinn, dass wir an den Leichen der beiden Kinder dein DNA-Material gefunden haben. Die Bande wollte dich damit diskreditieren und dich beruflich und gesellschaftlich zerstören. Wie man an der Reaktion des Landgerichtspräsidenten und des Leitenden Oberstaatsanwalts ersehen kann, wäre das diesen Verbrechern auch fast gelungen.«

»Für uns beide sind diese logischen Schlüsse klar, was uns aber fehlt, sind die Beweise. Der Killer, der uns etwas über seinen Auftraggeber hätte erzählen können, ist ja leider tot. Ich bin mir ziemlich sicher, dass sich Trospanini, wenn er erfährt, was seinem Mann widerfahren ist, still und heimlich ins Ausland verdrücken wird.«

»… und was hat es mit diesem Hansen auf sich? Wieso war er in deiner Wohnung?«

»Das ist auch eine längere Geschichte. Es gab doch die beiden Fälle, in denen Männer von einem Unbekannten verstümmelt wurden und in der Folge zu Tode gekommen sind. Da war offensichtlich Hansen der Täter. Er hat es sich anscheinend zur Aufgabe gemacht, im pädophilen Milieu nach Tätern zu suchen und diese mit seinen Verstümmelungen an den öffentlichen Pranger zu stellen. Nachdem ich mich ebenfalls auf *HEAVEN3* eingetragen habe, hat er angenommen, ich sei ebenfalls pädophil. Er hat mich entführt und wollte mit mir wahrscheinlich dasselbe veranstalten wie mit den beiden anderen Männern. Er hat mich dabei mit einem Anästhetikum betäubt. Er wusste natürlich nichts von meiner Betäubungsmittelintoleranz. Bevor er mich verletzen konnte, bin ich aufgewacht und konnte mich befreien. Ich habe ihn dann überwältigt und mit nach Hause genommen.«

»Warum hast du mich nicht gleich angerufen?«, wollte Brunner etwas verwundert wissen. »Was hattest du mit Hansen vor?«

»Ich muss dir gestehen, dass ich eigentlich vorhatte, heute früh nach Frankfurt zu fahren und mir Trospanini vorzuknöpfen. Der Überfall von Hansen ist mir dazwischengekommen. Ich schaltete ihn dann mit seinem eigenen Betäubungsmittel aus. Er sollte so lange in meinem Gewahrsam bleiben, bis ich die Angelegenheit in Frankfurt erledigt hatte. Du hättest das sicher unterbunden.«

»Worauf du dich verlassen kannst!« Brunner war über die Eigenmächtigkeiten seines Freundes sehr verärgert.

»Wusste ich. Aber ich wollte die Sache mit Trospanini ein für alle Mal erledigen. Ein Leben, in dem man sich ständig umdrehen muss, weil vielleicht jemand hinter der nächsten Hecke steht, der einem an den Kragen will, ist nicht lebenswert.«

Brunner fragte nicht näher nach, was Kerner mit »ein für alle Mal erledigen« in letzter Konsequenz meinte. Es bedurfte keiner großen Fantasie, sich das vorzustellen.

»Hast du schon etwas gehört, wie es Hansen geht? Die beiden Treffer waren laut Notarzt lebensgefährlich.«

Brunner verneinte, versprach aber, sich umgehend zu erkundigen. Dann bat er einen Beamten seiner Abteilung zu sich und ließ ihn die Aussage seines Freundes in ein Protokoll aufnehmen. Nachdem Kerner die Niederschrift unterschrieben hatte, betrat Brunner wieder sein Büro.

»Ich habe in der Universitätsklinik angerufen. Hansen wird noch immer operiert. Die Ärzte konnten mir noch nichts sagen.«

Da er reichlich zu tun hatte, verabschiedete er sich von Kerner und versprach ihm, sofort Bescheid zu geben, sobald er Näheres über Hansens Zustand wusste. Das Angebot Brunners, ihn von einer Streife nachhause fahren zu lassen, wollte Kerner später wahrnehmen. Nachdem er jetzt schon in Würzburg war, wollte er den Besuch beim Präsidenten hinter sich bringen. Sein Freizeitlook war zwar nicht die angemessene Kleidung für diesen Anlass, aber das konnte er im Augenblick nicht ändern. Es gab viel zu erklären und nicht alles würde für seinen Vorgesetzten leicht zu akzeptieren sein.

Brunner grübelte einige Zeit, dann griff er zum Telefonhörer und verlangte den Leitenden Oberstaatsanwalt zu sprechen. Die Unterhaltung dauerte geraume Zeit, da Brunner

Rothemund detailliert über die Geschehnisse der vergangenen Nacht und die Hintergründe aufklärte. Insbesondere die Informationen über Hansen bestürzten Rothemund sehr.

»Ich habe jetzt schon mit Kauswitz gesprochen und ihn beauftragt, gegen Kerner zu ermitteln. Diese neuen Erkenntnisse werfen natürlich ein ganz anderes Licht auf die Angelegenheit. Ich werde mich mit dem Landgerichtspräsidenten beraten. Anschließend werden Sie genaue Anweisungen erhalten, wie Sie weiter vorzugehen haben. Sagen Sie bitte Kauswitz, dass er bis dahin die Füße stillhalten soll.«

Eberhard Brunner bedankte sich und legte auf. Zunächst einmal musste er jetzt die Ereignisse der Nacht, so wie sie die Kollegen vom Kriminaldauerdienst in ihrem Bericht dargestellt hatten, aufarbeiten.

31

Beim Betreten des Strafjustizzentrums wurde Kerner vom Wachtmeister an der Sicherheitsschleuse angesprochen.

»Herr Kerner, bevor Sie zum Herrn Landgerichtspräsidenten gehen, sollen Sie bitte erst einmal beim Leitenden Oberstaatsanwalt vorbeischauen.«

Simon Kerner wunderte sich zwar ein bisschen, dass Rothemund schon wieder von seinem Besuch unterrichtet war, aber offensichtlich funktionierten die Buschtrommeln im Hause ausgezeichnet.

Rothemund bot Kerner Platz an, dann kam er ohne Umschweife zur Sache.

»Du weißt ja sicher mittlerweile, dass die Rechtsmedizin bei der Obduktion der beiden Kinderleichen DNA von dir nachgewiesen hat. Du kennst die Rechtslage. Der Umstand zwingt mich natürlich, gegen dich Ermittlungen einzuleiten. Darin war ich mir mit dem Landgerichtspräsidenten einig. Herr Kräuter wird dir nachher mitteilen, dass du vorläufig vom Amt suspendiert bist.«

Kerner nickte. Er hatte nichts anderes erwartet. Aber der Leitende Oberstaatsanwalt war noch nicht fertig.

»Kurz bevor du hierhergekommen bist, habe ich einen Anruf vom Leiter der Mordkommission erhalten, der mich über die dramatischen Ereignisse der vergangenen Nacht aufgeklärt hat. Ich muss dir sagen, ich bin im höchsten Maße schockiert. Gott sei Dank, bist du unversehrt geblieben. Dieser Sachverhalt ändert natürlich vieles. Insbesondere die Rolle von Richter Hansen ist mir völlig suspekt. Ich wollte dich nur vor unserem Besuch bei Kollegen Kräuter darüber informieren, dass ich auf deiner Seite stehe.«

Als der Landgerichtspräsident Simon Kerner in Begleitung des Leitenden Oberstaatsanwalts sein Büro betreten sah, zog er verwundert die Augenbrauen in die Höhe. Während die beiden abwechselnd alle Fakten vortrugen, hörte er aufmerksam zu. Danach blieb er einige Zeit still sitzen. Schließlich meinte er: »Ich habe in meiner dienstlichen Laufbahn schon viel erlebt, aber so etwas Abstruses ist mir noch nicht untergekommen. Speziell die Rolle von Herrn Hansen schockiert mich schon sehr. Was ich Ihnen jetzt sage, ist streng vertraulich und darf diesen Raum nicht verlassen.« Er lehnte sich zurück und schloss kurz die Augen, um sich zu konzentrieren.

»Christian Hansen steht im Genuss eines Zeugenschutzprogramms. Sein ursprünglicher Name wurde geändert und er erhielt eine völlig neue Legende. Richtig ist, dass Hansen Jurist ist und in seinem früheren Leben als Staatsanwalt und später als Rechtsanwalt gearbeitet hat. Er war verheiratet und hatte ein Kind, das von Menschenhändlern entführt und ermordet wurde. Daraufhin hat sich seine Frau das Leben genommen. Hansen hat anschließend einen regelrechten Privatkrieg mit einer Menschenhändlerbande aufgenommen. Die Ermittlungsbehörden in Niedersachsen waren sich nicht sicher, vermuten aber, dass er einige Mitglieder der Bande getötet hat. Als die Justiz gegen die führenden Köpfe der Bande einen Prozess durchführte, stützten sich die Beweise auf eine Aussage Hansens, die er als Kronzeuge leistete. Um sein Leben zu schützen, wurde er in ein Zeugenschutzprogramm aufgenommen, erhielt eine Tarnidentität mit Geburtsurkunde, Reisepass, Examenszeugnissen etc. und wurde uns als Richter zugewiesen.« Es trat eine Pause ein, in der seine beiden Zuhörer das Gesagte erst einmal verdauen mussten.

Schließlich stellte Kerner fest: »Dann hat Herr Hansen also offenbar wieder seinen Kampf gegen die Menschenhändlermafia aufgenommen. Bedauerlicherweise wurde er dann durch einen Irrtum des Killers, der es eigentlich auf mich abgesehen hatte, angeschossen.«

»Sind wir aktuell über seinen Zustand auf dem neuesten Stand?«, wollte Kräuter wissen. Kerner und Rothemund schüttelten einmütig den Kopf.

Kräuter erhob sich, öffnete die Tür zu seinem Vorzimmer und bat seine Sekretärin, sich in der Universitätsklinik nach dem Gesundheitszustand von Christian Hansen zu erkundigen. Wieder am Tisch zurück, erklärte er: »Herr Kerner, ich nehme einmal an, Kollege Rothemund hat Sie bereits darüber informiert, dass gegen Sie Ermittlungen eingeleitet werden müssen. Nach den Geschehnissen der vergangenen Nacht und den daraus zu folgernden Erkenntnissen sieht die Sache für Sie, Gott sei Dank, sage ich, etwas günstiger aus. Trotzdem ist es erforderlich, alles auf den Prüfstand zu stellen, damit nichts an Ihnen hängen bleibt. Ich werde Sie deshalb für die nächste Zeit vom Dienst suspendieren. Dafür haben Sie sicher Verständnis. In dieser Zeit werden die Ermittlungen mit Hochdruck weiterbetrieben mit dem Ziel, alles vollständig aufzuklären und Sie letztlich in vollem Umfang zu rehabilitieren.« Er sah Rothemund prüfend an. Der nickte beipflichtend.

»Ich stehe jederzeit zur Verfügung«, gab Kerner zurück.

Kräuter nahm es zur Kenntnis, war aber mit seinen Gedankengängen noch nicht am Ende.

»Lieber Kerner, diese Ereignisse können letztlich nicht vor der Presse geheim gehalten werden. Es besteht die Gefahr, dass Sie ziemlich gegrillt werden. Wir werden sehen müssen, wie es zukünftig mit Ihnen weitergeht. Sicher nicht so elegant, wie wir das einmal besprochen haben. Das wird nicht einfach. Am Ende bleibt immer etwas hängen. Aber da müssen Sie wohl oder übel durch.« Er hob mit einer gewissen Resignation die Schultern.

In diesem Augenblick klopfte es und die Sekretärin trat ein.

»Herr Präsident, ich habe soeben vom behandelnden Chefarzt des Herrn Hansen erfahren, dass Herr Hansen vor einer halben Stunde verstorben ist. Der Patient sei nach der Operation nicht mehr aufgewacht. – Das tut mir leid«, fügte sie hinzu.

Kräuter bedankte sich, dann trat betroffene Stille ein. Ein paar Minuten später verließen Rothemund und Kerner den Landgerichtspräsidenten. Auf dem Flur legte der Leitende Oberstaatsanwalt seine Hand auf Kerners Arm.

»Simon, bitte pass auf dich auf! So wie ich das sehe, hat der Killer zwar versagt, das heißt aber nicht, dass Trospanini seinen Plan, dich zu töten, aufgeben wird. Soll ich mit Brunner reden, damit du Personenschutz bekommst?«

Kerner winkte ab. »Ich denke nicht, dass das notwendig ist. Du weißt, ich kann mich verteidigen. Der Mörder ist nur so nahe an mich herangekommen, weil ich noch unter dem Einfluss von Hansens Betäubungsmittel stand.«

Die beiden verabschiedeten sich. Rothemund nahm sich insgeheim vor, mit Brunner zu sprechen, damit trotz Kerners Widerstand jemand ein Auge auf ihn hatte.

Wenig später traf sich Kerner mit Brunner, der mit ihm nach Partenstein fuhr, um sich den Tatort einmal in Ruhe anzusehen und sich den Tathergang nochmals vor Ort schildern zu lassen. Außerdem bat er Kerner, ihn später zu Hansens geheimem Keller zu führen.

32

Die letzten drei Tage waren mit organisatorischen Dingen ausgefüllt. Wegen Kerners Suspendierung übernahm wieder sein Vertreter die Amtsgeschäfte. Keine leichte Aufgabe, da ja auch der Verlust von Hansen zu verkraften war. Innerhalb der Behörde schossen natürlich die Gerüchte ins Kraut, weswegen ihr Direktor seine Pflichten nicht wahrnehmen durfte. Auch um Hansen rankten sich allerlei Geschichten. Um hier Klarheit zu schaffen, berief Kerner eine Personalversammlung ein. Im Rahmen dieser Veranstaltung eröffnete er seinen Mitarbeitern einen Teil der Hintergründe für seine Suspendierung, soweit er dies für angebracht hielt. Hinsichtlich Hansens hielt er sich zurück. Innerhalb des Gerichts machte sich Trauer breit, da Kerner ein durchaus beliebter Chef war.

Die Kripo tat ihre Arbeit. Kauswitz nahm Kerners Aussagen auf und verfolgte alle Spuren, die man gesichert hatte. Da der Killer keinerlei persönliche Dinge mit sich geführt hatte, die zu einer Identifikation geeignet gewesen wären, blieb er unbekannt. Seine Fingerabdrücke waren in keiner Datenbank verzeichnet, auf die man zugreifen konnte. Das Motorrad, das man ebenfalls sichergestellt hatte, trug ein falsches Kennzeichen, so dass man auch auf diesem Wege nicht zum Ziel kam.

Ein Ermittlungsvorstoß der Cybercops in Richtung *HEAVEN3* erbrachte, dass man die Plattform aus dem Netz gelöscht hatte. Die Spur verlor sich im Darknet.

Die bayerische Polizei ersuchte parallel die hessische Kripo um Amtshilfe. Man erbat eine Untersuchung der Geschäfte der Firma *Alushi Im- und Export* wegen des Verdachts der Verstrickung in Menschenhandel. Als die Beamten in den Geschäftsräumen vorsprechen wollten, standen sie vor verschlossenen Türen. Erstaunt mussten sie feststellen, dass dieser Firmensitz geschlossen war, die Büroräume im Trianon Tower geräumt waren. Die Maklerfirma, die diese Räume verwaltete, hatte sie zur Vermietung ausgeschrieben. Auf die Niederlassungen im außereuropäischen Ausland hatte die Kripo keinen Zugriff. Als die Kriminalpolizei an der Tür von Francesco Trospaninis Bungalow klopfte, öffnete ein gewisser Luigi Fontana. Wie sich herausstellte, ein Cousin von Francesco Trospanini, der laut einer Vollmacht mit dem Verkauf des Hauses beauftragt war. Er gab an, sein Cousin Francesco sei auf Dauer ins Ausland verzogen. Nachdem gegen Fontana nichts vorlag, verabschiedeten sich die Beamten wieder.

Francesco Trospanini war aber keineswegs verreist. Systematisch brach er offiziell alle Brücken hinter sich ab. Romano Santorini hatte vor seiner eigenen Abreise nach Übersee Gregoris Wohnung geräumt und alle Spuren seiner Existenz beseitigt. Dann mietete er für seinen Cousin ein Wohnmobil an. Den Camper parkte er in Karlstadt auf dem Campingplatz am Main. Für die anderen Platznutzer war der freundliche Südländer, der dieses Wohnmobil nutzte und sich Francesco nannte, ein Camper wie jeder andere. Das Wohnmobil war recht komfortabel, ohne durch Protzigkeit aufzufallen, und verfügte über eine Motorrollergarage, in der eine Vespa stand. In einem der Einbauschränke des Campers stand in ein Tuch gehüllt ein Scharfschützengewehr im Kaliber .308 Winchester mit einem hochpräzisen Zielfernrohr. Im Schubfach des Schrankes verwahrte er eine Pistole im Kaliber 9 mm Parabellum mit Schalldämpfer, die Romano auf dem Schwarzmarkt der Frankfurter Unterwelt beschafft hatte. Alle Erkennungsmerkmale dieser Waffe waren entfernt. Francesco würde beide Waffen in den Main werfen, sobald er sein Vorhaben in die Tat umgesetzt hatte. Für alle Fälle lagen in einem Schubfach gefälschte Papiere bereit.

Luigi bekam den Auftrag, Simon Kerner unauffällig zu beobachten. Jeder Mensch praktizierte gewisse Gewohnheiten, Routinen, die sich im täglichen Ablauf wiederholten. Diese würde er für seine Zwecke zu nutzen wissen.

Nachdem der Erkennungsdienst das Wohnzimmer wieder freigegeben hatte, machte Simon Kerner sich daran, die Spuren des nächtlichen Kampfes zu beseitigen. Den Teppich musste er erneuern, da sich der Blutfleck des Killers nicht entfernen ließ. Für die Einschussöffnung in der Decke, die durch die danebengegangene Kugel entstanden war, benötigte er einen Handwerker. Seit dem Angriff des Killers führte er auf Anraten von Eberhard Brunner wieder ständig seinen Revolver mit sich.

Simon Kerner dachte zwar immer wieder an Theresa Schönbrunn, war aber durch die Ereignisse der letzten Tage daran gehindert gewesen, sie zu besuchen. Heute wollte er dies nachholen. Zuvor wählte er die Nummer von Maria Vollkommner, die Theresa Schönbrunn regelmäßig besuchte, und erkundigte sich nach ihrem Befinden. Die Personalratsvorsitzende ließ ihn wissen, dass es Frau Schönbrunn etwas besser gehe. Sie habe auch schon ihr Zimmer verlassen. Simon Kerner machte sich mit dem Jeep auf den Weg. Unterwegs hielt er an einem Blumengeschäft und besorgte in einer Konditorei eine Schachtel Pralinen. Er freute sich sehr, dass es der jungen Frau mittlerweile etwas besser ging. Trotz der Turbulenzen der letzten Tage waren seine Gedanken immer wieder einmal zu ihr abgeschweift. Er vermochte seine Empfindungen, die er ihr gegenüber hatte, nicht richtig einzuordnen. Da war sicher Verantwortung, Mitgefühl und das Bedürfnis zu helfen. Aber wenn er tiefer in sich hineinhorchte, war da noch etwas anderes, was über diese Gefühle hinausging.

Wenig später parkte er seinen Wagen vor dem Klinikum. Den Kleinwagen, der gleichzeitig ein ganzes Stück von ihm entfernt einparkte, registrierte er nicht.

Kurz nach Kerner betrat auch Luigi Fontana das Gebäude.

Auf Station erklärte die Schwester Kerner, dass er Theresa Schönbrunn im Garten des Krankenhauses finden würde. Er bedankte sich und eilte zur Treppe. Simon Kerner fand die junge Frau auf einer Parkbank im Schatten eines hohen Ahorns sitzend. Als sie Kerner erkannte, lächelte sie leicht.

»Hallo, Frau Schönbrunn, es freut mich sehr, Sie hier im Garten zu sehen. Darf ich dies als Zeichen dafür nehmen, dass es Ihnen etwas besser geht?« Er überreichte ihr den Strauß und die Pralinen.

Auf ihr Gesicht trat ein wehmütiger Zug. »Herr Kerner, herzlichen Dank für diese Aufmerksamkeiten, aber ganz besonders für Ihre Anteilnahme. Sie haben ja selbst vor nicht langer Zeit einen schlimmen persönlichen Verlust erlitten und können das vielleicht ein wenig nachempfinden. Man hat mir mein Kind mit Gewalt genommen und trotzdem habe ich das Gefühl, als trüge ich selbst schuld daran. Als Mutter hätte ich sie doch beschützen müssen.«

Einem spontanen Gefühl folgend, nahm Simon Kerner ihre Hand.

»Theresa ..., ich darf Sie doch Theresa nennen?« Sie nickte und beließ ihm ihre Hand. »Ich kann Sie sehr gut verstehen.

Auch ich mache mir in dunklen Stunden Vorwürfe, ob ich den Tod meiner Lebensgefährtin Steffi nicht hätte verhindern können. Aber glauben Sie mir, diese Art von Selbstzerfleischung bringt uns nicht weiter. Wir sind es unseren Lieben schuldig, unser Leben weiterzuleben, weil sie es sicher so gewollt hätten. Es ist sicher ein ziemlich abgedroschener Spruch, dass die Zeit Wunden heilt. Doch auf jeden Fall vernarben sie und erinnern uns immer daran, manche Dinge besser zu machen.«

Sie sah ihn mit feuchten Augen an und zuckte mit den Schultern. »Ich danke Ihnen für Ihre offenen Worte. Ich hoffe, irgendwann so weit zu sein, den Tod von Ronja genauso zu sehen. Obwohl ich mir das noch nicht vorstellen kann.«

Simon Kerner blieb noch einige Zeit still bei ihr sitzen. Als er sich dann verabschiedete, bemerkte er, dass er ihre Hand noch immer hielt. Er versprach ihr, sie bald wieder zu besuchen. Offenkundig freute sie sich darüber.

Auf der Heimfahrt versank Simon Kerner in Grübeleien. War er wirklich schon so weit, ein Gefühl zuzulassen, das eindeutig über die Anteilnahme eines Behördenleiters hinausging? War diese Frage nicht ein Indiz dafür, dass er es bereits getan hatte?

Zuhause angekommen, bereitete sich Kerner eine kleine Mahlzeit zu. Dann zog er sich um, denn um fünfzehn Uhr dreißig war in Thüngersheim die Beisetzung von Christian Hansen angesetzt.

Luigi hatte beobachtet, wie Kerner in seine Wohnstraße einbog. Er brach die Verfolgung ab, hielt am Rand von Partenstein an und wählte die Handynummer von Francesco, um ihn zu informieren. Trospanini wies ihn an, vor Ort zu bleiben und ihn weiter über Kerners Bewegungen auf dem Laufenden zu halten. Luigis Begeisterung hielt sich in Grenzen, denn er hatte immer vor Augen, wie Kerner Gregori ausgeschaltet hatte. Ihm waren die Qualitäten des Russen bekannt gewesen, umso klarer war ihm, wie gefährlich dieser Kerner sein musste. Luigi parkte sein Fahrzeug ein Stück abseits, dann näherte er sich oberhalb im Wald Kerners Haus und ließ sich auf dem Waldboden nieder. Von hier aus würde er alles mitbekommen. Der Jeep stand in der Garage und das Tor war nicht geschlossen. Es sah so aus, als wollte Kerner noch einmal wegfahren. Luigi holte sein Smartphone hervor und vertrieb sich die Zeit mit einem Spiel.

Es verging keine Stunde, da öffnete sich die Haustür wieder. Kerner kam heraus. Er trug einen schwarzen Anzug. Als er sich seinem Wagen näherte, sprang Luigi auf und rannte zurück durch den Wald, um sein Auto rechtzeitig zu erreichen. Durch seine Hektik schreckte er zwei Eichelhäher auf, die sofort mit lautem Geschrei Alarm schlugen. Luigi achtete nicht auf die Rufe.

Kerner schon! Gerade als er einsteigen wollte, vernahm er die Warnrufe der Häher. Als Jäger war er es gewohnt, auf die Schreie dieser Vögel zu achten. Er blieb stehen und lauschte. Sorgfältig musterte er die relativ steile Böschung vor seinem Haus, die von der Straße weg in den Wald überging. Die Rabenvögel warnten eigentlich nie ohne Grund. Da er aber nichts Verdächtiges bemerkte, schob er den Gedanken beiseite. Er musste los, sonst kam er zu spät zur Beerdigung.

Kerner fuhr bereits ein ganzes Stück jenseits der Ortsgrenze, als sich sein Verfolger an seine Fersen heftete.

Der Friedhof von Thüngersheim lag lag außerhalb des Altortes und schloss an der einen Seite an Weinberghänge an. Kerner parkte außerhalb an der Straße und eilte zum Eingang. Plötzlich stutzte er. Gerade fuhr ein Kleinwagen an den Straßenrand und hielt an. Er wurde das Gefühl nicht los, dieses Auto in den letzten Tagen schon einige Male gesehen zu haben. Allerdings handelte es sich um ein Allerweltsmodell, das man ständig auf der Straße beobachten konnte. Er vergewisserte sich mit einem Griff unter das Jackett, dass er seinen Revolver jederzeit greifen konnte, dann betrat er den Friedhof. Auf jeden Fall würde er jetzt noch wachsamer sein. Das Geschrei der Eichelhäher kam ihm wieder in den Sinn.

Die Beisetzung von Christian Hansen war schlicht und ging ohne Priester vonstatten. Es wurden keine Reden gehalten und keine Kränze niedergelegt. Vom Amtsgericht Gemünden waren nur er, sein Stellvertreter und einige wenige Bedienstete anwesend. Nach der Beerdigung begrüßten sie sich kurz, dann gingen wieder alle auseinander. Kerner setzte sich in den Jeep und fuhr zurück. Dabei hielt er ständig im Rückspiegel die Straße hinter sich im Auge. Es dauerte nicht lange, dann entdeckte er wieder dieses Fahrzeug. Kerner beschleunigte, dann wurde er langsamer. Das Fahrzeug hinter ihm hielt immer gleichen Abstand. Kerner zweifelte nicht mehr daran, verfolgt zu werden. Seine Vermutung, es könnte sich um einen Schutzengel Brunners handeln, zerstreute sich schnell. Er kannte die Fahrzeugtypen, die die Polizei zu derartigen Zwecken einsetzte. Dieser Wagen gehörte mit Sicherheit nicht dazu. Beim Einbiegen in seine Wohnstraße war von seinem Verfolger nichts mehr zu sehen. Er fuhr in die Garage ein, ließ das Tor aber offen. Dann lehnte er sich innen an die Wand. Durch seinen schwarzen Anzug und den düsteren Hintergrund der Garage war er so gut getarnt, dass man ihn von außen nicht sehen würde. Geduldig stellte er sich auf eine längere Wartezeit ein. Es ging schneller, als er dachte. Neuerliches Geschrei der Eichelhäher zerriss die gewohnte Stille der abseits gelegenen Straße. Das Warnen kam ungefähr von der gleichen Stelle wie vorhin. Für Kerner stand außer Frage,

dass sich dort jemand im Wald aufhielt, durch den die Rabenvögel alarmiert waren.

Simon Kerner betrat sein Haus durch den Eingang in der
Garage. In der Situation, in der er zurzeit lebte, war eine Bedrohung nicht auszuschließen. Er fasste einen Entschluss: In
einem derartigen Fall war Angriff die beste Verteidigung.
Sollte er sich getäuscht haben, hatte er auf jeden Fall nichts
versäumt. Er eilte in sein Arbeitszimmer und zog sich schnell
Camouflageklamotten an. Er überlegte, ein Gewehr mitzu-
nehmen, beließ es dann aber bei einem Messer und seinem
Revolver. Vorsorglich steckte er sich noch ein paar Kabelbinder in die Beintasche, dann verließ er seine Wohnung über
die Veranda. Das Haus im Rücken, schlich er sich vom Grundstück. Falls ein Mensch gegenüber dem Hauseingang im Wald
versteckt sein sollte, konnte er Kerner nicht sehen. Er überstieg den Zaun und schlug sich ins Unterholz, das bis dicht
an die Umzäunung heranreichte. In der Deckung der Sträucher umrundete er das Gebäude, bis er die Stelle erreicht
hatte, von der aus er sich parallel zur Straße weiterbewegen
konnte. Jetzt müsste er innerhalb der nächsten sechzig Meter auf einen möglichen Beobachter stoßen.

Kerners Miene wurde grimmig, als er seinen Verdacht bald
bestätigt sah. Unweit von ihm entfernt saß ein jüngerer Mann
gegen einen dünnen Baum gelehnt und starrte auf sein Smartphone. Kerner umrundete den Beobachter und näherte sich
ihm in geduckter Haltung lautlos von hinten. Langsam zog
er seinen Revolver, drückte ihm den Lauf gegen den Hinterkopf und fauchte:

»Telefon fallen lassen und Hände nach oben!«

Der Mann war vor Schreck wie erstarrt.

»Los! Ich bin nicht sehr geduldig!« Kerner verstärkte den
Druck der Waffe.

»Bitte, ich habe doch nichts getan!«, jammerte der Bursche, dabei ließ er das Smartphone fallen und nahm die Hände langsam in die Höhe.

Kerner nahm den Revolver weg und legte ihn vor sich aufs Moos. Dann griff er zu und legte beide Hände seines Gefangenen hinter dem Baumstamm zusammen, wo er sie mit einem Kabelbinder verband. Jetzt war der Mann wehrlos. Kerner erhob sich und steckte seine Waffe ein. Dann trat er nach vorne und tastete seinen Gefangenen gründlich ab. Er war unbewaffnet. Kerner nahm ihm den Geldbeutel ab und studierte den Führerschein. Dann fixierte er seinen Gefangenen mit kaltem Blick.

»Luigi Fontana …, sie sind offenbar Italiener. Sie haben mich schon mehrmals mit dem Auto verfolgt. Warum beobachten Sie mein Haus?«

Man konnte deutlich sehen, wie die Gedanken im Kopf des Mannes durcheinanderpurzelten. Es war offensichtlich, dass er verzweifelt nach einer plausiblen Ausrede suchte.

Kerner stieß ihm mit seinem Stiefel gegen den Oberschenkel. »Versuchen Sie erst gar nicht mich anzulügen. Glauben Sie mir, ich kenne Mittel und Wege, die Wahrheit aus Ihnen herauszubringen.« Dabei berührte seine Linke das Messer an seiner Seite. Kerner hoffte, seine Entschlossenheit überzeugend genug zu vermitteln. Viel weiter konnte er nicht gehen. »Kennst du Francesco Trospanini? Los, red schon!« Kerner zog langsam das Messer aus der Scheide.

Luigi war Programmierer, kein hartgesottener Mafioso. Er hatte oft genug gehört, wie gefährlich dieser Simon Kerner war, und er hatte Angst.

»Bitte, tun Sie mir nichts«, wimmerte er, dann entleerte sich seine Blase. Angewidert verzog Kerner das Gesicht.

»Also?!«

»Francesco ist mein Cousin«, flüsterte er leise.

»… und was wollen Sie hier?«

»Ich sollte herausfinden, wann Sie zuhause sind, und ihm Mitteilung machen«, ergänzte Luigi.

»Ich nehme an, er will mich töten.« Das war eine Feststellung, keine Frage.

Luigi sank wortlos in sich zusammen. Eine Antwort war nicht mehr nötig.

»Hast du ihn schon angerufen?«

Luigi nickte.

»Wann kommt er?«

»Ich soll hierbleiben bis zur Dämmerung. Wenn Sie dann immer noch im Haus sind, schicke ich ihm eine WhatsApp-Nachricht und verschwinde dann.«

Simon Kerner wusste genug. Er steckte Luigis Handy ein und zog das Messer. Luigi begann laut zu wimmern.

»Stell dich nicht so an!« Mit einem Schnitt durchtrennte er den Kabelbinder, dann steckte er das Messer wieder ein. »Los, aufstehen!« Er packte seinen Gefangenen am Kragen und zog ihn auf die Beine. Dann fesselte er seine Hände erneut.

»Los, die Böschung runter zum Haus!«

»Werden Sie mich jetzt töten?«

»Red keinen Unsinn! Runter zum Haus! Mit dir wird sich später die Polizei beschäftigen. Zunächst werde ich aber erst einmal deinen Cousin verarzten.«

Kerner drängte seinen Gefangenen in die Wildkammer und fesselte ihn an einen Haken an der Wand. Mit seinen Füßen verfuhr er gleichermaßen.

»Du verhältst dich hier völlig ruhig, sonst muss ich dir den Mund zukleben.« Er deutete auf eine Rolle Panzerband, die auf einem Tisch lag. Luigi nickte heftig.

Kerner räumte sämtliche Messer und Werkzeuge in den Vorraum, so dass der Gefangene keine Möglichkeit hatte, sich zu befreien, dann verließ er die Wildkammer und verschloss die Tür. In der Küche goss er sich ein Glas Wasser ein und trank. Kerner hatte die Schnauze gründlich voll. Er musste die Sache hier und heute endgültig erledigen, sonst würde er niemals Frieden finden. Ein Blick zum Himmel zeigte ihm, dass es bis zur Dämmerung noch zwei Stunden dauern würde. Bis dahin musste er seine Falle aufgestellt haben. Einen Moment dachte er an Eberhard Brunner. Sollte er dem Freund Bescheid sagen? Er schüttelte entschieden den Kopf. Diese Sache musste er alleine erledigen. Er wollte den Freund auf jeden Fall heraushalten. Außerdem waren sein beruflicher Ruf und seine Zukunftsaussichten sowieso schon ruiniert, da kam es darauf jetzt auch nicht mehr an.

33

Francesco Trospanini lauschte gegen Mittag dem verabredeten Routineanruf seines Cousins. Wie die Tage vorher gab es hinsichtlich des Verhaltens Kerners nichts Besonderes zu berichten. Francesco wunderte sich zwar, weil der Mann offenbar nicht mehr zum Amtsgericht nach Gemünden fuhr. Vielleicht hatte er Urlaub. Eigentlich wollte er diesen Menschen aus sicherer Entfernung direkt vor seinem Gericht erschießen. Eine Aktion, die ihm besondere Befriedigung verschafft hätte. Nachdem Kerner die Behörde aber nicht mehr betrat, musste er sich einen anderen Ort für die Vollstreckung suchen. Mittlerweile wollte er die Exekution nur noch möglichst zeitnah erledigen, da jeder Tag, den er sich weiter in Deutschland aufhielt, die Gefahr barg, von der Polizei gestellt zu werden. Sie suchten nach ihm, das war ihm bekannt. Nachdem Kerner, wie Luigi ihm berichtete, viel Zeit in seinem Haus verbrachte, würde er ihn dort erledigen.

Am Nachmittag berichtete Luigi, dass Kerner eine Beerdigung in Thüngersheim besucht hatte, jetzt aber wieder im Haus sei. Trospanini schrieb ihm, er solle ihm wieder eine Mitteilung machen, falls Kerner bei Dämmerungseinbruch noch immer zuhause war. Dann würde er heute die Sache durchziehen.

Kurz nach einundzwanzig Uhr vibrierte Francescos Handy. Er öffnete die WhatsApp-Nachricht: »Er ist im Haus. Ich verschwinde jetzt von hier.«

Trospanini knurrte zufrieden. Er rollte mit seinem Camper vom Platz. Eine gute Stunde später hielt er auf einem

Parkplatz für Wanderer in der Nähe von Partenstein. Schnell zog er die bereitgelegte Tarnkleidung an. Die Nachtsichtbrille steckte er in die äußere Beintasche seiner Hose, in die andere die Pistole mit aufgeschraubtem Schalldämpfer. In der Hosentasche hatte er ein rasiermesserscharfes, klappbares Ka-Bar-Kampfmesser. Das Gewehr war geladen, gesichert und auf seinen Rücken geschnallt. Unter der Jacke trug er eine widerstandsfähige Schutzweste, die ihn vor Stichen und normalen Kurzwaffenprojektilen schützen würde. Er lud die Vespa aus dem Wohnmobil und startete. Die Strecke, die er zurücklegen musste, hatte er sich in den letzten Tagen genau angesehen. Es war nur zu hoffen, dass ihm kein Jäger oder Förster begegnete. Ansonsten würde es heute halt eine Leiche mehr geben.

Fünfhundert Meter vor dem Ziel ließ Francesco die Vespa stehen. Den Rest der Strecke würde er mit Hilfe der Nachtsichtbrille in völliger Dunkelheit zurücklegen. Trospanini hatte mehrere Jahre in der amerikanischen Armee bei den Marines gedient und eine entsprechende Ausbildung erhalten. Seine Fähigkeiten waren vielleicht etwas eingerostet, aber diese Aufgabe, da war er sich sicher, würde er im Handstreich erledigen. Er schob die Brille in die Höhe und warf einen Blick auf sein GPS. Nachdem er die Richtung ein wenig korrigiert hatte, marschierte er weiter. Es dauerte nicht lange und er sah durch die Bäume einen Lichtschimmer, der sich im Nachtsichtgerät als hellgrüner Schleier bemerkbar machte. Offenbar näherte er sich seinem Ziel. Die Straßenlampen dort störten die sensible Technik der Nachtsichtbrille. Er blieb stehen und überlegte sie für den Rest der Strecke abzunehmen. Trospanini hatte den Gedanken noch nicht zu Ende geführt, als plötzlich ein gleißender Lichtstrahl aus dem Nichts auf ihn zuschoss und ihn blendete. Schlagartig schaltete die Sicherheitsautomatik des Nachtsichtgeräts den Strom ab und sein Träger stand völlig hilflos da. Er riss sich die Brille vom Kopf. Jetzt bohrte sich wieder der Lichtstrahl in seine Augen. Im gleichen Moment kam eine harte Stimme irgendwo von der Seite.

»Francesco Michelangelo Trospanini, werfen Sie die Waffen weg und legen Sie sich auf den Bauch! Sofort! Ich habe eine Schusswaffe auf Sie gerichtet und schieße ohne Zögern.«

»Kerner!«, schoss es Francesco durch den Kopf. Im gleichen Augenblick machte er einen Sprung zur Seite, weg von dem Lichtstrahl, und rollte sich ab. Durch das Gewehr behindert, gelang die Rolle nur teilweise und er knallte mit der Schulter gegen einen Baum. Trotzdem gelang es ihm, die Pistole zu ziehen und einen schnellen Schuss in Richtung der Lichtquelle abzugeben. Er hörte einen ächzenden Laut und die Lampe fiel auf den Boden. Trospanini kam auf die Knie und richtete seine Waffe dorthin, wo er dachte, dass sein Gegner sich nun befinden müsste. Zwei Schüsse verließen schallgedämpft den Lauf und schlugen irgendwo in der Botanik ein. Da sein Gegner eine Lampe benutzt hatte, besaß er offenbar kein Nachtsichtgerät, sonst hätte er sich ja selbst geblendet. Halb hinter einem Baum stehend, bewegte Francesco den Lauf der Pistole von links nach rechts, jederzeit bereit auf jede Bewegung zu feuern. Kerner, dieser Satan, wusste, dass er kommen würde! Das würde Luigi büßen!

Simon Kerner war sich sicher, der Angriff würde von oberhalb der Böschung aus dem Wald erfolgen. Er wusste nur nicht, aus welcher Richtung. So versteckte er sich in der Böschung oberhalb seines Hauses in einem Busch und wartete. Zu seiner Ausrüstung gehörte ein starker Handscheinwerfer, den er bei der Jagd benutzte, wenn er in der Nacht die Spur eines getroffenen Wildes verfolgen musste.

Sein Gegner kündigte sich schon an, als er noch ein ganzes Stück entfernt war. Kerners kundiges Jägerohr hörte das leise Knacksen seiner Schritte, wenn er auf einen Zweig trat, oder das Rascheln trockenen Laubes. Er kam quer durch den finsteren Wald. Da Kerner kein Licht sah, musste Trospanini ein Nachtsichtgerät benutzen. Kerner grinste grimmig. Diese Technik war sehr hilfreich … bei völliger Dunkelheit. Aber sehr empfindlich gegen Licht!

Simon Kerner wartete, bis die Schritte sehr nahe waren, dann griff er nach seinem Revolver, schaltete den Scheinwerfer mit voller Leistung an und hielt ihn direkt in Richtung der Schritte. Sofort schälte sich eine Gestalt in Einzelkämpfermontur aus der Nacht. Die Schrecksekunde des Mannes dauerte aber nur kurz. Er ignorierte den Anruf Kerners, schlug sich die Nachtsichtbrille vom Kopf und rollte sich ab. Dabei gab er zwei Schüsse in Richtung Lichtquelle ab. Von der schnellen Reaktion seines Gegners war Kerner überrascht. Die Projektile schlugen in einen Ast neben Kerners Kopf ein. Holzsplitter trafen seine Augen und er ließ die Lampe fallen, weil sie ein zu gutes Ziel bot. Sie erlosch. Gleichzeitig kroch er aus seiner Deckung heraus und ein Stück zur Seite hinter einen umherliegenden Baumstamm. Im Augenblick befanden sich beide in einer Pattsituation. Sie konnten einander nicht sehen und hatten vom jeweiligen Standort nur eine vage Ahnung.

Trospanini war klar, dass es jetzt einen Kampf auf Leben und Tod geben würde. Von Kerners Fähigkeiten als Kämpfer wusste er. Hingegen hatte der keine Ahnung, dass auch er entsprechend ausgebildet war. Sicher ein Vorteil. Nachdem sich seine Augen langsam wieder an die Dunkelheit gewöhnt hatten, registrierte er den Lichtschimmer von der Straße. Wenn es ihm gelang, dorthin zu kommen, war es vielleicht möglich, seinen Gegner zu sehen und einen gezielten Schuss abzugeben. Vermutlich dachte Kerner das Gleiche, nachdem seine Lampe kaputtgegangen war, denn plötzlich hörte er ein Stück entfernt ein vernehmliches »Plopp« und er spürte den Einschlag einer Kugel in den Stamm neben seinem Kopf. Ein sehr dichter Treffer! Kerner hatte die gleiche Idee und seine Waffe war ebenfalls schallgedämpft. Trospanini musste sich zusammenreißen, damit er nicht vor Hass die Beherrschung verlor. Vorsichtig rollte er sich nach links ab und nutzte die Deckung eines breiteren Baumstammes. Wieder war das Gewehr im Wege. Wütend zog er es vom Rücken und ließ es liegen. Das würde ihm beim Nahkampf nichts nützen. Da sah er einen Schatten in Richtung Straße huschen. Was für ein riskantes Manöver! Als er feuerte, war der Schatten schon wieder weg. Die Antwort war ein augenblicklicher Schuss auf das Mündungsfeuer seiner Pistole. Er spürte am Arm, mit der er die Waffe hielt, ein heftiges Reißen. Hastig kroch er ein Stück zur Seite. Mit der Linken rieb er über die Stelle. Da war reichlich klebrige Flüssigkeit. Der Hund hatte ihn getroffen! Hoffentlich nur ein Streifschuss. Er wusste, der Schmerz würde erst später kommen. Sein Arm ließ sich auf jeden Fall noch bewegen.

Simon Kerner war klar, dass er sich seine Munition einteilen musste. Sein Revolver hatte sechs Schuss. Wenn Trospanini eine Pistole besaß, befand er sich diesbezüglich deutlich im Vorteil. Er zerbrach sich den Kopf. Es war zwar gefährlich, aber er musste näher zur Straße, um mehr Licht zu bekommen. Mit zusammengebissenen Zähnen sprang Kerner auf und huschte einige Meter in Richtung seines Hauses, dann ließ er sich wieder fallen. Erwartungsgemäß schoss sein Gegner, verfehlte ihn aber zum Glück. Kerner feuerte umgehend auf Trospaninis Mündungsfeuer. Das Schießen hörte auf. Hatte er womöglich getroffen? Das wäre aber reiner Zufall gewesen. Neben ihm befand sich ein Busch. Möglichst lautlos kroch er in dessen Deckung. Dicht drückte er sich an den Waldboden und lauschte in die Nacht. Vom Waldrand war er nur noch etwa zwanzig Meter entfernt. Seine Augen bohrten sich in die hinter ihm liegende Finsternis. Wo war dieser verdammte Trospanini? Geräuschlos öffnete er die Trommel seines Revolvers und ersetzte mit tastenden Fingern die abgeschossenen Patronen durch frische.

Wie erwartet, kam der Schmerz ziemlich plötzlich! Auch die Bewegungsfähigkeit seines rechten Armes reduzierte sich. Die Muskeln seines Oberarms waren offenbar stärker in Mitleidenschaft gezogen, als es zunächst aussah. Wut kochte in ihm hoch. Das dadurch ausgeschüttete Adrenalin drängte den Schmerz wieder etwas zurück. Da er nicht in der Lage war, die Wunde zu versorgen, würde sie weiter stark bluten, was ihn irgendwann dann doch schwächen würde. Er drückte auf den Magazinhalter, ließ das teilweise verschossene Magazin herausgleiten und ersetzte es lautlos durch ein volles aus seiner Beintasche. Jetzt standen ihm wieder vierzehn Schuss zur Verfügung. Mittlerweile konnte er durch das einfallende Licht die Konturen der umstehenden Bäume erkennen. Wo war nur dieser verdammte Kerner? Immer wieder entdeckte er Verkrüppelungen oder Ausbuchtungen an Bäumen, die man für einen Menschen halten konnte, aber er zwang sich, nicht probeweise darauf zu schießen, da er befürchtete, dass Kerner wieder auf sein Mündungsfeuer schießen würde. Und der verdammte Hund schoss gut! Einen guten Meter von ihm entfernt entdeckte er einen dickeren Baumstamm, der sich hervorragend als Deckung eignete. Er holte tief Luft, dann schnellte er auf, machte einen Satz nach vorne und hechtete hinter den Stamm. Verwundert registrierte er, dass kein Schuss gefallen war. War Kerner etwa verletzt? Wo versteckte sich dieser Teufel?

Simon Kerner beobachtete das In-Deckung-Gehen seines Gegners sehr wohl. Die Wahrscheinlichkeit, ihn in der Nacht bei dieser schnellen Bewegung zu treffen, war sehr gering. Die Patrone konnte er sich sparen. Im genügte zu wissen, wo sich Trospanini im Augenblick befand. Kerner starrte auf das Versteck seines Gegners und überlegte, wie man diese Situation final klären konnte. Er konzentrierte sich verstärkt auf seinen Sehsinn. Angestrengt fixierte er eine Stelle, wo er eine schwache Lichtquelle zu sehen glaubte. Kerner schloss die Augen und öffnete sie wieder. Der schwache Schimmer war noch immer da. Da fiel es ihm wie Schuppen von den Augen. Bei den Einsätzen seiner Truppe hatte er den Soldaten stets eingeschärft, die Glut von Zigaretten immer mit der hohlen Hand zu verdecken und die Leuchtzifferblätter ihrer militärischen Armbanduhren mit der dafür vorgesehenen Abdeckung unsichtbar zu machen. Es war mehr als einmal passiert, dass Soldaten, die diese Ratschläge nicht beachtet hatten, von gegnerischen Scharfschützen erschossen wurden. Kerner war sich sicher: Was ihm da vorne entgegenschimmerte, war verdammt noch einmal das Leuchtzifferblatt einer Uhr! Langsam hob Kerner den Revolver. Bei Tage wäre auf diese Entfernung ein genauer Schuss kein Problem gewesen. Jetzt, in diesem schwachen Dämmerlicht, war es eine Herausforderung. Kerner spannte im Liegen den Hahn des Revolvers, stützte seine Ellbogen auf dem Waldboden ab, zielte sorgfältig und drückte langsam ab. Er musste getroffen haben, denn hinter dem Baumstamm ertönte ein lauter Schmerzensschrei, dann sprang die Gestalt seines Gegners aufrecht hinter dem Stamm hervor, feuerte brüllend eine ganze Serie in Richtung von Kerners Versteck und stürmte auf ihn zu.

Simon Kerner stand schon öfters in seinem Leben unter feindlichem Beschuss. Oftmals entschieden über Sieg oder Niederlage die besseren Nerven. Plötzlich verspürte er zwei brutale Schläge gegen seine Brust. Mit Wucht stemmte er sich gegen die Treffer, um nicht zu stürzen. Als Trospanini keine zwei Meter von ihm entfernt war, schoss Kerner ihm zwischen die Augen. Die harte Wucht des Einschlags riss den Angreifer nach hinten. Er brach zusammen wie ein gefällter Baum. Kerner verharrte noch ein paar Sekunden in dieser Haltung, weil sein Verstand noch gar nicht verarbeitet hatte, dass der Kampf vorüber war. Jetzt kamen die Schmerzen in seiner Brust. Die Weste rettete ihm zwar das Leben, verhinderte aber nicht Blutergüsse oder Rippenbrüche. Schließlich ließ er den Revolver sinken und trat an Trospanini heran. Das Gesicht des Toten zeigte einen Hauch von Erstaunen. Kerners erster Schuss auf die Uhr hatte den Unterarm durchschlagen, die schusssichere Weste seines Gegners gestreift und war anschließend in die Achselhöhle eingedrungen. Eine sicher sehr schmerzhafte Verletzung, die Trospanini letztlich aus seinem Versteck trieb.

Erschöpft schleppte sich Kerner einige Schritte bis zum Waldrand. Dort zog er sein Handy und rief Eberhard Brunner an.

34

Die Polizei verwandelte die Straße und den Wald um Kerners Haus mit einer ganzen Reihe von Leuchtgiraffen in eine hell erleuchtete Arena. Mehrere Streifenbeamte sorgten dafür, dass Neugierige ferngehalten wurden. Der Notarzt konnte nur noch Trospaninis Tod feststellen. Gegen Kerners Blutergüsse konnte er nicht viel tun. Sie benötigten einfach Zeit um abzuheilen.

Wieder musste Simon Kerner Rede und Antwort stehen und den Tathergang erläutern. Schon jetzt stand fest, dass er auch in diesem Fall in Notwehr gehandelt hatte. Nachdem Luigi erfahren hatte, dass sein Cousin nicht mehr lebte, legte er noch in Kerners Wohnung ein Geständnis ab.

Die Nacht näherte sich schon ihrem Ende, als alle Einsatzkräfte den Rückweg antraten. Eberhard Brunner blieb noch. Ihm war klar, dass er Simon jetzt nicht alleine lassen durfte. Früher oder später würde die Reaktion auf den lebensgefährlichen Kampf kommen.

Sie setzten sich zusammen auf die Veranda. Brunner, der sich im Haus seines Freundes auskannte, holte aus dessen Weinkeller einen Bocksbeutel mit Spätburgunder und schenkte ihnen beiden ein. Nachdem sie miteinander angestoßen hatten, sah Kerner seinen Freund von der Seite her an.

»Eberhard, kannst du mir mal sagen, wann diese ständigen Kämpfe aufhören? Ich habe das Gefühl, ich ziehe Kampf und Auseinandersetzung an wie Honig die Fliegen. Habe ich noch das Recht, Richter zu sein? So wie es aussieht, bin ich doch eher der Henker. Das Schlimme dabei ist, dass ich Menschen, die mich lieben, mit ins Verderben ziehe. Meine Vorgesetzten, die auf mich setzen, enttäusche ich in ihrer Loyalität. Und dann bist da auch noch du, mein Freund … Ständig bringe ich dich in Konflikte mit deiner Verantwortung als Polizeibeamter und mit unserer Freundschaft.« Er atmete schwer durch. »Ich kann und will nicht so weitermachen.«

»Was willst du damit sagen?«

»Wie du weißt, gärt es in mir schon lange. Steffis Tod war sicher ein Auslöser. Während ich auf dem Jakobsweg war, habe ich gemerkt, dass ich in einer anderen Umgebung auch ein anderer Mensch sein kann. Ich hatte gehofft, diese Erkenntnis und Haltung mit in mein alltägliches Leben nehmen zu können. Aber anscheinend ist das nicht möglich. Der Spessart tut mir nicht mehr gut.« Er nahm einen Schluck vom Wein, dann fuhr er nachdenklich fort: »Ich werde hier alle meine Dinge regeln. Werde mich den Ermittlungen und eventuellen Strafverfahren stellen. Wenn das alles vorüber ist, werde ich meine Zelte hier abbrechen und irgendwo ein neues Leben beginnen. Vielleicht kannst du das nicht verstehen, aber ich bitte dich als mein Freund, es zu akzeptieren.«

Eberhard Brunner brannten viele Worte auf der Seele, aber er schwieg. Er fühlte, dass dieser Entschluss Simon Kerners unumstößlich war.

In dieser Nacht leerten die beiden Freunde noch mehrere Bocksbeutel, bis sie irgendwann sturzbetrunken waren.

Simon Kerner tat, was er angekündigt hatte. Es vergingen einige Wochen, dann wurden die Ermittlungen gegen ihn eingestellt, da er nachweislich in Notwehr gehandelt hatte. Dank Luigi Fontanas Geständnis konnten auch die Ermittlungen wegen der bei den Kinderleichen gefundenen DNA

Kerners eingestellt werden. Als der Landgerichtspräsident erwog, die Suspendierung wieder aufzuheben, erhielt er von Simon Kerner ein Schreiben. Darin beantragte er seine Entlassung aus dem Dienst der bayerischen Justiz. Dieser Antrag löste natürlich bei Präsident Kräuter und Oberstaatsanwalt Rothemund heftige Reaktionen aus. Einzeln und gemeinsam versuchten sie ihn umzustimmen, aber er beharrte auf seiner Entscheidung. Einige Zeit später wurde ihm vom Landgerichtspräsidenten die Entlassungsurkunde ausgehändigt.

Während dieser Wochen besuchte er regelmäßig Theresa Schönbrunn, die dank seiner Zuwendung und einer guten Therapie ganz langsam wieder Interesse am Leben fand. Sie waren beide zerbrochene Seelen, die einander aber guttaten.

An einem verregneten Montag fuhr Simon Kerner mit dem gemieteten Jeep ein letztes Mal durch sein Jagdrevier. Er besuchte die Wege und Plätze, die ihm einmal viel bedeutet hatten. Bruno Gelhammer hatte das Revier übernommen. Kerner war sicher, dass es sich bei ihm in guten Händen befand.

Nach der Rundfahrt besuchte er das Grab von Steffi und nahm in einem längeren Zwiegespräch auch von ihr Abschied.

Am Nachmittag übergab er den Jeep Eberhard Brunner, der ihn an die Mietwagenfirma zurückgeben würde. Außerdem händigte er ihm den Schlüssel zu seinem Haus aus mit der Bitte, ihn dem zukünftigen Besitzer zu übergeben. Dazu fehlte ihm dann doch die Kraft. Gott sei Dank hatte er geeignete Interessenten gefunden: eine Familie mit reichlich Nachwuchs, der hier eine schöne Kindheit verbringen konnte.

Seine Möbel und seine Jagdwaffen waren sachgemäß eingelagert. Wenn er irgendwann, irgendwo wieder Fuß gefasst hatte, würde er sie nachkommen lassen. Bis dahin wollte er mit kleinem Gepäck reisen.

Der Abschied von Eberhard Brunner am Bahnhof von Würzburg fiel ihm sehr schwer, aber sie sagten sich »Auf Wiedersehen«, weil sie wussten, dass sie sich nicht aus den Augen verlieren würden. Als er das reservierte Abteil betrat, saß da eine junge Frau mit blauen Augen, die ihn mit einem leicht verzagten Lächeln ansah. Dann fuhr der Zug los. Das Ziel war offen.

Epilog

3 Jahre später.

Die Hochleistungsdrohne flog unsichtbar für die Verfolgten mit einer Geschwindigkeit von ca. 70 km/h in einer Höhe von ungefähr 1500 m in Richtung eines Wasserlochs in der südafrikanischen Savannenlandschaft des *Addo Elephant National Park*. Es war früher Morgen, die Sonne stand noch nicht sehr hoch und das Licht war dank des wolkenlosen Himmels ausgezeichnet. Der Pilot des Fluggeräts saß zwei Kilometer entfernt in der geschlossenen Kabine eines umgebauten Range Rovers und steuerte die mit GPS ausgerüstete Drohne mithilfe seines Laptops. Er orientierte sich dabei an den von der Kamera des Fluggeräts übertragenen hochauflösenden Bildern, die auf den Bildschirm eines zweiten Laptops übertragen wurden.

Im Fokus der Kamera befand sich ein Konvoi bestehend aus drei geländegängigen Pritschenwagen, die in hoher Geschwindigkeit über die Sandpiste fuhren. Auf den Ladeflächen saßen jeweils drei dunkelhäutige Männer in Camouflageuniformen, die, wie er deutlich erkennen konnte, mit russischen AK-47-Schnellfeuergewehren bewaffnet waren, ein weltweit auch unter der Bezeichnung Kalaschnikow verbreitetes Sturmgewehr, das von Wilderern gerne benutzt wurde, da diese Waffen und die dazugehörige Munition auf dem Schwarzmarkt ohne Schwierigkeiten zu bekommen waren.

Für den Piloten der Drohne, einen Angehörigen des Volkes der Zulu und Ranger der Nationalparkverwaltung, war es problemlos möglich, über die Zoomfunktion der Kamera auch kleinste Details sichtbar zu machen. Ohne den Blick vom Bildschirm zu nehmen, wandte er sich an den hochgewachsenen, schlanken Weißen, ebenfalls in der Uniform der Parkranger, der dicht hinter ihm stand und konzentriert den Bildschirm beobachtete.

»Chief, wie es aussieht, ist ihr Ziel das Wasserloch Nr. 17. Es führt um diese Jahreszeit noch reichlich Wasser und wird von mehreren Elefantenherden regelmäßig angenommen.«

»Richard, du beobachtest weiter und gibst mir über Funk Bescheid, ob diese Burschen tatsächlich Nr. 17 ansteuern. Wir brechen auf und legen uns dort auf die Lauer. Sind Elefanten in der Nähe?«

Die beiden unterhielten sich auf Englisch, die Umgangssprache innerhalb der Truppe, da sie von allen Rangern verstanden wurde. Richard tippte einige Befehle ein und das Bild veränderte sich. Nun war ein wesentlich größerer Bildausschnitt sichtbar. Der Chief wusste, der Mann hatte die Drohne ein Stück höher steigen lassen, so dass sie fast einen Kilometer im Umfeld des Wasserlochs einsehen und übertragen konnte.

»Sehen Sie, Sir?« Deutlich war auf dem Laptop eine Gruppe von etwa vierzehn Elefanten sichtbar, die noch ungefähr fünfhundert Meter von der Tränke entfernt waren, aber eindeutig in Richtung Wasserloch zogen. »Es ist die Familie von Aluna, der Leitkuh mit dem abgebrochenen Stoßzahn. Einige der Kühe scheinen brunftig zu sein. Im Gefolge der Herde treiben sich deswegen ein paar alte Bullen mit kapitalen Stoßzähnen herum.«

»Auf die es diese Gangster mit Sicherheit abgesehen haben«, ergänzte der Weiße, während er sein Gewehr, ein halbautomatisches deutsches Jagdgewehr von Heckler & Koch, aus dem Gewehrständer nahm und das zwanzig Schuss fassende

Magazin überprüfte. Das Kaliber .308 war für das wehrhafte Wild der Savanne zwar zu schwach, hatte aber dafür eine hervorragende Präzision und Wirkung beim Kampf gegen diese Wildererbanden. »Wahrscheinlich hat die Bande den Hinweis auf die Herde von Einheimischen erhalten. Immer dasselbe Spiel! Die Bauern unterstützen die Wilderer, weil sie ihnen ein paar Dollar zahlen und die Elefanten abknallen, die ihre Felder verwüsten.« Er sicherte die Waffe und warf sie sich über den Rücken. Im nächsten Schritt überprüfte er den sechsschüssigen Revolver im Kaliber .44 Magnum, das auch einen anstürmenden Warzenschweinkeiler abbremsen konnte. Nachdem er ihn im Holster gesichert hatte und das lange Jagdmesser an der Seite richtig saß, legte er die Finger seiner rechten Hand mit einem angedeuteten militärischen Gruß an die Schildmütze.

»Wir legen los! Wünsch uns Glück!« Mit diesen Worten verließ er das Fahrzeug und sprang auf den trockenen Savannenboden. Sofort erhob sich der große Rhodesian-Ridgeback-Rüde, der neben einem der Räder im Schatten gelegen hatte, und näherte sich schwanzwedelnd seinem Herrn.

»Rex, komm mit!«, befahl dieser und strich dabei dem weizenfarbenen Hund über den Kopf. Da der starke Rüde ihm bis zum Oberschenkel reichte, musste er sich dazu nicht einmal bücken.

Der Pilot im Inneren gab ein Brummen von sich, das alles bedeuten konnte, dann konzentrierte er sich wieder auf die Übertragung des Konvois der Wilderer, der sich mittlerweile auf drei Kilometer dem Wasserloch näherte. Die zwölf Männer um den Chief mussten sich beeilen, um die Falle rechtzeitig stellen zu können. Ihr Vorteil bestand darin, dass sie ihr Basislager nur etwa einen Kilometer vom Wasserloch entfernt aufgestellt hatten.

Seine Männer, alles Einheimische von verschiedenen Stämmen, ehemalige Soldaten, saßen in der Nähe ihrer Geländewagen am Boden und warteten auf ihren Einsatzbefehl. Auch sie hielten Kalaschnikows in den Händen. Als sie ihren Anführer aus dem Überwachungsfahrzeug springen sahen, erhoben sie sich wortlos und stellten sich in einer lockeren Reihe auf. Militärische Korrektheit war nicht gefordert. Ihre Augen richteten sich aufmerksam auf den Chief. Ihre Blicke drückten Vertrauen aus, denn der Weiße hatte sie schon häufig erfolgreich in Kämpfe gegen Wilderer geführt. Dabei hatten sie erst einen Mann verloren. Er blieb, den Hund an seiner Seite, vor seinen Leuten stehen und sah sie ernst an. »Es geht los! Wir gehen genauso vor, wie wir es besprochen haben. Wir müssen mit bis zu fünfzehn Gegnern rechnen. Sie sind also in der Überzahl und haben ebenfalls Schnellfeuergewehre. Es ist also mit starkem Widerstand zu rechnen. Unser Vorteil liegt im Überraschungsmoment. Wir versuchen sie festzunehmen. Sie bewegen sich bewaffnet im Nationalpark, das genügt als Grund. Sollten sie sich widersetzen, womit zu rechnen ist, kann gezielt geschossen werden. Niemand von euch muss sich mehr als erforderlich in Gefahr begeben.« Er machte ein Handzeichen in Richtung der bereitstehenden Geländewagen. »Männer, aufsitzen!«

Er eilte auf den offenen Jeep zu, der für ihn reserviert war. Rex folgte ihm ohne Aufforderung. Der intelligente Rüde wusste, dass es gleich aufregend werden würde. Schließlich war es nicht sein erster Einsatz im Gefolge der Ranger. Der Chief schätzte diesen anhänglichen Hund, der über großen Mut und Tapferkeit verfügte. Eigenschaften, die er schon mehrmals bewiesen hatte. Nicht umsonst waren seine Vorfahren zur Jagd auf Löwen eingesetzt worden. Mit einem Satz sprang der Rüde auf den Rücksitz und ließ sich nieder.

Mguno, der Fahrer des Chiefs, ebenfalls ein Angehöriger der Zulu, ein erfahrener Ranger von dreiundvierzig Jahren, wartete, bis die anderen Männer auf ihren Fahrzeugen saßen, dann gab er Gas. Dabei bemühte er sich, nicht zu schnell zu fahren, damit keine weithin sichtbare Staubwolke aufgewirbelt wurde. Die Geländewagen mit dem Rest der Truppe folgten in geringem Abstand. Sie hatten zum Wasserloch eine weit kürzere Strecke zurückzulegen als die Wilderer. Um das Wasserloch herum war die Vegetation etwas dichter. Nicht große Bäume, sondern ein Gewirr aus dornigen Büschen prägte dort das Landschaftsbild. Niederwüchsige Burenbohnenbäume und Speckbäume wuchsen hier und waren, wie in weiten Teilen des Parks, die dominierenden Pflanzen. Speziell der Speckbaum mit seinen fleischigen runden Blättern hatte es den Elefanten angetan. Jetzt in der beginnenden Trockenzeit waren die Blätter und Stämme dieser Pflanzen eine begehrte Nahrung für die grauen Riesen.

Die Männer der Rangertruppe näherten sich dem Wasserloch bis auf zweihundert Meter, dann fuhren sie ihre Wagen zwischen die Sträucher, wo sie dank ihres Camouflageanstrichs gut getarnt waren. Durch ihren Spion hoch in der Luft wussten sie, aus welcher Richtung sich die Elefantenherde dem Wasserloch näherte. So hatten sie die Möglichkeit, sich unter Wind im Bewuchs rund um das Wasserloch zu verstecken. Sie waren alle mit Walkie-Talkies ausgerüstet, so dass sie untereinander kommunizieren konnten. Der Anführer hatte zusätzlich Kontakt zum Drohnenpiloten. Er warf einen prüfenden Blick in die Runde. Von seinen Rangern war nichts zu sehen. Die Tarnung war perfekt. Rex drückte sich neben ihm ins Gras. Kurz fragte der Chief über Funk die Bereitschaft seiner Männer ab. Immer zwei bildeten ein Team. Alle meldeten

Einsatzbereitschaft. Obwohl diese Männer erfahren und verlässlich waren, konnte der Weiße ihre Anspannung spüren. Was sie hier führten, war ein Krieg. Ein Krieg, über den die Welt nur wenig wusste beziehungsweise wissen wollte, der aber genauso brutal geführt wurde wie andere Kriege. Es war ein Kampf gegen eine Elfenbeinmafia, die hier und in anderen Ländern Afrikas die Dickhäuter gnadenlos abschlachtete, nur um an das begehrte Elfenbein zu kommen.

»Die Herde steht ungefähr hundertfünfzig Meter östlich von euch zwischen den Sträuchern«, wisperte es in der Lautsprecherolive des Anführers. »Die Wilderer haben westlich von euch Halt gemacht und zwei Scouts nähern sich dem Wasserloch.«

Der Weiße drückte die Bestätigungstaste, damit der Pilot wusste, er hatte die Information erhalten. Anschließend wandte er sich an seine Männer.

»Achtung, zwei Späher aus Westen!«

Die Ranger würden diesen Voraustrupp der Wilderer unbehelligt lassen. Jetzt galt es für die Ranger, absolut unsichtbar zu bleiben, um die Gangster nicht zu warnen. Dicht drückte der Chief sein Gesicht ins trockene Gras. Er musste besonders vorsichtig sein, weil man sein trotz der Sonnenbräune helles Gesicht besonders leicht entdecken konnte. Er legte die Hand auf den Rücken seines Hundes. Deutlich spürte er den Ridge, den an der Wirbelsäule gegenläufig verlaufenden Aalstrich des Rüden, dem die Rasse ihren Namen verdankte. In Intervallen lief ein Schauer der Erregung durch den Körper des Hundes. Er gab aber keinen Laut von sich.

Plötzlich hörte man einen besonderen Ton, der einem tiefen, rumpelnden Grollen glich. Die Elefanten standen offenbar ganz in der Nähe der Wasserstelle und kommunizierten über diese Laute. Dem Chefranger war klar, dass auch die Späher der Wilderer diese Geräusche hörten. Sie würden in sicherer Deckung abwarten, bis die Herde zum Wasserloch gezogen war und sie die Stoßzahnträger identifiziert hatten. Dann gaben sie ihren wartenden Kumpanen den Einsatzbefehl. Die Vorgehensweise der Wilderer war weitgehend die gleiche. Mit ihren schnellen Geländewagen würden sie auf die Herde zurasen. Die Leitkuh würde mit schrillen Trompetenstößen ihre Familie zu einer panischen Flucht veranlassen. Die Wilderer würden den Elefanten den Weg zum schützenden Dornendickicht verlegen und dabei die Magazine ihrer Schnellfeuergewehre auf die Stoßzahnträger leerfeuern. Dabei würden sie ihre Salven in erster Linie auf die Gelenke der Hinterläufe abfeuern, um diese zu zerstören und die Tiere fluchtunfähig zu machen. Die übrigen Mitglieder der Herde würden in einer panischen Flucht entkommen. Wenn die beschossenen Tiere dann zusammenbrachen und weder fliehen noch ihre Mörder angreifen konnten, würden ihnen die Verbrecher den Fangschuss verpassen. Danach würden den toten Elefanten die Stoßzähne mit Äxten und Macheten herausgeschlagen und ab gings mit Vollgas und der Beute über die Savanne, wo das Elfenbein in Hubschrauber verladen und in irgendwelchen dunklen Kanälen verschwinden würde. Für die Ranger wäre es fast unmöglich, ihrer dann noch habhaft zu werden. Zurück blieben die geschändeten Kadaver, überreiche Beute für alle möglichen Aasfresser.

Der Chief beobachtete, wie die Leitkuh, mit erhobenem Rüssel die Luft prüfend, langsam an die Wasserstelle herantrat. Sie hatte in ihrem langen Leben wahrscheinlich schon häufiger die Erfahrung gemacht, dass menschliche Witterung Gefahr bedeutete. Der Rest der Familie folgte ihr. Bei der Herde befanden sich auch zwei Kälber, die zwischen den Säulenbeinen der erwachsenen Kühe herumtollten. Nachdem die Kühe und Kälber das Wasser fast erreicht hatten, verließen in größerem Abstand zueinander zwei fast gleich starke Bullen die Deckung. Es war deutlich zu sehen, dass einer der Bullen, der mit den längeren Stoßzähnen, offenbar in der Musth war, wie die Brunft bei Elefantenbullen genannt wurde. Deutlich war an der Seite seines Kopfes die dunkle Bahn zu sehen, die das Sekret aus der Schläfendrüse des Bullen hinterlassen hatte. Während der Musth waren Elefantenbullen extrem reizbar und aggressiv. Daher der große Sicherheitsabstand des zweiten Bullen.

Für den Chief war klar, die beiden Bullen und die Leitkuh würden das bevorzugte Ziel der Wilderer sein, da diese drei Tiere über reichlich Elfenbein verfügten. Es gab noch ein paar jüngere Kühe und halbwüchsige Bullen, deren Stoßzähne aber unbedeutend waren und den Aufwand für die Wilderer nicht lohnten. Die Anspannung des weißen Anführers der Ranger war nun auf ihrem Höhepunkt angekommen. Nachdem sich die Herde einschließlich der Bullen am Wasserloch versammelt und mit dem Trinken begonnen hatte, musste jeden Augenblick der Angriff erfolgen. Er hatte die Überlegung noch nicht zu Ende gedacht, als er in der Ferne mehrfaches lautes Motorengeräusch hörte. Er hob sein Fernglas und starrte in die betreffende Richtung.

»Achtung, sie kommen!«, flüsterte der Chief in sein Walkie-Talkie. Er schob seine Heckler & Koch griffbereit vor sich, sodass er die Waffe nur noch nach oben an die Schulter ziehen musste. Das Gewehr war mit einem Leuchtpunktabsehen ausgerüstet. Damit konnte er sehr treffsicher auf flüchtige Ziele schießen. Hier würden es in erster Linie die Reifen der angreifenden Wildererfahrzeuge sein. Mit platten Reifen waren die Wagen für die Wilderer unbrauchbar. Sie wurden für die Ranger zur leichteren Beute.

Die wachsame Leitkuh der Herde hatte die Motorengeräusche natürlich schneller mitbekommen als die Menschen. Mit hocherhobenem Rüssel und weit ausgestellten Ohren wandte sie sich in Richtung der Gefahr. Gerade stieß sie ein lautes Warntrompeten aus, als die Geländefahrzeuge heransausten.

»Rex, bleib«, befahl der Chief dem Rüden, dann sprang er auf und bellte »Action!« in sein Walkie-Talkie. Dabei riss er sein Gewehr an die Schulter und gab die ersten gezielten Schüsse auf einen der Vorderreifen des voranfahrenden Geländewagens ab. Mit Erfolg, denn der Wagen, dessen Räder zu einer Linkskurve eingeschlagen waren, verlor seine Führung und kippte, eine Staubwolke aufwirbelnd, auf die Seite. Die Insassen wurden herausgeschleudert. Gleichzeitig mit dem Chief erhoben sich seine Männer aus dem Gras und gaben ihrerseits Feuerstöße auf die Reifen der beiden anderen Geländefahrzeuge ab. Getroffen sackten beide nach vorne weg und trieben ihre Front in den Dreck. Die Wilderer waren von diesem Angriff völlig überrascht. Voll auf die Elefanten konzentriert, mussten sie sich erst einmal aufrappeln und sich mit der neuen Situation auseinandersetzen. Ehe sie ihre Waffen auf die Ranger richten konnten, brüllten ihnen aus zahlreichen Männerkehlen die Befehle »Hände hoch! Waffen weg!« entgegen. Die Schüsse und die Schreie der Ranger vermischten sich mit dem panischen Angsttrompeten der flüchtenden Elefantenherde und ergaben letztlich eine ohrenbetäubende Kakophonie des Krieges.

Einige der Wilderer sahen ihre Chancenlosigkeit ein, warfen ihre Waffen weg und hoben die Hände. Drei der Männer rissen hingegen ihre Kalaschnikows in die Höhe und begannen zu feuern. Einer der Ranger brach getroffen zusammen. Zwei seiner Kameraden schossen zurück und brachen binnen Sekunden den Widerstand. Die drei Wilderer stürzten zu Boden.

Der weiße Chief wurde durch den Schusswechsel einen Moment lang abgelenkt, wodurch er die Insassen des umgestürzten Geländewagens für einen Augenblick aus den Augen ließ. Zwei Insassen dieses Wagens, die auf der Pritsche gesessen hatten, lagen im Staub und rührten sich nicht. Der Fahrer des Fahrzeugs, womöglich der Anführer, der offenbar etwas weicher gelandet war, rappelte sich auf, griff nach seinem Gewehr und sprang in die Deckung des umgestürzten Geländewagens. Von dort aus gab er einen Feuerstoß in Richtung des weißen Rangers ab. Mochte es der Schock des Sturzes gewesen sein oder war es eine Folge der Aufregung oder beides, jedenfalls schlugen die Projektile ein ganzes Stück von ihm entfernt unschädlich in die Erde und wirbelten kleine Staubwolken auf. Durch die Schüsse aufmerksam geworden, feuerte der Chief aus der Hüfte zurück. Die Projektile schlugen blechern in die Karosserie des Wagens ein, dicht in der Nähe des Kopfes des Wilderers. Der wurde von Panik ergriffen, drehte sich um und flüchtete in Richtung des Dornengestrüpps, in dem auch die Elefantenherde verschwunden war. Der Chief riss seine Waffe an die Schulter und zielte. Deutlich zeichnete sich der Leuchtpunkt auf dem Rücken des Flüchtenden ab. Der Ranger zögerte, den Mann von hinten niederzuschießen. Schließlich schickte er drei Schüsse neben seine Füße in den Sand und brüllte ihm hinterher, dass er stehen bleiben solle. Der Wilderer ignorierte jedoch diese Aufforderung.

»Rex, fass!«, befahl der Chief jetzt knapp und der Ridgeback sauste wie von der Sehne geschnellt hinter dem Flüchtenden her. Der hatte die sichere Deckung fast erreicht. In diesem Augenblick ertönte aus den Dornen der wütende Trompetenstoß eines Elefanten. Ehe sich der Wilderer versah, stürmte der wütende Elefantenbulle hervor und stürzte sich auf den Mann. Der Chief, der die Gefahr für seinen Hund sofort erkannte, stieß einen schrillen Pfiff aus und Rex stoppte, als wäre er gegen eine Mauer gelaufen. Er machte kehrt und kam zurück. Mit Entsetzen in den Blicken mussten die zwischenzeitlich gefesselten Wilderer mit ansehen, wie der Bulle den Mann innerhalb weniger Sekunden tötete. Er durchbohrte ihn mit seinen Stoßzähnen und trampelte ihn mit seinen Vorderbeinen in den Untergrund. Er brach ihm alle Knochen im Leib. Die Ranger hoben ihre Waffen und sahen ihren Anführer fragend an, aber der schüttelte nur den Kopf. Hier war nichts mehr zu machen. Aus seiner Sicht gab es keinen Grund, den wütenden Bullen zu erschießen, der sich an seinem Widersacher rächte. Es dauerte einige Zeit, bis sich der graue Riese beruhigt hatte. In dieser Zeit verhielten sich die Männer völlig regungslos, um ihn nicht weiter zu reizen. Schließlich drehte er sich mit einem letzten Trompeten um und trottete davon. Nach seinem Rückzug atmeten alle erleichtert auf. Der weiße Ranger rief seine Männer zusammen und befahl ihnen alle Gefangenen zusammenzutreiben. Rex blieb in seiner Nähe und beobachtete alles.

Der getroffene Ranger hatte lediglich einen Durchschuss im Oberschenkel und wurde von seinen Kameraden verarztet. Einige der Männer holten die Geländewagen. Zwei der Wilderer, die sich nicht ergeben hatten, waren tot. Der Dritte hatte einen Lungendurchschuss und schwebte in Lebensgefahr. Die gesunden Gefangenen wurden auf zwei Pritschen der Geländewagen verteilt und dort angekettet. Die Waffen der Wilderer nahmen sie mit. Seine Männer fuhren los und würden die Gefangenen in der Rangerstation im dortigen Zellentrakt inhaftieren. Ihnen standen harte Vernehmungen bevor. Aber wahrscheinlich würde man über die Hintermänner wieder nicht viel erfahren. Das Elfenbeinkartell sorgte dafür, dass die Männer ihren Mund hielten, weil sie Angst um ihre Familien hatten.

Der Chief, Rex und der Fahrer blieben noch vor Ort. Er forderte für die Verletzten und die Toten per Funk über den Piloten im Einsatzwagen einen Hubschrauber aus Port Elizabeth an, der die Männer in die etwa 40 Kilometer entfernte Stadt bringen würde, wo sich die Polizei der Angelegenheit annahm.

Eine Stunde später waren die Verletzten und Toten verladen und der Hubschrauber hob wieder ab.

Der Chief ließ seinen Blick noch einmal über den Kampfplatz gleiten, ehe er sich in den Jeep setzte und seinem Fahrer das Zeichen zur Abfahrt gab. Rex hatte bereits seinen Platz auf dem Rücksitz eingenommen. Die Autowracks würden bei Gelegenheit abgeholt werden.

Die Rangerstation lag im stärker bewaldeten Inneren des Landes, am Rande des Nationalparks. Sie bestand aus mehreren lodgeartigen Gebäuden, in denen die Ranger in Gemeinschaftsunterkünften lebten. Dann gab es das Gefängnisgebäude und die Verwaltungslodge, in der der Chief seine Unterkunft hatte. Der hochgewachsene Weiße betrat seine Wohnung, die über eine Veranda nach Südwesten verfügte. Der Rüde erfrischte sich an einem bereitstehenden Wassernapf, dann ließ er sich mit einem zufriedenen Seufzer auf eine Decke fallen. Für ihn war jetzt Siesta.

Der Ranger stellte sein Gewehr in den dafür vorgesehenen Ständer und entledigte sich des Revolvers, den er achtlos auf sein Bett warf. Da er sich schmutzig und verschwitzt fühlte, zog er sich aus und stellte sich unter die Dusche. Eine eigene Dusche, ein Luxus, der ihm als Kommandeur der Rangertruppe zustand. Seine Männer mussten sich mit zwei Gemeinschaftsduschen begnügen. Angenehm erfrischt, mit einem Handtuch um die Hüften, goss er sich einen Schluck Whiskey in ein Glas, gab einen Schuss Sodawasser aus einem Spender dazu und nahm einen kräftigen Schluck. Schließlich zog er sich frische Kleidung an und verließ, den Revolver wieder umgeschnallt, seine Lodge in Richtung Zellentrakt. Er musste mit den Vernehmungen beginnen, ehe sich die Gefangenen von dem Schock der Festnahme erholt hatten. Rex blieb zurück.

Als er fünf Stunden später wieder seine Räume betrat, war er ziemlich ausgepowert. Der Rüde hatte sich mittlerweile in einen kühleren Raum des Hauses zurückgezogen. Der Chief stellte ihm einen Napf mit Futter auf die Veranda, dann ging er ins Haus und bereitete sich einen Kaffee. Wie erwartet, war aus den Wilderern nicht viel herauszuholen gewesen. Selbst Drohungen brachten nichts. Gewalt wandte er nicht an. Die Männer hatten Angst, die Mafia würde sie und ihre Familien töten, wenn sie den Mund aufmachten. Diese Furcht war durchaus begründet und wesentlich stärker als die Angst vor einer Gefängnisstrafe. Der Chief war sich im Übrigen sicher, sie wussten nicht viel. Billige Befehlsempfänger, die mit der illegalen Jagd auf Elfenbein ihr kärgliches Leben bestritten. Der Tod des Anführers war bedauerlich. Von ihm hätte man vielleicht einen Hinweis auf die Hintermänner bekommen können. Die Gefangenen würden in den nächsten Tagen mit einem Transport nach Port Elizabeth gebracht werden, wo man sie vor Gericht stellte. Er war sich ziemlich sicher, dass sie nach der Verbüßung einer Haftstrafe wieder der Wilderei nachgehen würden. Die Armut zwang sie dazu.

Der Chief warf sein Basecap, das er zur Uniform trug, auf die Couch, dann löste er den Gürtel seiner Revolvertasche und hängte ihn mit der Waffe an einen Haken über dem Gewehrständer. Er schlenderte mit der Kaffeetasse hinaus auf die Veranda und ließ sich auf seine Hollywoodschaukel fallen. Sanft schaukelte er vor sich hin. Rex kam langsam angetrottet und legte sich zu seinen Füßen. Die Aufmerksamkeit des Chiefrangers wurde von einer Rotte Warzenschweine geweckt, die leise grunzend am Rande seines Gesichtsfeldes durch das Unterholz zogen. Immer wenn er diese Tiere beobachtete, erwachte in ihm das Heimweh. Er warf einen Blick auf seine Armbanduhr. Nicht mehr lange und die Dämmerung würde beginnen. Er erhob sich und ging in die kleine Küche. Wenn seine Lebensgefährtin von ihrem Job in der Polizeiverwaltung von Port Elizabeth nach Hause kam, würde sie Hunger haben. Er öffnete den Kühlschrank und entnahm ihm ein paar Antilopensteaks und mehrere Süßkartoffeln. Die Ranger hatten die Genehmigung, für ihren Eigenbedarf Antilopen zu erlegen. Während das Fleisch in der Pfanne briet, schwenkte sein Blick zu zwei gerahmten Bildern über dem Küchentisch. Das eine zeigte zwei Männer, die in die Kamera grinsten und dabei demonstrativ Weingläser vor das Objektiv hielten. Das andere zeigte ein junges rothaariges Mädchen mit einem frechen Lächeln. Erinnerungen aus einem anderen Leben.

Von draußen drang Motorengeräusch an sein Ohr. Rex stieß ein freudiges Bellen aus. Schnell stellte er zwei Teller auf den Tisch und legte Besteck dazu. Jetzt hatte auch er Hunger.

Einen Moment später ging die Tür auf und eine junge Frau trat beschwingt über die Schwelle.

»Hallo, Simon«, grüßte sie ihn auf Deutsch und gab ihm einen Kuss, dann sog sie schnüffelnd den Duft des Essens ein. Er nahm sie in die Arme. »Hallo, Theresa, mein Schatz, das Essen ist gleich fertig. Setz dich.« Der Rüde drückte sich an seine beiden Menschen und forderte Streicheleinheiten ein.

Weitgehend wortlos nahmen sie ihre Mahlzeit ein. Als sie fertig war, schob die Frau ihren Teller zurück und erhob sich. »Ich habe eine Überraschung für dich«, erklärte sie lächelnd und huschte hinaus. Es dauerte nur einen Augenblick, dann war sie zurück und stellte mit einem strahlenden Lächeln einen Bocksbeutel auf den Tisch. »Einen schönen Gruß aus der Heimat von Eberhard, die Lieferung, drei Kisten, ist heute bei mir im Büro angekommen.«

»Ein Silvaner vom Retzstadter Langenberg!«, freute sich Simon und nahm die Flasche fast zärtlich in die Hand. Er erhob sich und stellte sie in den Kühlschrank. »Den trinken wir dann auf der Veranda!«, erklärte er mit leuchtenden Augen.

Über Theresas Gesicht huschte ein leises Lächeln, sie sagte aber nichts.

Als Simon eine Stunde später auch ihr Glas einschenken wollte, hinderte sie ihn daran, indem sie ihre Hand auf den Bocksbeutel legte, dabei sah sie ihn eindringlich an.

»Ich fürchte, lieber Simon, ich werde mich in den nächsten Monaten enthalten müssen …«

Er sah sie zunächst verwundert an, dann ging urplötzlich ein ungläubiges Leuchten über sein Gesicht. »Du bist …?«

Sie nickte. Stürmisch nahm er sie so fest in seine Arme, dass sie fast keine Luft bekam. Er konnte es kaum fassen. Dann saßen sie eng aneinandergekuschelt auf der Hollywoodschaukel. In ihren Gläsern fingen sich die letzten Strahlen der blutrot untergehenden Sonne. Rex lag zu ihren Füßen. Lediglich das Spiel seiner Ohren zeugte davon, dass seine Sinne die Umgebung bewachten. Vom Hof hinter der Verwaltungslodge kam gedämpft der Gesang der eingeborenen Ranger, die dort am Lagerfeuer saßen und auf ihre Weise den Feierabend genossen. In die Melodie mischten sich das Zirpen der Zikaden und das gelegentliche ferne Trompeten der Elefanten, die zur Tränke zogen.

 ENDE

Bibliografische Information der Deutschen Nationalbibliothek

Die Deutsche Nationalbibliothek verzeichnet diese Publikation
in der Deutschen Nationalbibliografie; detaillierte bibliografische Daten
sind im Internet über ‹http://dnb.d-nb.de› abrufbar.

1. Auflage 2017
© 2017 Echter Verlag GmbH, Würzburg
www.echter.de

Umschlag: wunderlichundweigand
Covermotive: Titel © Philip Maguire/shutterstock.com
Rückseite © Lario Tus/shutterstock.com
Satz: Hain-Team (www.hain-team.de)
Druck und Bindung: CPI – Clausen & Bosse, Leck

ISBN
978-3-429-04384-1
978-3-429-04932-4 (PDF)
978-3-429-06352-8 (ePub)